爱情快递

匆匆过客
- 著 -

山西出版传媒集团
北岳文艺出版社
BEIYUE LITERATURE & ART PUBLISHING HOUSE
· 太原 ·

图书在版编目（CIP）数据

爱情快递／匆匆过客著．—太原：北岳文艺出版
社，2020.6
ISBN 978-7-5378-6192-2

Ⅰ．①爱… Ⅱ．①匆… Ⅲ．①长篇小说－中国－当代
Ⅳ．①I247.5

中国版本图书馆 CIP 数据核字（2020）第 061161 号

书　　名　爱情快递
著　　者　匆匆过客
责任编辑　吴国蓉
书籍设计　米　乐
━━━━━━━━━━━━━━━━━
出版发行　山西出版传媒集团·北岳文艺出版社
地　　址　山西省太原市并州南路 57 号
邮　　编　030012
电　　话　0351－5628696（发行部）
　　　　　0351－5628688（总编室）
传　　真　0351－5628680
网　　址　http：//www.bywy.com
E－mail　bywycbs@163.com
印刷装订　山西立方印业有限公司
━━━━━━━━━━━━━━━━━
开　　本　880mm×1230mm　1/32
字　　数　230 千字
印　　张　8.25
版　　次　2020 年 6 月第 1 版
印　　次　2020 年 6 月山西第 1 次印刷
书　　号　ISBN 978-7-5378-6192-2
定　　价　68.00 元

目录
Contents

第一章 ▶ 梦想很远，现实很近

第一节 初生牛犊遇到虎

"你叫王龙？"

"对，就是我。"

"我看了你的简历，基本符合我们公司的招聘条件。你能不能说一下，你期望的工资大概是多少？"

王龙应聘的是一家家装设计公司的设计师岗位。对于刚刚毕业、没什么工作经验的王龙来说，家装设计师听起来似乎很有前途。

"我大学刚毕业，还不知道怎么衡量自己的能力，所以对于工资我没有太多的要求，只要能学到东西就好。"王龙有些不好意思地说。

面试官的面前摆放着一个名牌，上面写着"何君"。面试期间，她斜坐在老板椅上，从说话的语气可以看出，她在公司里的职位不低。不过，她似乎见多了像王龙这种刚刚出来找工作的年轻人，所以态度上并不算太认真。

听了王龙的话，何君点了一下头，说："你刚刚步入社会，找准自己的定位很重要。我面试了不少像你这样的就业者，闭口不谈自己的能力，张口就要上万元的工资。比起他们来，你算是比较好的了。这样吧，我来给你介绍一下我们公司的待遇。公司实行'八六五工作制'，工作轻松，没有太大的压力，也不需要跑业务。新来的员工，日常工作就是画一些草图，然后处理一下公司的琐事。每月的底薪是两千五百元，加班另算。"

"啊？每月两千五百元啊。"王龙听到工资后，脸上难掩失望。

王龙隐约明白了何君的套路，她先把工作描述得很轻松，只不过是为接下来的低薪做铺垫。王龙心中有些不快，这工作跟一个打杂的有什么区别？就算在京城当清洁工，工资也不止这么点吧？

何君将王龙的表情尽收眼底，脸上没有意外的神色，说道："你可以回去考虑一下。若是有意加入我们公司，直接打我的电话来报到即可。"

"好，那我先回去好好考虑一下。再见。"王龙起身告辞。

从家装公司离开时，已经是下午四点了，再去面试别的公司，显然已经来不及了，所以王龙决定回家。

回去的路上，王龙的表情有些茫然。他已经找了一周的工作，原本以为凭借自己大学专科的学历，应该能找到一份体面的工作，事实并非如此。这两天面试的工作，要么是专业不对口，要么就是需要从低层做起。所谓低层，就是勉强能够维持生活。一个月的工资，最后能不能剩下点儿钱买件衣服都是问题。甚至有些公司开出的工资，连一月一千五百元的房租都不够交的。

王龙正在思考着该怎么找工作，口袋里的手机响了起来。他以为是公司打来的面试电话，赶紧掏出手机。看到来电显示，王龙的脸色顿时沉了下来。

犹豫片刻，王龙还是接通了电话，语气有点儿生硬地说：

"喂，爸。"

"王龙，你不是已经毕业了吗？这都一个礼拜了，怎么还没回来？"父亲带着质问的语气问道。

王龙有些不耐烦地说："我不是说了吗，我在这边和同学找工作呢，这么急让我回去干什么？"

"你一点儿社会经验都没有，能找什么工作？我和你妈让你回家是为了你好。一个礼拜都没有找到一份正经工作，就你身上的那点儿钱，能熬多少天？你学的东西在家又不是用不到，为什么非要留在外地？让你回家就回家，听到没有？"

"好了，跟你说你也不懂！我挂了。"王龙心里有些烦躁，怕说多了又要和父亲吵起来。

没过多久，王龙的手机又响了起来，按照惯例，这次应该是母亲打过来的。

电话里，母亲语重心长地劝王龙，但也知道自己说的话多半也不管用，最后只好说："小龙啊，生活费不够吧？你爸刚刚出去给你打钱了。在外面别亏待了自己，不要不舍得花钱。"

"知道了，都说了不用给我打钱，等我找到工作就能养活自己了。没别的事我就先挂了，一会儿我还要去吃饭呢。"

王龙匆匆挂了电话，心中一阵酸楚。他不想接受父母的钱，但以目前的情况，也确实需要父母帮助。然而父母帮他越多，他心中便越愧疚。

一路上胡思乱想，王龙很快就回到家。说是家，其实就是一套三室一厅的合租房，因为位置有些偏，所以价格并不贵，一月四千五百元。和王龙合租的是他的同学，也跟他一样在找工作。

王龙整了整自己的衣服，又揉了揉有些僵硬的脸，使自己看起来精神一些，随后便打开了门。

门被打开的瞬间，一股肉香飘了过来，王龙顿时觉得饥肠辘辘。

客厅的沙发上斜躺着一个青年。青年见王龙进屋，对他竖起了中指。

此人名叫苏强，是王龙的大学室友，也是王龙的铁哥们儿。来自天南地北的两个人，一起生活了三年时间，培养出深厚的友谊。

厨房里正在做饭的人叫张玲。张玲是一个女生，身高与长相在同学之中算是中等，并不出挑。

王龙和张玲还是老乡，虽然在老家互不认识，但同在千里之外的京城上学，也算是有缘了。

"龙哥，你怎么跟霜打的茄子似的？"苏强换了一个姿势，说道。

"唉。"王龙无力地倒在沙发上。父母一再催促他回去，可他不想回老家，但是留在京城，又一直找不到合适的工作。

"别像个女生一样唉声叹气的。你要是跟张玲一样今天到家就哭，我还不得一个人照顾你们两个啊！放心，以后有我在，绝对让你们两个飞黄腾达。"苏强拍着胸脯保证道。

苏强说这话时脸上露出了骄傲的表情，似乎是遇到了好事。

听到张玲今天哭了，王龙并没有觉得意外。自从他们开始找工作，他就发现张玲是一个很脆弱的人，在遭受到打击以后，总会哭很久；得到别人安慰以后，又会如同往常一样有说有笑。

"菜是你买的？"王龙问。

"难道还能是谁送我的吗？"苏强得意道。

看来苏强确实是遇到了好事，不然他也不会这么高兴。若是换作平常，王龙肯定会问一下是什么好事来满足苏强的表现欲。不过今天他显然没有这个心情。

让王龙意外的是，苏强还买了几瓶啤酒。张玲把饭做好以后，三个人边吃边聊。几瓶啤酒下肚，顿时减轻了他们一天的疲惫。

苏强的心情不错，喝了酒以后，兴致更高了，说道："刘经理跟我已经说好了，只要我认真跟着她干，到时候年入百万简直轻轻松松。不过现在我还不太方便告诉你们我在做什么，等一切十拿九稳以后，我再跟你们说。不然到时候没成，我就尴尬了。"

"靠谱吗？"

"绝对靠谱！"

"好，那我们两个如果找不到好工作，就看你的了。"王龙端起一杯啤酒，边喝边说。

苏强打了个饱嗝，表示要去睡觉，便回到自己房间。

看着苏强意气风发的模样，王龙与张玲心里有些不舒服起来。

张玲盯着桌上乱七八糟的食物，有些嫉妒地说："怎么好事全被苏强碰上了，我们怎么就碰不上？"

"你的工作怎么样了？"王龙顺势问。

"还好吧，找了个文员的工作，一个月四千五百元，勉强够吃用。其实我想成为一名演员，万一哪天火了，不就比苏强好多了？"

"你是不是最近没照镜子？"王龙打趣地说。

"你就不能说点儿好听的，我打死你。"张玲突然向王龙扑了过来。

两人打闹了一会儿，张玲的眼角又红了起来。

王龙连忙别过脸，装作没看到，对她说："闹完了就去睡觉吧，我去把锅刷了。"

收拾桌子的时候，张玲背对着王龙流下眼泪。转过身看见王龙并没有注意到她，不知为什么更加心酸了。

王龙知道张玲是因为心里难受才会和他打闹，但他也不知道该怎么安慰她，只好装作什么都不知道。

等了一会儿，听到张玲回房的脚步声，王龙才从早已经打扫得干干净净的厨房里走出来。

第二天清晨，天还没亮的时候，王龙听到苏强在房间里打电话。隐约听到"开会""都准备好了"之类的话。

苏强离开没多久，张玲也起床上班去了。在他们出门以后，王龙出门吃了早饭，然后去了人才市场。

乍一看去，人才市场就像菜市场一样，找工作的人在各个摊位之间晃悠。

铝合金门窗焊接工，工资八千元一个月。工资可以，但似乎噪音太大。

服装厂，工资六千元到八千元一月。似乎没什么晋升空间。

……

王龙转了一圈，浏览着五花八门的工作。最终，他的目光落到一份外卖工作上面：饭团外卖，每月八千元，工作时间不限。

王龙有些心动了，这份工作收入不算低，而且工作比较自由，在业余时间还能做点儿别的事。王龙向前走了两步，来到面试官面前。

"帅哥，找工作吗？饭团外卖，每月八千元以上哦。"招聘台前站着两个女生，看到王龙，她们热情地招呼道。

"有什么入职条件吗？"

王龙与她们聊了一会儿，把外卖的工作需求简单地了解了一下。

王龙深吸了一口气，他心中已经做出决定。但为了避免错过更好的工作，他决定再转一会儿，看看有没有其他更合适的工作。之前找工作时，他都是通过招聘软件发送简历，这回是第一次到人才市场，所以他觉得多转一会儿，应该没坏处。不过转了几圈，他遗憾地发现，除了外卖的工作，其他的工作都不太适合，有的还需要预交劳务费。

最终，王龙怀着忐忑的心情，回到饭团外卖的招聘台前，脸上露出笑容，说："我要入职。"

　　"帅哥，真有眼光！以后我们就是同事了，要多多照顾哦。"两位女生热情地伸出手欢迎王龙。

　　王龙的心情有点儿激动，一一回握她们的手，然后拍着胸口保证道："放心，以后要是有人欺负你们，尽管找我。"

　　"开玩笑的，你只要努力工作，就是对我们最大的回报了。"

　　王龙点点头，道："应该的。"

　　两个女生见王龙竟然有些脸红，忍不住笑了。最后，她们告诉王龙入职前要体检，合格后就能上班了。

　　因为找到了工作，王龙心中松了一大口气，心情也好了许多。

　　为了尽快入职，王龙当天就去了体检的医院，花了一百二十元做了体检，并且在两个女生的帮助下，交到了公司的分部。

　　这期间，王龙知道了两个女生的名字。个子矮一点、很漂亮的女生，名叫楚雅。另外一位名叫孙洁。相比孙洁，楚雅对人热情多了，所以王龙对楚雅的印象比较深刻。

　　等把入职手续办完，已经是下午五点多了，王龙拖着疲惫的身体回到出租屋。他等了两个小时，发现张玲与苏强还没有回来，便自己随便做了点儿饭。

　　晚上八点左右，张玲回来了。她今天穿着一件衬衫，看着很正式，增添了几分都市白领的气质。不过王龙看到她的时候，发现她的心情明显很不好。

　　王龙由于找到了工作，虽然很累，但心情还不错，于是关心地问："工作怎么样？"

　　张玲的目光在王龙脸上滑过，想要说些什么，但犹豫了一下，又转过身走进自己的房间里。

王龙有些蒙，想着自己也不太会说话，只好等苏强回来，由他来做张玲的思想工作。但他左等右等，就是不见苏强回来。最后，他给苏强发了个短信，得到了苏强正在加班的回复，这才放心地去睡觉。

　　次日，王龙去公司报到，还领到了一套工作服。令他高兴的是，他负责配送的区域距离自己的住处并不远。

　　公司为王龙和其他新入职的人配发了电动车，十几个同事排成一行，纷纷换上黄色的工作服。

　　领班是一位中年男人，似乎是公司刚刚调来的。他的目光扫视了一下众人，鼓励地说："虽然咱们的外卖公司刚刚成立没多久，但只要认真工作，我保证你们每月绝对能拿到八千元，这点你们新来的可以问问老员工。等我们公司逐渐成熟以后，待遇还会更好，公司也会更加重视你们。只要你们肯努力，未来进入管理层，也不是没有可能。"

　　王龙左右张望，以为会看到昨天带他入职的楚雅。但看了一圈，发现在场的没有一个女性。他装作随意的样子向身旁的同事问道："哥们儿，咱们公司里不是有个叫楚雅的人吗？她不用上班吗？"

　　"原来你也是被忽悠进来的。"同事上下打量了王龙一眼，脸上浮现出幸灾乐祸的表情。

　　王龙疑惑地说："怎么说？"

　　"当初她也是这么跟我说的，说什么以后我们一起工作。没想到啊，都是圈套！"同事一脸气愤地说，转过头看见王龙一脸紧张的模样，解释道，"你可别多想，她这么说，其实是为了把咱们招进来上班。实际上她只负责招人，除非我们专程去她那儿咨询工作，其余时间根本就没有机会见到她。"

　　王龙听到这话，这才放了心，说："你别误会，我是看工资高才来的，只是有点儿诧异，她说会和咱们一起工作，怎么没有见到她。"

话虽这么说，但王龙心中还是有些失望。遇到美女，每个男人心中或多或少都会有想法。王龙还以为自己在楚雅的眼里真的帅气逼人，原来是他想多了。

"走吧，已经开始派单了，我们去工作。"

"可是领导不是正在说话吗？"

"现在公司缺人，就算我们不搭理他，他也不会把我们怎么样。"同事说完也不管王龙，直接骑着车离开了。

其他人也陆续离开。王龙因为第一天来，所以老老实实地听完了领班的话，这才开始正式工作。

第二节　人生百味

"叮……"

手机提示声响起，代表着有人点外卖。

王龙先是看了一眼配送地址，随后脸上露出犹豫之色。

因为之前开会时领班说过，新来的可以不用立即接单，等到出现自己熟悉的地址时再接单。这个地址王龙并不熟悉，他想了想并没有接单。

过了一会儿，似乎是因为其他骑手正在忙碌中，这单外卖一直没人接，王龙也没有看到熟悉的配送地址，心想我又不是路痴，按照导航，应该能够找到。于是，他按下了接单的按键。

送外卖，最重要的是不能拖延时间，要在规定时间内，尽可能快速地把东西送到客户的手中，不然遭到客户投诉，要罚款五百元。

就算王龙是新来的，也不能坏了规矩，因此王龙不敢不重视。

骑着电动车，一路微风吹拂，王龙心中舒爽，觉得这工作还挺不错。但当他赶到商家，开始枯燥地等待以后，王龙的心态发生了改变。现在是不错，但要是到了中午，太阳那么毒，晒着多难受啊！转念一想，自己是来上班的又不是来享受的，哪里能要求那么多。

王龙调整好心态，与店家交流了一下，取出早餐，骑着电动车飞快地赶到客户所在的位置。

小区很大，按照路标提示，王龙很快找到了客户的位置。

敲了敲门，拿外卖的是一个女孩，看起来只有十八九岁的样子，长得眉清目秀的。

"您好，饭团外卖，这是您的订单。"王龙把早餐递给女孩。

女孩扫了一眼王龙，露出意外的神色，随后笑道："帅哥，辛苦了。要不进来喝杯水吧？"

王龙身体一震，虽然只是一句鼓励的话，却让他略有阴郁的心情一扫而空。王龙婉言谢绝道："谢谢您，我还要工作。"

"那好吧，给你瓶水。"女孩从冰箱里拿出一瓶水递到王龙面前，低着脑袋没有与王龙对视。

尽管女孩比王龙小了几岁，但他却觉得很不好意思。女孩大概正在上学，对人很有礼貌。王龙虽然刚毕业，但对他来说，步入社会这几天感受了不少人情的冷漠，他也被环境改变了许多，对待陌生人，并不会这么热情。

女孩善意的举动，让他仿佛看到了几年前的自己，感叹自己还不如一个小姑娘。

最后王龙还是拒绝了女孩的好意，但他心中对自己的工作，又有了新的认识，累是累了点，不过也挺好的。

这时，又一份外卖订单的提示声打断了王龙的思绪。看了眼订单配送地址，他依旧不熟悉。但因为有了这一次的成功经验，他也没那么担心了，随手接下了订单，便赶往商家。

太阳已经升起，穿着黄马甲的王龙尽量以最快的速度赶往目的地，这次的路程比他想象的要远一些。

而且这个客户似乎非常着急，在他配送的过程中，点了几次催单。王龙不仅要注意看来往的车辆，而且还要不时地看向手机，与客户沟通解释。

等到了目的地，王龙感觉有些不对，因为在他的面前，是一片废弃的荒地，附近似乎并没有住户。

这时，手机响了起来，是客户打过来的，王龙连忙接起。

对面响起一个女人的声音，声音有点儿刺耳："送外卖的，你跑哪儿去了？你去的是我的位置吗？这都半个小时了，你知道耽误我半个小时，让我上班迟到，相当于损失我多少钱吗？"

王龙连忙向对方道歉，并仔细看了看配送地址，说道："实在不好意思，我今天第一天上班，对周围有些不太熟悉。您等等，我看看地址。咦，不对啊，您的订单位置确实是我现在的位置，难道您没在附近吗？"

因为着急的原因，王龙额头的汗渐渐顺着脸颊流了下来。

"你没错，难道是我错了？这什么破外卖，新手也来送餐……"对方停顿了一下，似乎在看手机。

"咦？我的手机定位怎么到那里去了？你等等，我告诉你一个位置，你现在过来。要是十分钟内没有赶到，我就给你差评！"虽然意识到是自己的定位出了问题，但女人对王龙的态度依然没有好转。

听到要给自己差评，王龙连忙道歉地说："千万不要给我差评，您的一个差评，会让我一天的工作都白干。我尽快给您送过去。"

"你的事和我有什么关系？想要同情，回家找你家人要去吧。"

说完，女人就挂断了电话。

看到对方的地址，王龙明白，要想十分钟内赶到，已经不太现实了。

此时，王龙的心里很迷茫，也很忐忑，他想不明白，明明是这个女人自己定错了位，为什么他要承受责骂呢？虽然心中十分委屈，但他还是骑着电动车往新的位置赶去。

开门的是一个漂亮时尚的白领，她看到王龙时，眼神里充满了冷漠与高傲。她伸手把王龙手中的早餐抓走，一脸傲慢地说："真慢，这是我最后一次用你们的外卖。"

王龙叹了口气，正要离开，突然听见里面传来另一个人的声音："你怎么把早餐扔垃圾桶了？"

"哦，刚刚我骂了那个外卖员，担心他报复我，往菜里吐口水。不要了，到中午一起出去吃。我们继续工作。"

"嘘，你小点儿声，人家还没走远，被听到了怎么办？"

王龙再不做停留，快速地下了楼梯。

差评的提示响起，很快，领班打来电话。

听到王龙的解释，领班的声音变得语重心长，说道："小王啊，你要明白，我们外卖属于服务行业，不管你用什么办法，只要把客户哄开心了，就是你服务得好。相反，如果客户不开心了，不管是谁的错，都是你的错，你明白吗？"

"我……"

"不要觉得委屈，别人都是这么过来的，你承受不了这个压力，只能被行业淘汰。好了，我不多说了，你继续努力，好好干，小伙子，我看好你。"虽然领班的话说得很宽宏大量，但还是扣了王龙的钱。

王龙挂掉电话后，心里欲哭无泪，明明不是自己的错，为什么平白受这种委屈？思来想去他心中打起了退堂鼓，要不就听从父母的安排，回家乡发展算了，反正还没工作多少天，工资不要似乎也不亏。可是一想到父亲说过的话，现在回去只怕会被父亲数落一顿。

王龙一咬牙，决定再接几单看看。他一个大男人，怎么能轻易就被打倒？说出来也太丢人了。

王龙想着再努力一把，如果实在适应不了，再回老家也不迟。怀着这样的想法，他紧张的心情缓解了不少。令人意外的是，接下来他所接到的订单，客户都还不错，大部分人在拿到东西以后，并没有为难王龙，甚至还爽快地给了好评。

一天下来，王龙对整个工作流程已经轻车熟路，唯一令他失望的是，由于早上的差评，他现在的工资，还是负数。

忙碌了一天，王龙拖着疲惫的身体回到出租屋，开了门，看见苏强与张玲坐在沙发上。张玲一脸委屈的样子，而苏强看起来虽然神态有些萎靡，却还精神亢奋地与张玲说话。

苏强转头看到王龙身上的黄马甲，顿时张大了嘴，说道："不要告诉我，你找到的工作就是送外卖？"

张玲也张大了嘴巴，就连脸上的委屈也降低了不少。

王龙叹了口气，说："舒服的工作工资太低，送外卖虽然累了点，但工资还行。"

听到王龙的话，苏强也感同身受，随后说道："等过段时间哥们儿在公司里站稳脚跟了，你就来我这儿，我带着你飞黄腾达！"

说完，苏强把前两天余下的几瓶啤酒，统统拿了出来，招呼王龙坐下。

苏强的话，让王龙心中有些不舒服。不过，苏强就是一个心直口快的人，王龙也不好和他计较。

王龙看着张玲，问道："怎么，今天在公司里又受什么委屈了？"

"我……唉，算了，不提了，也没什么好说的，何况你们又帮不了我什么。"说着，张玲的眼睛又红了起来。她拿起一瓶啤酒，往嘴里灌了几口。

张玲说不提了，王龙也就没有再问。

原本王龙还想打听一下苏强的工作，可只问了一句，便被苏强岔开了话题，王龙也就没再多问。

吃完饭，苏强便回到房间睡觉去了。王龙本来也想回房休息的，但看见张玲一个人坐在饭桌前，一口接一口地喝着酒。

想了一下，王龙说道："下次我来买菜吧。现在我们都没发工资，也不能一直让苏强一个人出钱买菜。"

"他不是找了个好工作吗？请我们吃几顿饭又怎么了？再说了，这饭可都是我做的。"张玲一脸理所当然的表情。

王龙愣了愣，没再多说。确实，苏强买菜，张玲做饭，只有自己是不出钱也不出力，想到这里，王龙有些惭愧。

张玲不知道王龙的想法，她沉浸在自己忧愁迷茫的情绪里难以自拔。她把最后一瓶啤酒打开，给王龙倒了一杯，自己也倒了一杯，又喝了起来。

"王龙，为什么别人可以出人头地，为什么我们就不能像他们一样？其实，你也不要因为自己成了外卖员，就感到自卑。经过这两天，我明白了一个道理，作为白领，也有很多的烦心事，稍有不慎，便有可能被别人取代。王龙，你知道吗，我还挺佩服你的，若是让我做外卖员，怕是还没开始我就打退堂鼓了。还有一点，你们这一行，不用承受太多的委屈，只要辛苦一点就好了。"

王龙听到这话，想到自己早上的遭遇，喝了一口啤酒，说："其实，送外卖根本不像你想的那样容易，也会经历很多困难，承受很多委屈，只是别人看不到而已。"

"困难？心酸？怎么会呢？不就是去商家取餐，给客户送过去吗？这期间不用与人有太多交流，最多就是夏天会晒一点，冬天会冷一点，这些都不算什么，习惯了就好。不像我，在职场上受了委屈，还要强打起精神继续工作，把所有的苦都往肚子里咽。"

王龙听到这里，有些无语，只能在心里感叹，哪一行都不容易，既然做了这份工作，就要承受它所带来的一切，包括压力和委屈，没有人有义务像父母一样捧着你，让你高兴。

"不过我一定要让公司里的那些人对我刮目相看，我会证明自己比他们强。王龙，等我混出头的时候，你有什么难处尽管跟我说，我能帮的，肯定帮你。"

张玲言语间仿佛已经认定她将来一定会比王龙有前途，这种莫名其妙的优越感让王龙心中有些烦躁。

已经喝醉了的张玲往桌上一趴，睁着双眼发呆。王龙叫了她两声都没有得到回应。王龙不得不把她架起来，扶回了房间。随后王龙又把客厅与厨房收拾好，这才回到自己的屋中。

回到房间，王龙并没有马上睡觉，而是拿起一本书看了起来。

从这几天找工作的经历来看，王龙明白了一个道理，虽然他是一个大专生，但凭这个学历想要找到一份理想的工作，实在太难了。在藏龙卧虎的京城，像他这样的毕业生太多了。所以，他必须提升自己的能力，才能在京城站稳脚跟。他之所以选择外卖这个行业，是因为外卖员比较自由，业余时间能够学习更多的知识。

第三节　一见倾心

第二天早上，王龙睁开眼，发现已经八点了。他赶紧从床上跳起，简单收拾一下就出门了。

王龙赶到时，早会已经结束，但领班还在。他见到王龙，脸上明显有些惊讶道："我还以为你不来了！"

"不好意思啊，班长，我昨天睡得太晚，今天起晚了。"

领班点点头，说道："去工作吧。还有你昨天的那个差评，我会向领导申请给你免除罚款的。毕竟事出有因。"

"谢谢班长。"

王龙离开后，领班的身边多了两名女生，她们正是前两天领着王龙加入入职手续的孙洁与楚雅。在她们身后，还有两名穿着黄马甲的外卖员。

领班看到他们，有些尴尬地说："孙洁，那个王龙又来上班了。"

"这么说，我们还要把这两个人带回去？你这个领班是怎么做的，让我们白跑一趟。"孙洁脸上有些不快。

领班只好说："没事，反正现在人手紧缺，多两个人也不违反公司的制度。这两个人就留下吧。"

孙洁瞪了领班一眼，道："这还差不多。"

"我们走了。"楚雅对领班吐了吐舌头，拉着孙洁离开了。

领班的目光在两个新人面前瞟过，随后挺直腰背，一脸严肃。

王龙自然不知道自己迟到了一会儿，领班竟然已经找好了顶替他的人。

工作起来，时间过得格外得快，一转眼，就到了中午。

订单的提示声响起，出于习惯，王龙随手按了接单。待他看到备注信息时，顿时睁大了眼睛："这是什么订单，还要我掏钱？"

只见备注上写着："晚来一分钟，后果自负，顺便给本小姐带两瓶饮料。"

半个小时后，王龙来到了目的地。想到备注上的要求，王龙买了两瓶汽水，盘算着：如果这个人态度恶劣，他就说没有；如果态度不错，自己送两瓶汽水也无妨。

"你已经晚了两分钟哦。"随着门被推开，一个慵懒的声音传到王龙的耳中，随后一个高挑靓丽的身影映入眼帘。

客户在看到王龙后，瞪大了眼睛，问："怎么是你？"

王龙一脸茫然，不知道该如何回答。

随后客户意识到了自己的口误，连忙改口道："不对，今天怎么不是朱金水，以往不都是他接我的订单吗？"

王龙这才恍然大悟。原来如此，怪不得订单上面的备注，口气就像在对一个熟人说话一样，敢情是一直专门有人负责给她送外卖，没承想这次王龙碰巧接了她的订单。

"不好意思啊，我是新来的，负责这片区域的外卖配送。"王龙说道。

"那以后我的订单都是你送了？难道朱金水辞职了？你没骗我吧？"对方狐疑地说。

王龙心里有些紧张，生怕自己说错了话，连忙解释道："我不是那个意思，你说的朱金水我不知道是谁，我只是说以后我会送这片区域的外卖，你可能会经常见到我。我叫王龙。"

客户皱着眉想了一下，随后勉为其难地告诉王龙，她叫陶嫣。

但很快她就反应过来，瞪了王龙一眼，说："我和你又不熟，干吗要告诉你我的名字？把东西给我，你走吧。"

陶嬷的态度让王龙心里有点儿失落，他把东西交给陶嬷，同时，将两瓶饮料也递给陶嬷。

陶嬷礼貌地把饮料退给王龙说："对不起，我不喝陌生人的饮料。谢谢你的好意，你拿回去吧。"

王龙的表情一僵，只听门"咣当"一声关上了。王龙的心里有些失落，不知道为什么，在看见陶嬷的瞬间，他觉得自己的心脏似乎都停止了跳动，这种经历在之前从未发生过。他甚至想，如果他以后能有这么漂亮的女朋友，该有多好。但随即他甩了甩脑袋，心想这样一个又漂亮又有气质的女人，怎么会看上自己这个外卖员？

想到这儿，王龙自嘲地笑了笑，正准备离开，身后却突然传来了开门的声音。陶嬷的声音在身后响了起来："喂，王龙？"

王龙连忙转身，只见陶嬷的整个身体都缩在了门后，只留一个脑袋从门缝里探了出来，看样子对王龙颇为警惕，问道："能帮个忙吗？我家的马桶堵住了，我不知道该怎么通。"

王龙愣了一下，随即拍着胸口保证道："就这点儿小事？交给我吧！"

显然陶嬷对王龙还是有很深的戒备，她把自己的身体藏在门后，警惕地打量着王龙。

王龙尽量让自己的表情看起来真诚可靠，心里却有些郁闷，这年头帮个忙都这么难吗？

最终，陶嬷还是开了门，她把王龙领到洗手间。王龙研究了一会儿，拿起皮搋子开始疏通下水道。

陶嬷站在门边不好意思地说："这样不会耽误你的工作吧？"

"最近订单比较少，闲着也是闲着，没关系的。"王龙无所谓地摆了摆手。其实他心里巴不得多和陶嫣相处一会儿。

话音刚落，王龙的手机响了起来："有新的外卖订单。"

听到手机提示音，两人脸上均有些尴尬，陶嫣借故转身离开。

七月的天很热，不一会儿，王龙的身上就出了不少汗。

即将清理结束的时候，王龙听到陶嫣打电话的声音。

"萱萱，家里来了一个陌生人，一会儿你到我这里来玩吧，我有点儿担心。"

"啊？怎么会，那人看上去挺好的，不像你说得那样吧？"

"那好吧，我把手机设置成一键报警，之前是我着急了，竟然找一个陌生人帮忙。那你记得一会儿来我这里啊！"

干完活儿的王龙走过来，说："美女，我都听着呢。"

陶嫣的脸顿时红了，有些手足无措地解释道："呃……不好意思啊，可能有点儿误会。我和闺密说的其实是一条狗，并不是在说你。"

听到这话，王龙脸色更不好了。陶嫣知道自己又说错了话，索性装作什么都没发生。

看到陶嫣的样子，王龙反倒是被气笑了，心想真是好心没好报！算了，也是自己自作多情，以为能博得美女的好感，结果还是被当成心怀不轨的人。

想到这里，王龙的脸上露出职业的微笑，说："美女，马桶已经通好了，那我就先走了。"

刚走出陶嫣家，王龙又被叫住了。他回头笑着问："还有什么事吗？"

陶嫣有些尴尬，抿了抿嘴说道："你……以后不要这么笑了，有点儿奇怪。"

说完，陶嫣就关上了门。王龙看着紧闭的房门，笑容顿时僵在了脸上。

虽然心里有些生气，但王龙还是忍不住笑了。这个叫陶嫣的女人真是不会说话，可自己居然还觉得她这样有点儿可爱，他想自己大概是魔怔了。

要是能每天见到她，就算做外卖员也不错啊！想到这里，王龙叹了口气，估计以后没什么机会再见了。

这时，衣兜里的手机响了起来。王龙看到来电显示，心情更加烦躁起来。

纠结了片刻，王龙还是接通了电话。

"爸。"

"小龙啊，在外面怎么样了？钱还剩多少？"王龙父亲的声音带着些许无奈，不过更多的还是不满。

王龙听到父亲的话，压抑着自己的脾气，说："你放心吧，我已经找到工作了，你们给我的钱够我生活一个月的。"

"找到了工作？什么工作？"王龙父亲的语气明显紧张了起来。

"送外卖。"

"什么？我辛辛苦苦供你读大学，就是让你去送外卖？"王龙父亲的声音一下子提高了几度。

父亲的反应其实在王龙的预料范围，但每次都和父亲吵架，也不是个事，所以王龙耐着性子解释道："爸，我感觉以我现在的学历想要找个好工作挺难的，所以我想要一边送外卖，一边利用空余时间继续学习，以后考个本科学历，说不定能找到更好的工作。"

"你现在就给我回来，只要你在家专心学习，我挣钱养你，不用你工作！"

"爸，你怎么就是不明白呢！不管你给我安排的人生是好是坏，那都是你的想法。而我有自己的追求，为什么你一定要勉强我做我不喜欢的事呢？"

"什么追求？你不就是怕自己回家乡找一份普通工作被人家笑话吗？你在外面送外卖，别人就不笑话你了？"

听到父亲这么说，王龙顿时觉得脸上火辣辣的，不高兴地说："好了，爸，我和你解释不通。反正我会好好学习，我相信只要我努力，肯定不会一直做一个外卖员。没别的事我就先挂了。"

"你就会挂你爸电话！我告诉你，就你这德行，以前考不上好大学，现在自学也没用。你以为我是故意贬低你？你错了，我见过太多像你这样的人，口口声声说只要努力，肯定会出头。结果呢？你要是真的愿意努力，以前干什么去了？现在想起来亡羊补牢了。"

王龙握紧了拳头，父亲说得没错，他在上大专的时候，的确光顾着玩了，对自己的未来完全没有规划。可即便是事实，心里也还会难受。他心里暗暗发誓，一定要做出一番成绩，让所有质疑他的人都刮目相看！

这时，电话里传来了母亲责怪父亲的声音："你怎么说话呢？他可是你亲生儿子。你要不会说话就别说了。"然后母亲又对王龙说："小龙，别听你爸胡说，今天你爸喝酒了，都糊涂了。其实他说你，自己心里也难受，你可别往心里去啊。"

王龙平复了一下心情，说："妈，我知道的，你们不用为我担心，我过得很好，再说我还有朋友呢。好了，我现在正在工作，不好跟你们多说，等以后再说吧。"

王龙越是不发脾气，母亲就越不放心，交代了王龙几句，才不舍地挂断了电话。

王龙深吸了一口气，然后骑上电动车，开始继续送外卖。

虽然王龙的外表很平静，但内心却波澜起伏。他太想做出一番成绩，从而得到父母的认可。但现实却告诉他，他只是一名普通的外卖员。

王龙怀着复杂的心情忙碌了一天，正准备下班时，突然有个人走到王龙面前吼道："就是你小子抢了我的单，是不是？"

对方脸色不善，王龙皱眉，想了想，问道："你是朱金水？"

"知道就好，那么咱俩的账，也该算算了吧？陶嫣可是我的老客户了，你从中插一脚，什么意思啊？"朱金水拦在王龙的面前。

虽然这件事确实是王龙不对，但看到朱金水的态度，王龙心中很是不快，说："什么插一脚？她点外卖，为什么就你能接，我就不能接？"

这时，一直紧绷着脸的朱金水，突然笑了起来。

王龙顿时明白，朱金水是在跟自己开玩笑，王龙脸上不免有些尴尬，朱金水只是逗一逗自己，自己却认真了起来，未免有些太不合群了。但想到陶嫣，王龙心中微动，用开玩笑的口吻说："要不，以后陶嫣的订单都由我来送？我看你也挺忙的，替你分担一些压力。"

朱金水脸上的笑意越来越浓道："怎么着，你这是动了什么心思了？"

"听说附近有一家烤肉店味道挺好的。"王龙说。

朱金水双眼一亮，说："那也不是不能考虑，不过以后只要你有空闲时间，就要随时听我召唤，怎么样？你要是不答应就算了，反正我跟陶嫣已经很熟了，我跟她打个招呼，以后她订外卖时先打我电话，这样我保证你一单都接不到。"

"成交！"

第四节　天下无不散之筵席

街上灯红酒绿，人来人往。对于京城来说，此时夜生活才刚刚开始。

有人拿着手机匆忙地打电话，联系好友出来准备大吃一顿；有人刚刚下班，拖着疲惫的身体，试图在街上找个便宜的餐馆解决晚饭。

龙腾烤肉店，王龙和朱金水交杯换盏，喝得满面红光。

朱金水这个人虽然有些世故，但还算是豪爽。他一边对着肉大快朵颐，一边和王龙说了很多关于外卖工作的注意事项，以及一些让客户不给差评的技巧。

"兄弟，我劝你最好不要想着与陶嫣有什么结果。人家可是一名大学老师，就算行业不分贵贱，但不代表人家心里不介意。对我们来说，能够萍水相逢就已经算有缘了，再多想是没有任何希望的。你要是做得过分了，兴许还会被人家当成心怀不轨的人，到时候闹得人尽皆知，那才是得不偿失。所以还是老老实实地找一个与自己门当户对的女孩比较靠谱。"说完，朱金水打了个响亮的饱嗝。

王龙听到这话，虽然心里很不好受，但也知道朱金水说得很对。他有些失落地说："时候也不早了，明天还要早起上班，我们改天再聊吧。"

"急什么，好不容易出来吃一顿饭，就这么走了，太可惜了。"

"那我把账结了，你在这里再待一会儿吧。"

见王龙坚持要走，朱金水也只好站起身，一只手摸着自己微微隆起的肚子，两只眼睛不舍地盯着没吃完的饭菜。

王龙见状，叫来服务员，把剩下的饭菜打包让朱金水带走，朱金水这才心满意足地走了。

王龙回到出租房，发现屋里比往常要安静许多。客厅里空荡荡的，张玲与苏强卧室的门紧闭着。想了一下，王龙回到自己的房间。

王龙手上拿着一本书，眼睛却看着窗外。外面既没有漫天的繁星，也没有繁华的街道。入目所见，只是一片老旧的单元楼，与老家县城的小区并没有太大差别。

晚上十二点，王龙揉了揉干涩的双眼，把书扔到了一旁，从床上拿起手机。朋友圈里苏强的动态让王龙打消了和他聊聊的念头。

"很幸运，遇到你们。我相信，未来的我会更好，踏入社会的每一天，我都在进步。一个月后，我会向所有人证明：你们能做的，我也能做；你们做不到的，我肯定也能做到。"

底下是张玲的评论："工作了一天虽然很累，但是看到你的感慨，我顿时感觉自己累了一天也值了。只要我们付出努力，总会有所收获，不是吗？"

看到二人的感慨，王龙心里有些不是滋味。想想最近发生的事，虽然有些磕磕绊绊，但似乎一切都在向好的方向发展。

次日，当王龙被太阳照醒时，他从床上惊坐了起来。

手机上的时间显示八点整，昨天定好的闹铃没有把王龙从沉睡中叫醒，以至于此时的他惊出了一身冷汗，他预感到自己又迟到了。

"呜呜呜……"

王龙突然听到有人在哭。打开门，只见张玲趴在客厅的茶几上，双眼通红，眼泪仿佛断了线的珠子不停地往下掉。她穿着一身职业装，上身的衬衫有些散乱，脸上的妆也花了。

王龙注意到客厅比往常要干净许多，并不是被人打扫过，而是因为少了许多日常用品。而属于苏强的房间门开着，从王龙的方向看去，可以看出苏强房间里的东西不见了。

张玲扬起了脸，带着哭腔说道："苏强走了，买的站票。"

"他走了？为什么我不知道？"王龙惊讶地说。

王龙心里有些难过，三个人同租在一块，时间长了，总是有感情的。更何况苏强与王龙是要好的哥们儿，没想到他却说走就走了。

张玲站起身，走到王龙面前。她趴在王龙的肩头，身体微微抽搐。王龙伸手在张玲的后背拍了拍，表示安慰。

"昨天苏强和我说了很多，我才发现，原来我们之中，苏强才是承受压力最大的那个人。"说着，张玲的身体又是一阵抽搐。

王龙掏出手机，向领班请了假。然后扶着张玲坐到沙发上，又给张玲倒了一杯热水，这才问："为什么没有告诉我？"

"他说不让我惊醒你，昨天你睡得太沉了，所以你不知道。"

"你是什么时候知道的？"

"昨天我见他发的朋友圈，还以为他踌躇满志，没想到原来他是被骗了。我们在微信上聊了很多，你看……"

王龙看着聊天记录，这才知道原来苏强所谓的好工作，只是一个骗局。苏强向家里要了很多钱，也被那群人骗走了。昨天他去上班的时候，发现公司关门了。他在外面晃悠了一天，感觉再也没脸见王龙和张玲，所以只好通过微信的方式告诉张玲。

苏强最后告诉张玲，他已经买好了晚上的站票，让张玲和王龙不用担心他。

王龙看完两人的聊天记录，把手机递给了张玲。尽管他之前就猜到苏强可能在"打肿脸充胖子"，但着实没有料到苏强会被骗得这么惨。这对于刚毕业的他来说无疑是巨大的打击。

王龙并没有联系苏强，他想苏强大概正处在低落之中吧，自己这个时候安慰他，只会让他觉得更加难受。

"那你呢？有什么打算？"王龙转而问张玲。

张玲叹了口气，道："公司里总有一些莫名其妙的流言传出来，我今天和领导多说了几句话，竟然有人说我别有用心，想要走捷径。这样的日子我过不下去了。所以，我准备重新找一份工作。"

"不准备回家乡发展吗？"

"暂时没这个打算，我以后可是要做首席执行官的人，怎么能被轻易地打败！虽然苏强的离开，对我造成很大的影响，但我不能就此放弃。对了，你外卖送得怎么样了？如果不满意的话，我们一块出去找工作吧。"

"挺好的，现在已经慢慢适应了。况且我的生活费没多少了，所以暂时不会辞职。就算重新找工作，也要等工资发了再说。"

听到王龙的话，张玲有些意外地说："我本来以为三人中你会是最先承受不住压力的那个人。但今天我才发现，你不像苏强那样，一直炫耀自己的工作有多好；也没有像我一样，一直抱怨自己的工作有多困难。苏强离开后，我哭了一晚上，而你依旧能保持冷静，甚至还能安慰我。其实你比我们两个要强多了。"

"其实我心里也会抱怨，只不过你们不知道而已。"

"那不一样，我和苏强的抱怨都是一定要发泄出来才会觉得心里舒服，而你会把这些抱怨转化成奋斗的动力，然后更加认真地去工作。王龙，你比大多数人都要有毅力。"

张玲想到以前，其实王龙做了很多事情。合租屋里的卫生，一直是王龙在打扫，吃完饭留下的锅碗瓢盆，也一直是王龙在洗，但王龙从来没有抱怨过什么。

张玲把沙发上的薄毯盖在自己的身上，嘴里打着呵欠，左手搭在王龙的肩膀上。

王龙把张玲的手拨开，说："我下楼买点儿早餐。"

路上，王龙在想，自己真的没有抱怨吗？只不过这段时间一直在忙着找工作，找到了工作，每天又忙得连饭都顾不上吃，哪还有时间去抱怨？不过若是闲下来，估计他也会和张玲、苏强一样，免不了胡思乱想。

今天的天气格外炎热，王龙在客厅陪着张玲聊天，安抚她的情绪。经过一上午的开导，张玲的心情终于好了一些。

不知道为什么，看着身边的张玲，王龙脑海里却浮现出陶嫣的身影。

外卖的提示音打断了王龙的思绪，打开外卖软件，看到有一个新订单。订单上显示接收人是陶嫣。王龙的身体立即挺直了，他下意识地看向墙角放着的送餐保温箱。

身旁的张玲敏锐地察觉到王龙的变化，她脸上的表情有些微妙的变化，问道："你要干吗？不要告诉我，你现在要去上班？"

王龙犹豫了一下，按下了接单。看来请朱金水吃一顿饭还是挺有效的，在他犹豫的这一分钟里，竟然没有人接单。

王龙对张玲解释道："领班只让我请一上午的假，所以下午我没法陪你了，得去上班。"

"是陪我重要还是上班重要？"张玲瞪圆了眼睛看着王龙。

"当然是陪你重要了！我们是朋友，又是老乡，你心情不好，陪你是应该的。可是这份工作对我来说也很重要，不上班，这个月的生活费就没了。"

两个人单独相处了一上午，虽然他们互相熟悉，但毕竟不是男女朋友，说话还是要把握分寸的。

张玲想了一下，有些委屈地说："你不用担心我，今天下午我要找工作。你去上班吧。"

"那你一个人找工作要小心点，遇到什么问题就给我打电话。"

看着王龙丝毫没有犹豫地离开，张玲撇了撇嘴。

第五节　一往情深深几许

王龙此刻满脑子想着的都是陶嫣，他用最快的速度赶往商家取餐。

不仅要在阳光下暴晒，而且黄马甲也必须要穿在身上。王龙很快就满头大汗，身上的背心也跟着湿透了。眼睛因为熬夜的原因而变得有些干涩。此时，他的大脑一片混乱，如果说还有什么能够支持他坚持下去，那就是马上可以见到陶嫣了。

当王龙到了陶嫣家门前，打电话让陶嫣出来拿外卖。趁这个时间，王龙迅速地整理了一下自己的衣服，又伸手擦去脸上的汗水。

一会儿，面前的门被打开，一个倩影出现在王龙面前。今天的陶嫣穿的是一件白色无袖连衣裙，雪白的双臂与小腿露在外。她的长发披在双肩，乌黑的秀发将她的脸衬托得格外白皙。

原本准备好向陶嫣打招呼的王龙，突然间不知道该如何开口。他调整了一下呼吸，然后说："你好，美女，我们又见面了。"

"怎么又是你？"陶嫣的双眼睁大，一脸不悦的表情，"你是不是故意的？我叫了两次外卖怎么都是你？朱金水呢？"

"他不在……"

"借口！你肯定是利用工作在故意接近我，对吧？"陶嫣狠狠地瞪了王龙一眼。

虽然陶嫣的话很不好听，但王龙却不生气，反而觉得陶嫣这样很可爱。

突然，"砰"的一声，陶嫣把门关上了。拿着午餐的王龙站在门外，脸上的微笑变成了尴尬。

还没等王龙反应过来，门再次被打开，陶嫣来到王龙身边。王龙以为她回心转意要和自己好好说话，没想到陶嫣伸出手拿走了王龙手中的午餐。

原来是为了午餐啊！王龙心里有些失望。

然而下一刻，王龙看见陶嫣身子微微一晃，突然倒在了他的怀中。

王龙的心脏马上提了起来，身体也在瞬间变得僵硬，大脑更是一片空白。

怀里的陶嫣动了一下，让王龙回过神来。他不知所措地问："美女，你怎么了？"

陶嫣抬头瞪了王龙一眼，然后使劲儿想要站起来。

"咦，你的脸怎么有点儿红？"王龙看到陶嫣有点儿不对，伸手试了试她的体温，"你发烧了！你没事吧？我送你去医院吧。"王龙显得有些着急。

然而陶嫣站起身来，推开王龙搀扶她的手，然后将外卖放回屋里，转身关上门似乎要去医院。

为了防止陶嫣再摔倒，王龙只能小心翼翼地在她身边护着。

"陶小姐，你现在的状态看起来非常虚弱，你一个人真的可以吗？说真的，我送送你吧？"

陶嫣咬着下嘴唇，不管王龙在她身边说什么，她都没有回应。

王龙心里有些失望，但还是说道："陶小姐，你是要去医院吧？我骑的是电动车，去医院很方便的，真的。而且我在公司里也有工号，你不用担心我会对你做什么的。"

陶嫣依旧没有理王龙，只是一个人往楼下走。

看到陶嫣一副爱答不理的样子，王龙有些难受。他承认，自己对陶嫣有好感，甚至只要见陶嫣一面，心情便能多云转晴。但他有自知之明，知道陶嫣是一名大学老师，根本就看不上自己。所以他从来没想过要去追求陶嫣，顶多就是想多见她几面而已。然而，陶嫣的冷漠，让他深深地明白自己有点自作多情。

"陶小姐，我知道你讨厌我，不过我现在真的只是想帮你而已。"王龙再次强调道。

陶嫣并没有理会王龙的解释。王龙在心中暗暗告诫自己：王龙，你们不是同一个世界的人，你多说一句话，都令人家厌恶，又何必如此自作多情？梦醒了，该努力奋斗了。

虽然王龙已经决定收起自己的胡思乱想，但看到陶嫣一个人去医院，他还是有些不放心。所以陶嫣在前面缓慢地走，王龙骑着电动车慢慢地跟着。

王龙跟着陶嫣来到小区的门口，看着路上来往的车辆，心中为陶嫣捏了一把汗。

突然，一辆轿车停在陶嫣的面前。陶嫣看了眼车牌，打开车门，坐进车里。本来想要向前劝一劝陶嫣的王龙，僵在了原地。

王龙抬起的手默默地放了下来，心想怪不得不让他送，原来是早就叫好了车。随后他又有些愤怒，既然早就叫了车，为什么不告诉自己呢？难道就是为了耍自己？

身边的电动车与身上的黄色外套，让王龙觉得站在轿车跟前显得特别卑微，这是王龙上班以来第一次感到这么尴尬。

王龙没再犹豫，转身就走。

"喂。"突然，身后传来一个声音。

王龙转过身，只见陶嫣的脑袋从后车窗探了出来。她的一缕黑发垂在半空中，一阵微风吹过，头发仿佛柳枝一样微微摆动，黑宝石一样的眼睛带着些许疑惑，问道："你去哪儿，不是要送我去医院吗？还不上车？"

"我……你等一等，我得找个地方把车停了，不会很久的，稍等……"王龙体内的血液瞬间加速流动，竟然激动得有些语无伦次。

王龙心中又是着急，又是紧张，眼睛焦急地向四周搜寻，很快找到了一个空位。仅仅用了半分钟的时间，他就将电动车停好，并赶了过来。

"虽然我让你陪我去医院，但是你也不要多想。而且我不会占你便宜的，所以我自己叫了个车。"陶嫣说完，又对司机说："师傅，去医院。"

误会解除了，王龙重新变得神采奕奕起来。他见陶嫣双眼紧闭，靠在车座上，想必是很难受。他悄悄地把手机的音量调到最低，以免订单的提示声影响陶嫣的休息。

医院很快就到了，王龙先一步下车，来到陶嫣的那一侧，绅士地打开车门。

王龙伸手想要扶陶嫣下车，却遭到陶嫣的怒斥："不许碰我！"

"我是怕你摔倒，所以才想要扶着你。既然你不要我碰你，那我就不扶你了。"王龙有些失落，看来陶嫣还是对他有防备。

其实，就在刚才开车门的瞬间，王龙忽然产生想要把陶嫣追到手的念头。当然，随后陶嫣的态度，让他的这个念头立马烟消云散了。

陶嫣没有立即下车，王龙又往后站了几步，她这才仰着脸，仿佛小公主一样，从车上走了出来。

"你在这儿等着好了，我去帮你挂号。"进了医院，王龙找了一个座位让陶嫣坐着，然后自己去挂号。

这段时间似乎生病的人特别多，王龙足足排了十多分钟才挂上号，然后又陪着陶嫣排了十多分钟的队，才见到看病的医生。

医生检查了一下，说陶嫣是因为夏季流感，加上身体虚弱才会发烧，之后为陶嫣配了药，让她去输液。

王龙表示可以陪着陶嫣输液。陶嫣犹豫了片刻，决定让他留在医院陪自己输液。

王龙拿着医生开的单子，到取药处配好了药，又去找了护士给陶嫣扎针。忙了一圈，他好不容易消停下来。

病房里只有陶嫣和王龙两个人，陶嫣在输上液以后，气色明显好了许多。

看到王龙前前后后地忙活，陶嫣心里有些感动，想到自己之前对他的态度，陶嫣有些不好意思地说："对不起，我见到是你来送外卖，以为你抢了朱金水的单，所以才会对你凶的。"

"其实我很好奇，为什么你跟朱金水的关系那么好？我从他那里得知，你们似乎也并不是很熟。"王龙有些好奇地问。

陶嫣解释道："我的身体比较差，有一次点外卖的时候，因为贫血，晕倒在了门口就是他把我送到医院的。"

王龙对比了一下眼前的状况，心想：看来她的身体确实不太好。

"因为这件事，我们就熟悉了。我一个女生独居，有些事不会弄，偶尔会找他帮忙，当然我也会请他吃饭作为感谢。一来二去，我们就熟悉了。"

听完陶嫣的话，王龙心里对她的印象改变了不少。陶嫣能够不嫌弃朱金水的身份，与他做好朋友，还误会自己抢单而为朱金水抱不平。这样看来，陶嫣是一个很好的姑娘。

"我告诉你啊，你不要以为你今天送我来医院，我就会对你改变态度。"陶嫣看着王龙说道。

王龙有些不解地说："朱金水送你去医院，你就可以把他当朋友，怎么我送你来医院，你却对我如此防备呢？"

陶嫣"哼"了一声，不屑地说："朱金水送我是因为他很善良，但你显然是别有用心！"

王龙顿时没话说了，没想到陶嫣居然看出了自己的心思。

见王龙沉默不语，陶嫣继续说："被我说中了吧！我的外卖都是朱金水送的，附近工作的外卖员都知道这件事，从来不会抢单。如果第一次你不知道这件事，意外抢了单，我就信了。但这次居然还是你来送餐，那只能说明一个问题，你是故意的！"

"你怎么能这么说呢？"王龙心虚地反驳道。

"少来！你应该是私下和朱金水说好了吧？"陶嫣一语中的。

王龙见自己的算计已经被识破，也不好意思再反驳了，但看着陶嫣的样子不似之前那样生气，于是开玩笑地说："谁让你长得这么漂亮，是个人都想亲近你呢！"

陶嫣瞪了王龙一眼，警告道："你可不要有什么不该有的想法，否则，我会让你吃不了兜着走！"

王龙调侃道："什么叫不该有的想法？想让你成为我的女朋友，算不算是不该有的想法？"

"你开什么玩笑！"陶嫣被王龙的话气得反倒是笑了。

王龙故作失望，叹了口气，说："我懂，追女孩要学会坚持，不能半途而废。"

"你有没有听懂我说的话？我是说，我们只能做普通朋友。我根本没有考虑过和你怎么样，不要想多了。"

"女人心，海底针。谁知道你嘴上这么说，心里怎么想的。只要我足够优秀，你怎么可能会看不上我呢？"王龙脸上露出意味深长的笑容。

陶嫣气鼓鼓地瞪着王龙，脸上是微微羞恼的样子，落在王龙眼里，当真是有万种风情。

漂亮的人，连生气都那么可爱。陶嫣越是生气，王龙就越想逗她。

"你没救了。"陶嫣冷冷地别过脸。

"你是我的药，一粒就见效。"

"你走吧！立刻在我眼前消失。我是认真的。"

陶嫣严肃的表情，终于让王龙闭上了嘴。

午后的太阳晒得人发懒，不知不觉陶嫣闭上了眼睛。等她醒来的时候，看到吊瓶里的药已经快要输完了。而王龙正坐在一旁，双眼一直盯着药瓶。

自己睡了多久？王龙一直在这里守着？陶嫣的脑袋有些发蒙。她微微翻了翻身。王龙连忙走到她身边，想要将她扶正，但又是一副不太敢碰她的样子。

侧过身体的陶嫣，用眼角的余光看到王龙的嘴巴张开了。本以为王龙是想要把自己叫醒，没想到他只是打了一个哈欠。

自己和王龙也没见过几面，关系并不友好。可王龙却这样守着她，帮她盯着换药水的时间。想到这里，陶嫣的心里仿佛被什么触动了一下。

"醒了？"王龙试着问了一句。

"嗯。"陶嫣决定不再装睡，应了一声。

"药水快没了，我们差不多能走了。"

"好。"

陶嫣从床上坐起来，王龙出去叫护士。

护士将针拔出后，陶嫣从病床上下来，突然，脑袋一阵眩晕，又不得不坐回床上。

陶嫣转头看着王龙一脸紧张地看着自己，于是板着脸说：

"扶我。"

"啊？"王龙一时没反应过来。

"啊什么啊，我要去洗手间。"

"啊……哦。"

王龙没想到陶嫣不仅让自己扶她，还让自己陪她去洗手间，一时紧张得不知道说什么好。

陶嫣低下了头，脸上已经通红。王龙赶紧挽住了她的胳膊。

当陶嫣红着脸从洗手间出来的时候，王龙也没有说话，只是扶着她朝医院门口走去。

"陶嫣，要不我们互相留一个手机号吧，这样以后你有困难，直接给我打电话就可以了。"出了医院，王龙试探地问陶嫣。

"不用了。"陶嫣果断地拒绝道。她想，反正王龙以后肯定会经常给她送外卖，没必要非得留下联系方式。

王龙有点儿失望，因为外卖软件对客户隐私的保护是很到位的，外卖员没有权限看到客户的联系方式。所以王龙想直接要陶嫣的手机号。

"难道朋友不应该互相留下联系方式吗？"王龙不死心地说。

"算了。"陶嫣的眼睛看向前方，微微皱了一下眉。

"那不如我请你吃饭？"王龙还是不死心。

"下次吧。有机会我请你，毕竟今天你帮了我。"

"下次是什么时候？"

陶嫣有些不悦，见王龙有意无意地瞟着自己，显然是不达目的不死心。

"你这是得寸进尺，哪有你这样逼着别人请吃饭的？等有机会了，我自然会告诉你。"

"好吧，那我扶你离开吧。"

"我要打车！"陶嫣显然已经不耐烦了，她似乎一分钟都不想和王龙待在一块了。

"你不要误会。你刚刚输完液，一个人回去万一路上出了什么问题，怎么办？"

陶嫣想了一下，最终没有拒绝。

王龙快步走到马路边，打了一辆出租车，然后扶着陶嫣上了车。

王龙并不知道，他和陶嫣在医院门口的一幕都被张玲看在了眼里。

张玲在网上看到了这家医院在招前台，于是她便来应聘。当她来到医院，却看到两个有说有笑的身影。看着王龙对陶嫣小心翼翼的模样，她感觉脚步沉重了许多。

张玲小心地挪到一旁，让大厅的柱子隔在三人之间，侧耳听着王龙和陶嫣的对话。

听到王龙要请对方吃饭，那殷切的语气与兴奋的表情，在王龙身上是极少出现的。张玲感觉自己的呼吸变得急促起来，一只手捂住心口，仿佛有什么东西正在离她而去。这种感觉，比苏强离开时要强烈多了。

看到王龙送陶嫣回家，张玲不禁想：都送人家回家了，进展还真快啊！怪不得王龙对自己不冷不热，原来心里早就有人了。

这时，张玲的手机响了起来，一旁的人见她不接电话一直在发呆，于是，用奇怪的眼神看向她。

其实，张玲只是沉浸在自己的思绪里，没有听到手机响。她看着王龙离开的方向，心里涌起浓浓的孤独感。

第六节　终是曲终人散

把陶嫣送回家后，王龙依依不舍地和陶嫣道别，离开时心中有点儿怅然若失的感觉。

四周一辆辆汽车穿行而过，他骑着电动车，漫无目的地到处乱窜。

这会儿高峰期已经过了，订单很少。他一边走一边胡思乱想。

看来朱金水说得很有道理，自己若是试图追求陶嫣，肯定会被毫不留情地拒绝。

得出这个结论，王龙的心里有些沉重。但奇怪的是，他居然没有要放弃的念头。

此时的陶嫣躺在床上，身上穿着睡衣，头发被随意地盘了起来。她的对面坐着一个年轻女子，那是她的闺密——叶萱萱。

叶萱萱瞄了几眼陶嫣，随后翻了个白眼，说："刚从医院回来，我怎么感觉你心里藏着事情呢？"

"没什么，学校放学了吗？今天怎么没有出去玩？"陶嫣摆弄着枕头的一角，眼睛认真地盯着枕头，仿佛在寻找什么似的。

"得了吧，你现在的表现明显是有心事，还能瞒过我不成？说吧，碰到什么事了？"

"没，就是遇到一个送外卖的。"

"送外卖的？"叶萱萱有些疑惑。

陶嫣把今天发生的事和叶萱萱讲了一遍。

听完后，叶萱萱紧锁着眉头，问道："嫣儿，你该不会是喜欢上那个王龙了吧？”

"你说什么呢！就是他今天帮了我，我想请他吃顿饭表示一下感谢。但一想到他看我的表情，我就……"陶嫣也不知道该怎么解释自己的感受。

见陶嫣的样子，叶萱萱挑了挑眉，好奇地问："帅不帅？"

陶嫣打了叶萱萱一下，没好气地说："花痴！"

叶萱萱反驳道："花痴我乐意！赶紧说，帅不帅？"

陶嫣叹了口气，无奈地说："还行吧。"

叶萱萱知道陶嫣的眼光向来很高，她嘴里的"还行"，那就一定长得不错。

陶嫣双眼看向天花板，道："他确实对我表达了喜欢。不过，我已经和他表明态度了，我和他是绝对不可能的。我只是在想，今天他向我要手机号，我拒绝了。他心里肯定认为我是一个很没有礼貌的人，毕竟他帮了我。"

"既然明白这个道理，就给他啊。大不了，到时候再拉黑就是了。"

"如果我给了他联系方式，不就是变相地给他机会吗？到最后我再拒绝他，这不是在耍人家吗？"

回想起王龙说的那些话，陶嫣心中不免有些气恼。但又想到，王龙确实是一个可以交的朋友。可她又害怕以后王龙会缠着自己。

"啪。"

陶嫣惊讶地张开嘴，看向叶萱萱，问道："你打我干吗？"

"漂亮有什么了不起的！被人追求居然还这样和我抱怨，老实说，你是不是在故意气我？"叶萱萱听陶嫣说着自己的烦恼，假装生气地说。

其实，叶萱萱的心里确实有些不是滋味。她们虽然关系很好，但每次和陶嫣站在一起，男人总会把目光第一个看向陶嫣，等被陶嫣察觉的时候，才会下意识地把目光挪到叶萱萱的身上，以此转移注意力。

两人在床上开始打闹，没过一会儿，陶嫣就体力不支，被叶萱萱压在身下。

陶嫣这边纠结不定，王龙却已经适应了送外卖的工作。

每天七点半起床，简单吃过早饭后，王龙便开始了一天的工作。晚上下班后，王龙会抽出时间学习。一天的时间，被他安排得满满当当。

这样的日子持续一段时间后，王龙发现一个问题，电动车的续航能力不行，每次电量不足的时候，他要浪费大量的时间充电。因此他做了一个决定，等到发工资后，要花钱添置一辆电动车，这样轮流着骑，工作效率也会提高。

这段时间里，陶嫣点了三次外卖。

第一次送餐时，王龙发现陶嫣的气色好了不少。但陶嫣并没有与他说话，拿了东西就关上了门。

第二次送餐时，王龙看到在陶嫣开门的时候，屋里有一双眼睛在悄悄打量着自己。由于屋里很暗，也没有灯光，王龙也没看清是男是女。

而第三次送餐时，陶嫣只从门缝伸出一只手，王龙自觉地把餐食交到她的手中。

这三次的送餐，让王龙越发觉得想要追到陶嫣，希望渺茫。

这几天，张玲因为要找工作，所以每天回来得很晚。有时候王龙都已经关灯睡觉了，才听到客厅里有开门的声音。

虽然一切看似平淡无常，但王龙却感觉自己的身体越来越疲劳。

而每天枯燥的工作，将他的期待与热情消磨一空。

王龙发现张玲最近变了，偶尔询问一下她的近况，张玲只是说她找到一份服务员的工作。

看到张玲的变化，王龙不禁在心里感叹，张玲比以前成熟多了。

这天，公司新招了两个外卖员，大家实行了轮休的工作机制。

王龙趁机休息了一天。张玲在得知他休假后，对他说："那晚上多买点儿菜吧，我们好长时间没有一块吃过饭了。"

"好，你早点儿回来。"

原本王龙想出去好好玩一玩，但他发现风景区和游乐场的门票太贵了，而且又远，如果玩一天的话估计不比上班轻松。考虑半天后，他决定老老实实地待在家里。

下午六点半，张玲回来了，手里抱着一箱啤酒。

王龙睁大了眼睛，问道："你买那么多酒干什么？"

"你管我？我想喝不行吗？"

"行行，反正我今天没事，陪你喝个痛快。"王龙走到张玲身边，把啤酒接了过来。

张玲似乎有心事。王龙把菜端上桌，还没开始吃，就见她打开酒往嘴里猛灌，转眼就喝完一瓶。

王龙劝道："你慢点儿喝，喝多了伤胃。"

"人活一辈子，已经够委屈的了，就连喝酒还得顾忌，你怎么还不如一个女人，婆婆妈妈的。"张玲仰起脑袋，又往嘴里灌了一大口酒。

王龙觉得这话很有道理，便没再阻止张玲，自己也跟着喝了一口。

"王龙，说真的，你最近工作怎么样？"张玲晕晕乎乎地看向王龙问道。

王龙刚要开口，就被张玲打断了："我知道，没说话就代表还不错，上班的时候，肯定遇到喜欢的人了吧？"

"我们公司都没几个女员工，我能喜欢谁啊？"王龙没想到张玲会问他这种问题。

"没有？谁信啊！如果你没有遇到喜欢的人，咱们独处一室这么久，你为什么对我没有任何的想法呢？"

"别胡说！我们只是合租而已，又不是住在一个屋子里。"王龙急忙说道。不过想想也是，自己和张玲每天抬头不见低头见，又有老乡这层关系，可这么长时间了，自己对张玲没有任何想法，也许是真的没有缘分吧。

"呵呵。"张玲笑而不语。过了一会儿，她突然说："我又辞职了。"

王龙睁大了眼睛，惊讶地说："你又辞职了？为什么？"

张玲的脸色很平静，就像在说一件很平常的事，这与之前的她有很大的差别。王龙原本做好了张玲哭闹一番的准备，但张玲的反应却让王龙始料未及。

"王龙，你知道吗？其实我最近的工作是酒店前台。我认认真真地工作，却被经理刁难！"张玲突然握紧了拳头，眼中流露出一丝凶狠。然后，她抬起拳头，"砰"的一声砸在桌子上。

"我已经忍很久了，今天在拿到工资后，我当着所有人的面将经理做的事说了出来。真是太痛快了，你都不知道当时他的脸色有多难看！"

说到这里张玲得意地笑了起来，可笑着笑着，她的眼睛却红了。

王龙静静地听张玲说话，他知道，张玲只是想找个人倾诉一下。

张玲继续说："你知道吗？毕业的这两个月，我算是明白了，像我们这样没有高学历没有背景没有经验的毕业生，想要有一份安稳的工作，简直是不可能的。刚开始苏强就是因为怀着一夜暴富的心理去找工作，结果被骗得血本无归。而我呢？酒店前台收银员的工资的确很高，可是却得不到基本的尊重。

"王龙，你能想象那种被人用异样目光看着的感觉吗？就好像是在嘲笑我的努力根本是白费力气。无论我做得多好，都只是为别人服务而已。即便是客人的错，经理也会把责任归在我头上。也许在他们眼里这都是理所应当的，但我受不了。我甚至不敢把我的工作告诉家里人，我怕他们知道后会伤心。

"我本来想挣点儿钱当本金，以后做个小生意。但是后来我发现，就凭我的工资，想要在京城租个店面，至少需要努力十年才有可能。但谁也不知道这十年会发生什么，如果十年后我没有办法实现目标，那时候，我都三十多岁了，什么都晚了。在我们老家，像我这个年龄的女人，都已经结婚了，而我现在还在京城做着不切实际的梦！王龙，你明白我的心情吗？"

张玲的眼角流出了泪水，一滴一滴砸在手上。

"我们一起奋斗，只要我们肯努力，总会有出头之日的。"王龙拍了拍张玲的肩膀，安慰道。

"出头之日？我们除了一腔孤勇，什么都没有，怎么出头？靠想象吗？王龙，醒醒吧。不管是学历还是工作经验，我们都不占优势，拿什么和别人竞争？你以为我不知道你每晚都在看书学习吗？可是，那有用吗？"

张玲又喝了一口啤酒，继续说道："所以，我想通了，也许京城根本就不适合我，我也该和苏强一样，回家乡了。"

"你要走了？为什么要走？"王龙站了起来，一脸难以置信地看着张玲。

"我想家了。"

"还有呢？"

"也许我承受不了失败的打击吧。"

张玲见王龙终于因为她有了情绪上的变化，心中居然有一点儿开心，但很快便是无尽地怅然。

"起初我觉得留在京城，人生可能会不一样，但是现在看来，留给我的，只有孤独和陌生。王龙，对不起，我没能坚持下去。"

"你不用和我说对不起，你什么时候离开？"王龙问。

"明天吧。你能请一天假，送送我吗？"

"可以，我一会儿就给领班打电话。"

张玲的嘴巴张了张，似乎有什么话想要对王龙说，但最后还是放弃了。

自从张玲说要回家乡后，王龙整个人低落了许多。他低着头，一言不发，只是一杯接一杯地喝酒。

"别喝那么多了，睡觉吧。"张玲劝道。

"嗯，那明天见。"

王龙默默地转过身。张玲看着王龙的背影，心中莫名地一疼。其实苏强离开时，张玲就已经知道自己的信心开始动摇了。

工作上的压力与现实的打击让张玲身心俱疲，而苏强的离开就是压倒骆驼的最后一根稻草，让张玲已经没有勇气继续在这里耗下去。所以，她决定回乡发展。可是看到王龙低落的样子，张玲觉得或许今天她不该告诉王龙这个消息，可是早说晚说，结果都是一样的。

回到房间的王龙躺在床上，翻来覆去睡不着，今晚是这些天来他第一次没有看书学习。

算了，人各有志。若是因为张玲的离开，自己就开始颓废下去，也太没出息了。尽管这样想着，但王龙心中还是觉得自己的未来一片茫然。

夜里起了风，传来"呜呜"的声响，隐约可见窗外的几棵梧桐树在随风摇摆。

第二日清晨，张玲起床收拾好了东西。此时，外面正下着小雨，湿漉漉的街道上来往着上班的人。张玲看着窗外，久久没有动作。在这里她无亲无故，关系不错的人也就只有王龙。今天离开京城后，她会再一次踏入新的奔波之中，也许，此生再也不会回来了。

雨渐渐停了，张玲离开的时间也到了，她感到心里空落落的。

张玲偷偷地看了王龙一眼，只见王龙坐在沙发上玩着手机，好像一点儿伤感的情绪都没有，她心中顿时涌起一股怒气，道："时间不早了，走吧。"

"这么快！"王龙揉了揉眼睛，看了一眼手机，发现的确到了出发的时间。

王龙站起身来，拿起张玲的行李，说："我会尽快把你们的房子租出去，到时租金我会还给你们。"

"你能别废话了吗？心烦。"张玲心里突然蹿起一股火来。

王龙没说什么，他知道张玲的心情不好。

两人相处这么久了突然要分开，肯定会不舍。他与张玲此时就是因为舍不得对方离开，却又不知道该用什么方式表达出来，所以才会这么不知所措。

眼看就要进站了，张玲的身体突然颤抖了起来，她的双眼不停地在车站入口与王龙身上来回移动。四周的人拖着行李从她身边匆匆而过，似乎在提醒她，该走了。

突然，张玲一把抓住王龙的胳膊，问道："你有没有想过结婚？"

"啊？为什么这么问？"王龙有些疑惑。

"有一次我听你和家里人打电话，看他们的意思是不希望你留在京城。抱歉啊，我不是故意偷听的，只是你们说话的声音有点儿大，所以不小心听到了。我就是想问问你，你有没有考虑过听从父母的话，回家乡发展，安安稳稳地过日子？"说完这话，张玲感觉自己的心已经提了起来。

排队进站的人陆续进入候车室，来送站的人来来往往，络绎不绝。

王龙深吸了一口气，说："你到底想说什么？"

"我是说如果……如果我愿意做你的女朋友，并且愿意嫁给你，你会不会娶我？然后我们就像现在一样，一起努力奋斗，一起生活。你放心，我不会像别人一样，跟你家要太多的彩礼，我们没有的东西，以后可以一起挣回来！我也会做一个贤妻良母，孝敬公婆，勤俭持家。你……愿意和我一块回家吗？"

听到张玲的这些话，王龙心中顿时掀起惊涛骇浪。他和张玲是老乡，平时关系确实比别人亲近一些，有时他们也会开开玩笑，但是他从来没有想过有一天会和张玲成为恋人，更不要说结婚了。

看到王龙一脸吃惊的表情，张玲已经知道了答案。她微微一笑，说："好了，我是和你开玩笑的，知道你没有那个意思。对了，等你回老家的时候，别忘了找我聚聚，保持联系，走了。"

张玲抬起右手，在脸旁做了个打电话的手势，随后毫不犹豫地向车站入口走去。

王龙张了张嘴，想说些什么，但最终还是没有说出口。

第七节　代沟真可怕

张玲走了，王龙的生活还得继续。此时的王龙显然已经没有了当初三个人一起奋斗的热情。

苏强、张玲都离开了，就剩下自己了。这个现状让王龙有些灰心。他看了看手机地图，火车站距离租的房子大概四公里远。想了一下，他没有坐公交车，想要步行回去。

走了一会儿，想到明天还要上班，又回想起张玲离开时对自己说的那些话，王龙心里充满了悲伤。

为什么自己就遇不到好机会，像别人那样成就一番事业？自己每天晚上花那么多时间看书学习，真的有用吗？

王龙突然生出一个念头，要不联系张玲，告诉她，自己接受她的提议？但当他拿起手机，准备打给张玲的时候，心里又忍不住问自己：回到老家，过平淡甚至平庸的生活，难道真的是自己要的吗？现在的他，连养活自己都是一个问题，靠什么来撑起一个家庭？就算张玲愿意与自己一同努力奋斗，但自己一个大男人，怎么好意思让妻子陪他吃苦呢？当初选择留下，不就是想以后能拥有更好的生活？现在苏强和张玲都回家乡了，难道自己也要放弃一直以来的坚持，回到老家，继续依靠父母吗？

不行！必须得坚持下去，也许自己真的能成功呢？以后的事情谁也说不准，没有尝试过怎么知道自己行不行？

想到这儿，王龙竟然笑了起来。他朝着灰蒙蒙的天空大喊了两声，瞬间觉得身体通畅了。

王龙想通之后，一路跑回出租房，到小区门口时已经满头大汗。他现在只想回到房间，打开电风扇，痛痛快快地睡一觉。

　　当王龙走到家门口，正打算开门的时候，突然看到两个熟悉的身影站在他的房门前。

　　"爸，妈，你们怎么来了？"王龙脱口问道。

　　"小龙？你回来了，今天没上班吗？我们还以为你晚上才回来，准备在这里等你呢。"母亲看着王龙满脸笑容地说。

　　而父亲则板着一张脸，瞪了王龙一眼，根本没有与他说话的打算。

　　"你们怎么找到我这里来了？也不提前和我说一声，我好去车站接你们。"王龙从口袋里掏出钥匙打开门。此时，他的心情很复杂，隐约猜到了父母这次来的目的。

　　"我们担心你，所以来看看。你工作那么忙，就没告诉你。"母亲一边说话一边打量着王龙。

　　父亲站在一旁打量着整个屋子，语气生硬地问："今天没工作吗？"

　　"没有，一个朋友要回老家，我去车站送她。明天去上班。"

　　父亲张了张嘴刚要说话，一旁的母亲连忙用手腕捅了捅父亲。

　　王龙不想和父母再聊这件事，话头一转，说道："你们先坐下歇一歇，我出去买点儿饭。"

　　"那你快去快回，还有钱吗？没钱我给你。"母亲伸手就要从衣兜里掏钱。

　　王龙连忙说："不用，我有钱。"

　　出了门，王龙到附近的餐馆买了几个包子，又点了几道素菜，还有熟食。他想着昨天张玲买的啤酒还剩下两瓶，正好给父亲喝。

　　回到出租房，王龙把饭菜交给母亲，自己从冰箱里取出啤酒。

　　吃饭时，父亲看向桌上的菜问王龙："花了多少钱？"

"不多，也就一百五十元。"王龙说。

"一百五十元还不多？你在这里一个月才挣多少钱？挣的钱够你吃饭吗？"父亲板着脸，眉头紧皱。

王龙没有说话，他很清楚，这只是暴风雨来临的前奏。

母亲在一旁坐着，没有打断父亲的话。

"你回来的时候出了一身汗，从车站跑回来的？"父亲又问。

"嗯，锻炼一下身体。"

"天天上班还不够你锻炼的，是没钱花了，舍不得坐车吧？"父亲一针见血地说。

王龙心中憋屈，却什么也没说。

父亲说得其实也没错，王龙只是想省下钱吃饭。如果在老家，一天三顿饭，五十块钱可劲儿吃。而在这里，五十块钱连一顿饭都未必能够。

"就算你送外卖，一个月挣八千元。房租、伙食费，再加上和同事出去玩儿，一个月能剩下三千元吗？"父亲越说越来劲儿，似乎在故意刺激王龙。

母亲在一旁叹了口气，没有说话。

"要不是你妈说给你寄点儿东西，要你的地址，恐怕你都不肯告诉我们住的地方吧？养你这么大，你就是这么对我们的？要你回老家，就这么难吗？"见王龙一直不说话，父亲更加恼火，声音不由得变大。

"京城虽然消费高，但机会也多。我有几个同学毕业后留在京城打拼，他们现在都做出了一番成绩。既然别人能行，我肯定也能行。"王龙试图说服父亲。

"你行？你在这里一没朋友，二没人脉，你拿什么和别人比？家里给你把房子都盖好了，你不回家偏偏留在这儿受苦？"父亲额头上的青筋都暴了出来。

王龙握紧了拳头，但他并没有反驳父亲的话。

"你的工资什么时候发？今天你就去公司辞职，把工资结了，跟我们回家。"

听到这话，王龙叹了口气，心想该来的还是来了。随后，他缓缓地摇了摇头。

"你还真打算在这里一直耗着？我们把你养到这么大，就是让你在外面漂着不回家？你要是能做出一番成绩也就算了，可现在呢？高不成，低不就，算个什么？"父亲气得直喘粗气。

"爸，你能别说了吗？"王龙抬起了头，直视父亲。

这段时间，王龙虽然遇到很多不如意的事，但他从来没有向别人抱怨过一句，但此时面对父亲的质疑，他再也忍不住了。

"我说什么了？我说的都是事实，难道我说的不对吗？是我打击了你的自尊心，还是我误会你了？"

"好，既然话都说到这儿了，爸妈，今天我就告诉你们我的想法。不管你们说什么，我都不会跟你们回家。你们支持也好，不支持也罢，我一定要留在这里。"王龙态度很坚决，他把手中的碗往桌上一摔，发出"砰"的一声巨响。

"你真是翅膀硬了，爸妈说的话你都不听了。好啊，白养你这么大了。你知道你妈有多担心吗？你知道她这段时间为了你的事，吃不下饭、睡不好觉吗？你看看咱老家那些和你年纪一样大的人，人家的孩子都几岁了，就你还成天做那些白日梦。"

"别说了！"王龙的声音有些颤抖，"你们口口声声说是为我考虑，可你们真的考虑过我的想法吗？你们说为了我好，却从来没有弄明白我真正想要什么。你们把一切都安排好，让我像你们那样过一辈子，我就会过得幸福吗？就算我现在不如别人，那也不代表我永远不如别人。只要我肯努力，总有一天我也可以像别人一样过得很好。所以我不需要你们的安排！"

"你……"父亲气得双眼通红。

母亲见父子俩越说越激动，急忙劝父亲道："好了，一家人吵什么？他想在外面多待几年就让他先待着，过段时间再回去不也一样吗？咱们这次就当来看看他，过两天让小龙带咱们出去玩玩。"

"我不是要待几年，我是要留在京城发展！今天我就把话撂在这儿，我要是出不了头，我就一辈子死磕在京城！"王龙的双眼通红，情绪十分激动。

听到王龙的话，顿时母亲的身子一颤，父亲更是气急败坏地说："好，你翅膀硬了，不让我们管了是吧？有本事你就别回家，我看以后你自己能混成什么样！"说着，他站起身，拉起一旁的一妻子说："我们走！"

"这么着急干啥？我们不是要在这里待几天吗？差不多就行了，你和儿子置什么气啊！"母亲一边看着王龙，一边被丈夫拉着往外走。

此时，王龙的情绪已经失控，他冲着父亲大吼一声："走啊！以后你们别再跟我提回家的事，不然我就不接你们的电话。你们不理解我，也别指望我会按照你们的想法去做！"

"他爸，你疯了，真走吗？"

"闭嘴！"父亲呵斥一声。别看平时王龙父亲好说话，但真发起火来，还是没人敢惹的。

"砰"的一声，门被狠狠地关上了。

王龙在客厅里站着，眼睁睁地看着父母离开，眼角不知不觉地流出泪水，随后又默默伸手擦了擦。

过了一会儿，王龙冷静下来，觉得自己刚才的举动有些冲动。但他放不下面子，只能偷偷地从窗户向外看去。只见父亲怒气冲冲地往前走着，母亲抹着眼泪，还不时回头看。

父母千里迢迢从老家赶来看自己，饭都没吃几口，就要拖着疲惫的身体连夜回老家。想到这里，王龙心里一阵酸涩。

"啪！"王龙狠狠地扇了自己一个耳光，然后飞快地找出电动车钥匙往楼下跑去。

王龙到楼下的时候，父母已经坐上出租车离开了。他骑上电动车向火车站赶去。虽然出租车肯定比他的速度要快，不过他知道父母很少出远门，一定不知道如何进站，其间耽误的时间足够他追上他们。

王龙骑着电动车到了车站，在人来人往中找了半天。正当他感到失望时，突然看到父母正赔着笑脸，向路人打听入站口在哪儿。

王龙看着父母明明买了票就能进站，却因为不知道在哪儿进站，导致他们错过了车，只好换下一趟车，要在车站等五个小时。

王龙不敢上前见父母，只能在暗中陪着他们等了五个小时。这五个小时，对王龙来说，每一分每一秒都是煎熬。

终于，亲眼看到父母进了站，王龙心中五味杂陈。

父母来到京城只停留了几个小时，除了在自己那里吃了几口饭，什么都没来得及做。母亲想要见见世面的愿望，也随着自己与父亲的争吵而泡汤。

王龙握紧了拳头，心中暗暗发誓：他一定要在京城做出一番成绩！等他有一天成功了，就把父母接过来，让他们安享晚年。

回到出租房，王龙想给父母打个电话。可他思来想去，还是没有鼓起勇气。

第二天中午，王龙终于接到母亲的电话。听到母亲的安慰，王龙沉重的心情，轻松了许多。

挂掉电话，王龙长出了一口气。他想，既然自己已经下定了决心，那就全力以赴吧！

第二章 ▶ 不完美中的完美

第一节　人生何处不相逢

工作闲余时间，王龙认真地想了想父亲的话。如果他一直做外卖员，以后也许经过自己的努力，工资会比现在高。但是，这并不是他想要的生活，他必须要明白自己的目标是什么。

王龙正想得入神的时候，手机提示有新的订单。他随手点了接单，按照导航出发。当他看到熟悉的街道时，才反应过来这是陶嫣住的小区。不过王龙这次不是给陶嫣送外卖，而是小区的另外一个客户。

王龙抬头看了看眼前二十几层的居民楼，忽然感觉脑袋有点儿发蒙。大概是这几天没有休息好，又学习用脑过度，所以整个人都没什么精神。

王龙来到目的地，敲了敲门，屋里没有任何反应。

这时，从楼下上来一个六十岁左右的老大爷，正和别人打电话。王龙有些好奇，便看了老大爷几眼。

大热天儿，老大爷却戴着一顶黑色的帽子。他一边打电话，一边伸出手，擦了擦脸上的汗，然后随手在衣服上抹了抹。他的声音有些虚弱："小贝啊，你不是说这个月就会回来看我吗？为什么到现在还没到啊？家里我都替你收拾好了，还做好了饭等你回来吃呢！"

电话那边好像没人回话，只听老大爷心急地说："怎么不说话？你倒是吱声啊！"

老大爷的右腿开始颤抖，身体在原地来回打转，嘴里喘着粗气。

王龙心中一惊，心想，这位大爷该不会生病了吧？他正要上前，突然老大爷身旁的门打开了，一位中年妇女从里面走了出来，说道："哟，孙叔，又给闺女打电话呢？"

孙叔转身，似乎有点儿害怕中年妇女，向王龙所在的地方躲了过来。

中年妇女撇了撇嘴，看看王龙，又转头问孙叔："这是你叫的外卖吗？"

"哎呀，你看我这脑袋，叫的外卖都忘记了。小伙子，你把东西给我吧。"孙叔一拍脑袋，慢慢地伸出手来。

王龙连忙走到孙叔身边，笑着说："孙叔，这是您的外卖，祝您用餐愉快。"

孙叔听到王龙的话，突然嘴巴一咧："愉快，愉快得很！"

听到这话，王龙有点儿尴尬。

不等王龙再说什么，孙叔已经绕过他，掏出钥匙打开了房门。进去之前孙叔还警惕地看了一眼中年妇女。

王龙见孙叔没有关门，正要上前提醒他。中年妇女突然靠近了王龙，拍了拍王龙的肩膀。

中年妇女伸出略显肥胖的手，"嘘"了一声，用食指指向孙叔的手机，说："你看。"

王龙顺着中年妇女的手指看去，只见孙叔拿着手机一阵摆弄，可手机的屏幕根本没有亮起。

假手机？王龙大吃一惊。

"孙叔刚退休，只有一个闺女。"中年妇女指了指自己的脑袋，"他这里有些不正常。"

王龙了然地点点头。

中年妇女又提醒王龙，道："小贝是他的闺女，不过前两年因为工作太累，上班的时候突发脑出血，年纪轻轻就……"说着，她摇摇头，"真是可怜，老年丧女，脑袋也不清楚了，所以经常点错外卖。下次你来的时候，看到这种情况不用太惊讶，把东西放下就直接走吧。"

"我知道了。"王龙点点头。

中年妇女又看了王龙一眼，说："我想起你了，上次你还跟小区里的小陶一块出去。小伙子可以啊，连小陶这么漂亮的姑娘都能追到手。"

王龙连忙否认道："没有的事，我只是恰好碰到她生病，所以把她送到医院而已，不是你想的那样。"

"不是哪样？一看你就没谈过恋爱。女人远比你想象的要坚强得多，即便是生病也不会让一个陌生人送自己去医院的。女人想让你送，自然是对你有想法，小伙子你可要加把劲儿。唉！也就是我年纪大了，不然，在你眼里的小陶也就是一个陪衬品而已。"中年妇女似乎想到了自己年轻时候的风采，表情很是得意。

王龙微笑着点点头，表示自己受教了，脚下却不动声色地向后移了两步。

"大姐，别说以前，现在你要是打扮起来，走在人群里，回头率肯定也特别高。"

中年妇女闻言顿时眉开眼笑，直夸王龙眼光好。

"小陶有时候会来我这儿串门，你要是真的中意人家，到时候我给你说点儿好话。"

王龙听到这话，顿时心花怒放，道："那就谢谢大姐了！"

王龙哼着小曲儿离开，几天的疲惫一扫而空。走到楼下的时候，他突然想到孙叔膝下无子、孤苦无依的样子，心情又有些沉重。他想要帮助孙叔，但又不知道该怎么帮。而且凭他现在的能力，连自己的生活都过不好，着实没有余力去帮助孙叔。想到这里，他有些无奈。

王龙坐在电动车上，回想自己这段时间送外卖的经历。他发现送外卖，能增加自己的阅历。他可以见到人生百态，见到不同人的生活方式，以特别的方式认识不同的人，而这是每天坐在办公室的人无法做到的。

同时，也因为送外卖，他认识了身为老师的陶嫣……

这些人在自己的岗位上做着自己的工作，每个人都努力通过工作来实现自我价值。

在父母来之前，王龙也为自己的工作感到自卑。但现在想来，这只是一种不同的职业而已，没有高低贵贱之分。

想到这里，王龙觉得他似乎喜欢上了外卖员这份职业。

这时，订单提示声又响了起来。

是陶嫣！

王龙想到陶嫣对自己的态度，心想，自己干吗要热脸去贴冷屁股，干脆让别人去送吧。虽然心里是这么想的，但王龙的手却很熟练地点了单。

王龙摸着下巴自言自语道："也不早点儿下单，还得让我再跑一趟，没见过这样的客户。"

王龙骑着电动车，听着风在耳边呼啸。很快就来到商家，这家店他很熟悉，是一家炸鸡排的小店，生意很好。王龙经常来，陶嫣也经常在这家店点外卖。

王龙拿到鸡排，马不停蹄地往陶嫣家赶。到了楼下，他发现电梯里人很多，所以就一口气爬上七楼。

到了陶嫣家门口，王龙敲了敲门。突然，他感觉脑袋有点儿晕。

王龙双手撑着墙，脚上有些无力，看东西也一阵模糊。正当王龙想靠在墙上歇会儿时，突然身子一软，倒在了地上。

等王龙再睁眼时，看到的是一双美丽却满含担忧的大眼睛，距离他不到一尺。他眼睛朝下方看了一眼，看到一双雪白的长腿。

这时，那双腿仿佛有了意识一样，往后退了两步，说道："你往哪儿看呢？"

王龙闻声看向美腿的主人，果然是陶嫣。

陶嫣虽然瞪着眼睛，一脸的不悦。但看到王龙病恹恹的样子，她还是表达了自己的担心，问："你没事吧，刚刚你晕倒了。"

刚才陶嫣打开门，看见王龙脸色白得像一张纸，把她吓了一跳。正当她准备拨打急救电话时，王龙醒了过来。

王龙扶住门框站了起来。他脸上勉强露出笑容，说道："可能这段时间没有吃饱饭，所以来找你请我吃饭呢。没想到刚到你家门口，就晕倒了。让你见笑了。"

"都这个时候了，你还有心思开玩笑。"陶嫣掩嘴轻笑。随即她来到王龙的身边，扶着王龙向屋里走去。

"这不好吧，我们孤男寡女共处一室，让别人误会了怎么办？"

"你的嘴就不能消停一下，需要我送你去医院吗？"陶嫣瞪了王龙一眼。

王龙只好闭上嘴巴，让陶嫣扶着进了客厅。这是个两室一厅的户型，另外一个房间是开着门的。

王龙随意看了一眼，透过门框，他看到了一只脚。他心里一慌，以为陶嫣已经有了男朋友。但很快他发现，那只脚比男人的脚小许多。屋里应该是个年轻女人，王龙猜想。

"要不我还是送你去医院吧？"陶嫣打断了王龙的猜想。

王龙笑着摆摆手道："我的身体好得很，不用去医院。"

"我说真的。如果身体有问题，最好去医院检查一下，免得耽误治疗。"说完，陶嫣走到一旁为王龙倒了一杯水。

"我还是比较关心你啥时候请我吃饭，不然我请你也可以啊！"

"你真的没救了。"陶嫣板着脸，瞪了王龙一眼。

王龙以为陶嫣生气了，心里已经做好了被赶出去的准备。

突然，陶嫣脸上露出了笑容，说："也不是不能考虑。这样吧，下次我们再见面的时候，我就请你吃饭。"

"一言为定，你可不能反悔。"王龙激动地站起身来。

虽然王龙的身体还有点儿虚弱，但是听到陶嫣的话，他却有一种因祸得福的感觉。

"你还是先坐下吧。"看到王龙有些摇晃的身子，陶嫣担心地说。

"不用，不用，我得走了。"王龙说。

"你是去医院还是去上班？"

"当然是去医院，毕竟身体要紧。"王龙说着往外走。

走到门口的时候，王龙的手机突然响了。他掏出手机一看，有新的订单。王龙想都没想就按了接单，同时，手机也响起了提示声。

王龙身子一僵，心道：不好！

果然，陶嫣在他身后一脸不悦地说："喂！"

王龙转过身尴尬地笑了笑，然后把手机塞进口袋。他以为陶嫣要质问他为什么撒谎，没想到陶嫣接下来的话，让他再次兴奋无比。

"你这次怎么没要我的手机号？说好了下次见面请你吃饭，没有手机号，你怎么联系我？"

"哎呀！这么重要的事，我竟然忘记了，幸亏你提醒。那你把手机号告诉我，顺便再加个微信。"王龙表面很平静，内心却翻江倒海一般。

"不好意思。"陶嫣突然微微一笑，一把将王龙推出门外，"这次我还是要拒绝你，再见！"说完，她迅速关上了门，留下一脸发蒙的王龙。

这是什么意思？联想到陶嫣刚才的笑容，王龙忽然明白了，陶嫣是在与自己开玩笑。王龙的心情顿时大好。

虽然还是没有要到陶嫣的手机号，不过从今天陶嫣对自己的态度来看，两人的关系和之前比起来，已经好太多了。如果自己坚持下去，说不定真的能追上她。这样一想，王龙觉得浑身充满斗志。

这段时间送外卖，让王龙深刻地体会到一个道理，人最怕没有目标地活着，每天过得浑浑噩噩。尽管他在送外卖时，能见到形形色色的人，感受到他们的喜怒哀乐，也渐渐喜欢上了这份职业，但他却没有明确的目标，生活也逐渐变得枯燥无味。而此时，虽然他还不确定自己和陶嫣是不是真的可以在一起，但若是把这个可能当成自己的目标，或许也不错。

王龙微微一笑，为自己找到目标而高兴。同时，他在心中做出一个重要的决定——他要做领班。

第二节　书山有路勤为径

王龙离开后，陶嫣家里的另一个房间里，叶萱萱慢慢地走出来。

她上身穿着一件白色背心，下身是一条七分休闲裤，很清凉的装扮。

"这就是你说的外卖员？"

"是啊。"

"嗯，还不错，挺有幽默感的，就是工作……难道你真的准备给他机会？"

"没有，刚刚我只是见他状态很差，鼓励他而已。"虽然嘴上这样说着，陶嫣心中却有些发慌，脑袋里竟不自觉地浮现出王龙的面庞。

陶嫣的容貌在学校女老师里是数一数二的，因此，她受到很多人的关注。但这种关注有时也会给她带来困扰，周围的很多男人看到她便以为高不可攀，根本不敢上前跟她多说话，即便碰上胆大的，也会认为她有男朋友，不会太过热情。所以，陶嫣至今还是单身。像王龙这样胆大有热情的男人她还真的没遇到过，而且他长得还很帅气，这让陶嫣有些犹豫。

"不过他真的很努力，是一个很踏实的男人。"陶嫣想到王龙明明身体很虚弱，还要坚持工作，心里有些佩服他。

"既然人踏实，你也不讨厌，就给人家一个机会呗。你也是时候找个对象了。"叶萱萱从口袋里掏出了一颗花生，扔到了半空，随即仰着脸张开嘴，准确地把那颗花生接到嘴巴里。

"可是，感情的事情这么草率，真的好吗？万一等我们结了婚，才发现不合适，因为观念问题天天争吵怎么办呢？况且，我对他一点儿都不了解，甚至我都不知道他是哪里人。"

叶萱萱斜着眼睛，捅了捅陶嫣的腰，说道："你是不是想得有点儿多了，人家还没有对你主动追求呢，你就想到结婚以后的事了。"

"啊！"陶嫣顿时脸红了，忙解释道，"我只是拿他举个例子而已，如果是我的男朋友，我就必须要考虑到这个问题。你别乱想，我并不是因为他才想到这个问题的。"

"那你就是想把你身边所有的追求者都考虑一遍，看看谁符合标准？看不出来，你这么贪心。"叶萱萱露出故作惊讶的表情。

陶嫣的脸更红了，说："我没有那个意思，我是说我在交朋友之前，要弄清楚对方的为人，看看他是不是值得我付出。"

"想就是想，不想就是不想，虚伪地否认，不如痛快地承认。既然你觉得这人不错，有机会我也点几个外卖，替你把把关。"

"嗯。"陶嫣犹豫了良久，红着脸点了点头。

王龙自然不知道即将会迎来一场针对他的考验。自从那天离开陶嫣家之后，他每天都期待着陶嫣点外卖。

这天中午，王龙盯了手机屏幕很久之后，叹了一口气，心里乱作一团。

陶嫣如果真的有意和自己约会的话，应该很快就会点外卖。因为只有这样才能尽快联系到自己。如果没有这个意思的话，估计就会尽量避免与自己接触。看陶嫣那天关心自己的样子，应该是有那么点儿意思，可是最后陶嫣又拒绝把手机号码给自己。王龙胡思乱想一通，还是摸不透陶嫣到底是什么想法。

直到快下班，王龙还是没有接到陶嫣的订单，他的心里有些失落。

正在这时，王龙手机突然震动了起来，他激动地拿起一看，来电的人是朱金水。

"王龙，你看微信群没有？黄飞在里面发了一个通知。"

黄飞是他们的领班，王龙也是最近几天才知道他的名字。

"他在群里说什么重要的事了吗？"王龙赶紧问道。

"没有。"

"黄飞今天在群里说，叫我们下班不要直接走，他要开个会。你知道今天是什么日子吧？"朱金水虽然长相有些不好看，但性格很好，和王龙关系也不错。

"你别跟我卖关子了，直接告诉我吧。"王龙说道。

"每个月的月底，公司都有一个聚餐。黄飞让咱们晚点儿走，估计是员工聚餐。所以，一会儿你别吃饭，省的浪费钱。"

"好，我知道了，多谢。"

挂了电话，王龙打开微信群，只见群里已经炸开了锅。几个公司的老员工跟黄飞问东问西，像是知道黄飞要组织聚餐一样。

本来黄飞是不准备告诉他们的，但架不住人多起哄，便通知大家：今晚值夜班的照常上班，不值夜班的聚餐。

难得有机会和同事聚会，王龙当然不想错过这个机会。于是他早早地就到了公司的分部。

王龙到的时候，发现公司里的老员工基本都到了，他们正和黄飞坐在一起有说有笑。

让王龙意外的是，当初他在人才市场认识的楚雅与孙洁也在其中。她们两个女生站在一块儿说着悄悄话，不远处七八个穿着黄马甲的外卖员虽然有说有笑，但目光不时地往楚雅和孙洁的身上偷看一眼，然后又迅速移开。

黄飞看了一眼王龙，转头对那七八个外卖员说："你们看看人家，再看看你们，一听说聚餐，都放下手上的任务跑回来了。人家一个新来的，按时按量地完成工作任务。你们自己说是不是在趁机偷懒？"

朱金水站起来，瞄了一眼楚雅与孙洁，故意扯着嗓子说："领班，我们这不是响应号召嘛，不然让别的同事一直等着，多不好啊！"

话音刚落，人群里响起一阵哄笑。王龙被推到了风口浪尖，心中微微有些尴尬，也不知道该说什么，只能腼腆地笑了笑。

王龙看到楚雅与孙洁也看着他微笑，他朝两人点头示意。楚雅伸出手挥了挥，表示还记得王龙。

黄飞见人都到齐了，咳嗽了两声，示意大家安静下来，说："我知道你们现在没心情听我啰唆，那咱们就废话少说，直奔主题。这次我们聚餐的地点，定在'天下人间'。"

楚雅"噢"的发出一声怪叫，孙洁脸上也笑眯眯的。一群外卖员愣了一秒，随后也跟着鼓起了掌。

一个小时后，"天下人间"的包厢内一片欢腾，十来个人挨个儿敬酒。相互熟悉的员工坐在一起闲聊天。王龙自然是和朱金水坐在一块儿。

过了一会儿，王龙从洗手间回来，发现朱金水竟跟楚雅坐到了一块儿，两人正聊得热火朝天。

孙洁一个人坐在一旁，漫无目地四处乱看，不经意间，王龙和孙洁的目光撞到了一起。于是，王龙举起了杯向她示意。

两人离得不远，王龙便向孙洁身边凑了凑，说："我本来以为进了公司能经常和你们见面，没想到被你们骗了。"

"那是楚雅说的，我可没有骗你们。"难得有人和孙洁说话，缓解了她的尴尬，所以她对王龙很热情。

"那你俩是不是每月都会和我们一起聚餐？"

"嗯，也不全是。有时候我们也会和其他片区的同事聚餐，所以咱们一年也见不了几次。"

"那真是太可惜了。"

两个人没话找话，其实是在打发时间而已。

这时，孙洁突然问王龙："我本来以为你刚毕业，肯定在公司做不久。没想到你竟然坚持下来了。你准备一直在这儿工作吗？"

"是啊，我发现做外卖员挺好的，累是累了点，但好在一分辛劳一分收获。"王龙说的时候没想太多,等他说完才想起孙洁作为人事部的一员,这么问他是不是在试探他。随即他又觉得没什么,反正他也没有抱怨什么,只是说出了自己的想法。

"那你有没有想过升职?"

王龙愣了愣,转而问道:"你不想吗?"

"既然想就要去做,现在公司正在不断发展中,机会多。"孙洁脸上露出神秘的表情。

王龙感觉孙洁的话里有特别的深意,但又领会不到对方的意思,只能笑着点点头。

又过了一个小时,饭局也差不多该结束了。黄飞突然抬手,示意众人先暂停一下。

"其实这次找你们聚餐,是要和你们说些公司的事。你们都知道,咱们公司还在起步阶段,急需招募员工。公司现在不仅缺外卖员,领导层也有很多空缺。如果你们做得好,公司也会提拔你们升做领班。所以,从下个月开始,我将会在你们中挑选一个人,做一些平时领班需要做的事情。若是日后公司哪个分部领班出现空缺,你们也可以随时补上。你们中有没有想做候补领班的?若是有的话,可以跟我说。不过我事先告诉你们,到时候你们除了送外卖,还要做领班的工作,也就是说做两份工作,拿一份工资。甚至因为做领班的工作会耽误你们送外卖,导致你们拿的工资更少。"黄飞严肃地说道。

起初众人都是一副很感兴趣的样子,只是当黄飞提到工资的时候,几乎所有人都露出不愿意的表情。

其实也不难理解,能做领班,自然很高兴。可是在这个机会降临之前,要付出的东西也不少。

王龙看了孙洁一眼,发现她对于黄飞的话一点儿也没表现出意外，似乎早就知道了。

王龙低着脑袋在心里盘算，如果选择做候补领班，那么挣的钱势必会减少，以自己目前的经济条件，这么做有些冒险。但如果不做候补领班，自己难道甘心一直做外卖员？

衡量了一会儿，王龙做出来决定。他举起手，对黄飞说："如果没人愿意，那我来试试？"

"你？"

黄飞心中微微有些失望。新员工有太多的不稳定性，培养价值不大。他其实想从老员工里培养一个领班。但看到王龙这段时间的表现，他对王龙还是挺有好感的。

黄飞没有马上答应王龙，而是对他说："好，既然你愿意，那我就给你一个机会。只要你下个月工作做得好，我会认真考虑的。"

在场的人都明白，这只是考虑。就算王龙努力工作，也是不确定的，这已经说明了黄飞的态度。但王龙没有生气，而是一脸坚定地说："我肯定会努力工作的。"

接下来的日子，王龙在努力工作的同时，开始规划自己的未来发展方向。既然想要在外卖行业长期发展，总不能一辈子只做一个外卖员吧！王龙决定利用业余时间学习物流管理学，然后自学考上大学，拿到本科学历证书，相信这样升职的希望会更大一些。就算他目前所处的公司不能给他机会，他也可以用自己的专业和学历，去其他公司发展。

第三节　来自闺密的考验

王龙是一个实干派，想到就去做。所以他专门请了半天假，来到一所成人私立学校。

进入办公楼，王龙看见三三两两的人聚在一起相互打听着学校的情况，门口的办公桌上堆着一沓报名资料，左侧的收费台前有一个长发女生拿着手机正在扫二维码。

这段时间，王龙在网上查了很多信息，比较下来，觉得这所学校口碑不错，决定来实地看一下。现场看，报名的人挺多，想来这所学校应该还不错。

想到这里，王龙向报名处走去。

王龙来到登记窗口，负责登记的是一个年轻女子。

"报名专业。"

"物流管理学。"

"现有学历？"

"专科。"

报名过程很顺利，很快王龙就拿到了相关资料。这时，王龙感觉有人在看自己，他凭着直觉看过去，发现不远处有一个年轻女子一直在盯着自己。

年轻女子身高大约一米六，比自己矮了半头。她穿着一件白色T恤搭配牛仔短裤，脸上的皮肤白皙光滑，看起来很漂亮。

"看什么看，没见过美女吗？"

王龙无奈地说："美女，好像一直是你在盯着我吧，怎么还怪起我来了。"

年轻女子"哼"了一声，没好气地说："男人都一样。别以为我不知道你在想什么。"

"神经病。"王龙绕过年轻女子，继续向前走。

"喂。"

"干吗？"王龙转过头，看着年轻女子。

"作为惩罚，你帮我把这些文件搬到办公室去吧。"年轻女子指了指地上的纸箱，纸箱里面装满了文件袋，应该都是学校的学生资料。

王龙心想，求人帮忙还这么横！于是，他耸了耸肩，回道："自己想办法。"

"你要是敢不帮我，我就喊非礼了，你信不信？"年轻女子双手叉腰，额头上渗出细密的汗珠，胸前微微起伏，看来她搬这些东西确实很累。

"你喊，有本事你就喊啊！"王龙转身就走。

"哎，你怎么走了，跟你开个玩笑而已。作为一个男人，不会连这点儿绅士风度都没有吧？"

"不好意思啊，我现在很忙，下次再帮。"王龙回头说道。

年轻女子见王龙没有把自己的话听进去，轻跺了一下脚，随后追上王龙，说："你报的是物流管理学吧，我都听到了。我也报了物流管理学，以后我们就是同学了。你今天要是不帮我，以后有你好看的！"说完，她一脸得意地看着王龙。

王龙听到这话，终于停下了脚步，扭头看了年轻女子一眼，转身向那纸箱走去。

"走吧，要搬到哪里去？"王龙无奈地问道。

"二楼左手第三间办公室。"年轻女子说道。

两个人到了办公室后，年轻女子露出了笑容，说道："认识一下吧，我叫叶萱萱。既然你帮了我，那我也要表示一下感谢。你把手机号告诉我，有时间我请你吃饭。"

"吃饭就不用了，我上班比较忙，恐怕没时间。"王龙摆摆手，准备离开。

听到这话，叶萱萱瞬间变得僵硬起来。她看着王龙的背影，脸色难看得很。

"等等。"叶萱萱大步跑到王龙面前，拦住了他的去路。

"你又要干什么？"

"我突然想起来一件事。"

"我现在真的有点儿忙，有事以后再说行吗？"王龙一脸无奈，他不知道叶萱萱到底要干什么。

只见叶萱萱掏出手机，打开外卖软件，挑了一家距离最近的店，随意点了一杯饮料。

"叮咚。"

王龙脸色一变，看着手机上接单的按键发起呆来。

"嘿嘿，看你怎么逃出我的手掌心？"叶萱萱得意地转身回到办公桌前，在饮水机旁找到一个纸杯并倒满，悠闲地喝了起来。

喝到一半，叶萱萱见王龙用一种奇怪的目光看着自己。她突然感觉有些不对劲，这才发现王龙根本没有接她的单。

"你怎么不接单啊，你不是外卖员吗？手机都响了，你不接不怕被罚钱吗？"叶萱萱问道。

王龙依旧站在原地不动，丝毫没有接单的意思。

"你真的宁愿被罚钱也不接我的订单？"

此时的叶萱萱心里有点儿慌，她左手抓着椅子的扶手，手指不断地敲打着。

过了一分钟，王龙终于掏出了手机一边按键，一边说："算你狠，但是我们认识吗？"

"不认识啊，我只是觉得咱们比较有缘而已。"叶萱萱悄悄呼出一口长气，身体上的肌肉也放松了下来。

王龙前去取餐，半路上，他的手机又响了起来。

电话里传来叶萱萱的声音："麻烦你速度快点儿哦，不然我可要给你差评了。"

王龙叹了口气，加快了速度。

当王龙满头大汗地出现在叶萱萱面前时，虽然他心里很窝火，但嘴上却不得不说："祝您用餐愉快。"

"你说我要不要再来一单呢？"叶萱萱觉得王龙有火不能发的表情很有趣。

"叶小姐，你这样折腾我是不是觉得很好玩啊？"

"是啊！"叶萱萱掏出了冰镇饮料，端到嘴边抿了一口。

"饮料已经送到，我先走了。"王龙不想再和叶萱萱说话了。

"看来以后我要经常点外卖了。对了，我就在这附近住哦，如果哪天你要是超时的话，我可是要给差评的哦。"

听到叶萱萱的话，刚走出去不远的王龙脚下一顿，然后大步离开。

傍晚，王龙正准备去夜校学习，一份奇怪的订单再次出现，送餐地址正是他上学的建科大学。

王龙想到今天叶萱萱的话，心中一惊，该不会又是叶萱萱订的外卖吧？那自己接还是不接？接的话，倒是能顺路送过去，但还要换衣服，很麻烦。可不接的话，这一单的钱就白白错过了。想了想，王龙还是接了下来。

此时，路灯已经亮起，天色渐渐暗了下来。已经过了下班高峰期，路上车辆少了许多，所以王龙很快就到达了建科大学。

"果然是你！"王龙看到叶萱萱时脱口说道。

叶萱萱嘴巴咧开，露出得意的目光，眼睛上下打量着王龙，嘴角多了个深深的酒窝。她对王龙挥了挥手，说："跟我去办公室吧，别说，你这身衣服还挺别致。"

"这还用你说？在古代我这可是黄马褂。"

叶萱萱撇了撇嘴，转而问道："你一个外卖员，为什么来学习物流管理学？真搞不懂。"

"外卖员怎么了？外卖员也能成就一番事业。"王龙反驳道。

"成功只属于少数人，你以为靠自己的努力就一定能出人头地？你把成功看得太简单了。"叶萱萱毫不犹豫地出言打击。

王龙不想和叶萱萱争辩，立刻转移了话题，道："你要带我去哪里？"

"等会儿你就知道了。"

过了一会儿，两人到了上午那间办公室。

办公室空无一人，座椅被调得微微后仰，桌上的纸杯被捏得变了形，垃圾筐里堆满了纸团。王龙记得他上午离开的时候，办公室就是这个样子。

"这间办公室该不会是你的吧。"王龙走上前，主动坐在了那张办公椅上。

闻言，叶萱萱身体一僵，说道："我只是和老师比较熟，所以借用一下他的办公室而已。"

"原来如此。"

王龙站了起来，他和叶萱萱好歹也算认识，若这是叶萱萱的办公室也就算了，可要是别人的办公室，他坐在这里未免让人觉得不礼貌。

"说吧，你让我过来干什么？"王龙转身倒了一杯水。

"你说呢？"叶萱萱突然走到王龙的面前，眼睛与之对视。

王龙闻到了一股浓烈的香水味，不由得心里一惊，本能地向后退了两步。

此时的叶萱萱并没有停下，一步步把王龙逼到墙角。

王龙无路可退，心乱如麻，问："你想干吗？"

此时，门外突然响起了脚步声，一个穿着正装的女人从门口经过。叶萱萱顿时如同惊弓之鸟一样向外看去，发现对方并没有向这边看时，她才长出了一口气。

叶萱萱伸出右手食指，碰了一下王龙的下巴，问："帅哥，有女朋友吗？"

"放手，我还要去上课呢。"王龙甩开叶萱萱的手。

"哎呀，没想到你还是好学生呢！"

"有完没完？"王龙推开叶萱萱。

刚才王龙被叶萱萱的举动吓到了，他没想到叶萱萱竟然如此大胆，他还是第一次见到这样的女人。

"你都上班了，还上什么课啊？不如跟我出去吃饭怎么样？"叶萱萱朝王龙挑了挑眉。

"没空，等有时间再说。"王龙拒绝道。

王龙觉得叶萱萱的热情让他有点儿吃不消，心想，还是陶嫣那样温柔又可爱的女人比较适合他。

"你还真信了？就你这样的，我会看上你？我要你过来，是想告诉你，没有必要去那么早，一会儿我直接带你过去，也省得你摸不着头脑。"

"你有那么好？"王龙表示怀疑地回道。

经过这两次的接触，王龙发现叶萱萱的性格虽然泼辣了一点儿，但人还是比较靠谱的。只是，王龙好奇叶萱萱为什么对自己如此热情。

"不信拉倒！"叶萱萱瞪了王龙一眼。

王龙轻咳一声，没有说话。

过了十分钟，叶萱萱带着王龙去了教室。进去的时候，老师似乎刚刚开始讲课。

王龙找到一个空位坐下来，突然觉得眼前的一切都很熟悉，只不过周围的学生，大部分是已经踏入社会工作多年的人。大家都在认真地听课，有人在认真地做着笔记，有人拿着手机悄悄地录制着视频，也有人认真地翻看着学校发的书。毕竟每个人交的学费都是自己辛苦攒的钱，来这里就是为了提高自己的学历，所以极少有人不认真学习。

　　王龙也在认真地听讲，时不时低头做笔记。而叶萱萱却一直在玩手机。她拿出手机，给一个名叫"宝宝"的微信联系人发送消息："下班了吗？"

　　"快了，你呢？"

　　"在替你把关呢。"

　　下面是叶萱萱拍的一张照片，是王龙的侧身照。王龙因为在专心学习，并没有发现她在偷拍自己。

　　和叶萱萱聊天的"宝宝"正是她的好闺密——陶嫣。

　　很快，陶嫣发来了一个惊讶的表情。

　　"没想到吧？这小子还挺有上进心的，居然花了三千元报了夜校，而且跟咱们还是同一所学校。"

　　"世界上竟然有这么巧的事！那你感觉他怎么样？下班后我请你吃夜宵，我们慢慢说？"

　　就算没有见到，叶萱萱也能想得出来陶嫣那故作矛盾、又按捺不住激动心情的样子。

　　叶萱萱本想答应陶嫣，但发送消息前，她突然想到王龙之前拒绝给她手机号，心中顿时有些气恼。随后她删掉编辑好的文字，重新发送："还不知道，目前看起来有些普通，我再接触一下吧。今晚我可能有事，等改天详聊。"

　　收起手机，叶萱萱的目光再次集中到王龙的身上，她露出不屑的表情，小声说："那么认真干吗？以前上学时候不好好用功，现在努力只是亡羊补牢。"

叶萱萱怀疑，王龙之所以来学校报名，是因为得知陶嫣在这个学校，故意来接近陶嫣。

"以前没努力，现在开始努力就晚了吗？你不也来上学了吗？"王龙白了叶萱萱一眼。

"那不一样，你能跟我比吗？我那是……"说着，叶萱萱顿了一下，"总之，你跟我是不能比的，就算你再怎么努力也没用，不如跟我一块出去吃夜宵。"

"你不学习来这里干什么？既然你不学，那就回家吧，不要打搅我学习。"王龙的脸色变得严肃起来。

王龙这个月发了六千块的工资，来上夜校花了三千块，他仔细盘算了一下，去掉房租和学费，剩下的钱刚好够一个月的花销。所以他不能浪费这好不容易得来的学习机会。

"你……哼，就你爱学习。"叶萱萱气得直咬牙。但她随后想了想，自己好像是有点儿过分，所以之后就没再打扰王龙。

叶萱萱一个人坐在座位上，又不能和王龙说话，只能无聊地看着周围的人。台上讲课的老师无意间看见了她，皱了皱眉。她不好意思地吐了吐舌头，悄悄地跟对方打了个招呼。

放学的时候，王龙正要骑着电动车离开，结果又被叶萱萱拦住了："你别走！"

"我要回去睡觉。"王龙有点生气。

"哼，我陪你学习到那么晚，你以为我会这么轻易地放你走吗？我说请你吃饭，就必须要请你吃饭。"叶萱萱一边抓住王龙的手，一边迈开自己的左腿，坐上了王龙电动车的后座。

"那我们今晚还回去吗？"王龙突然问道。

"为什么不回去？"叶萱萱话音刚落，瞬间反应了过来，伸手去拧王龙的腰。

王龙眉毛竖起，倒吸了一口气。

叶萱萱没好气地说："你想什么呢？吃个夜宵你都要给自己加戏。"

"我就是开个玩笑。还有，我可没说一定要吃啊。"

"少废话，快走。"

王龙无奈地叹了口气，发动了电动车，问："去哪儿吃？"

"夜市。"叶萱萱瞪着王龙的后背说道。

路上，叶萱萱在想，如果坐在后座的是陶嫣，恐怕王龙比谁都积极。明明自己也很漂亮，为什么王龙只看得到陶嫣呢？

叶萱萱没有说去哪家店，王龙只能带她去了一家大排档。两人在大排档叫了两碗面和两个菜，吃饭的时候没说几句话。

虽然叶萱萱说要请王龙吃夜宵，但结账时王龙却抢先付了钱。

"你家住在哪里？我送你回家。"天色已经很晚，王龙不放心让叶萱萱一个人回家。

叶萱萱愣了愣，说："难得你这么绅士，走吧。"

王龙把叶萱萱送到她所住的小区时，心中有些惊讶，没想到叶萱萱住的地方，竟然距离陶嫣住的地方不远。

不过王龙也没有多问，等叶萱萱上了楼以后，便径直离开。

上了电梯的叶萱萱，嘴角有些上扬，心想：竟然没有趁机提出去我家，还算不错。

第四节　爱我的人和我爱的人

晚上，王龙根据老师的讲解，复习了今天所学的内容，才上床去睡觉。

有了上次晕倒的经历，王龙不敢再熬夜。他已经深刻地领会到身体就是革命的本钱这个道理。

第二天，黄飞像往常一样开早会。

王龙到的时候，发现朱金水也在，想着开完早会，和他打个招呼。

没过一会儿，王龙发现朱金水一直盯着他。他觉得莫名其妙，但也没有主动询问。

"王龙，我跟你说点儿事。"朱金水突然来到王龙身边。

"你今天怎么老看着我，我做错什么了？"王龙笑着问道。

朱金水的脸顿时变得不太自然。他左右看了看，确定没人注意他们。随后他将嘴凑到王龙耳朵附近，问："你认识楚雅吗？"

"认识啊，怎么了？"

"那天晚上聚餐，她要了我的手机号，我们在微信上聊得挺好的，然后她昨天突然问我有没有你的微信号？"

听到这话，王龙差点儿笑出声来。见朱金水用幽怨的眼神看着自己，王龙身子一抖，装作不懂地问："我在人才市场报名时就留下了手机号啊，她可以随时加我，为什么还跟你要？"

"你装不懂是吧？她为什么要通过我要你的手机号，难道你不知道吗？"朱金水顿时恼怒不已。

"楚雅不是我喜欢的类型。"王龙赶紧解释道。

朱金水听了王龙的话，心中有些不是滋味。想到之前自己的感情经历，无论自己多么讨身边的女孩喜欢，人家也只是把自己当成一个好朋友。

朱金水正感叹的时候，黄飞宣布早会结束。正巧，孙洁与楚雅带着两个新员工往这边走了过来，好几个原本准备上班的外卖员脚步都慢了许多。

楚雅的目光有意无意地看向王龙，她走到黄飞身边，说："这是刚来的两个新人，你给他们简单地培训一下吧。"

黄飞咧嘴一笑，说："好，没问题。"

楚雅点点头，转身来到王龙身边，说道："王龙，我想去附近的超市买点儿东西，你可以顺路捎我一下吗？"

正要离去的朱金水听到这句话，心中更加郁闷了。

"这……上车吧。"王龙犹豫了一下，还是同意了。

王龙戴上头盔，刚准备发动车子。突然，他感觉楚雅的两只手抱住了他的腰，头轻轻地靠上他的后背。

王龙的身体瞬间僵硬了，定了定神，随后骑着电动车离开。

二十分钟以后，两人到达超市门口。

"超市到了。"

"谢谢，一会儿还得麻烦你送我回去。"

王龙点点头，留在外面等着楚雅。

楚雅从超市出来的时候，手中提着一个塑料袋，王龙随意看了一眼，里面的东西似乎不少。

到达目的地后，楚雅从车上下来，然后从袋子里掏出了一杯奶茶，递给王龙，道："谢谢，这是送你的。"

"不用了，我不渴。"王龙拒绝道。

楚雅愣了一下，然后掀开车后座上的保鲜箱，把奶茶丢了进去，然后转身离开。

王龙把奶茶拿在手上，自言自语道："这么热的天儿，送我一杯要开水冲泡的奶茶是什么意思？"

突然，王龙发现奶茶瓶上好像写着什么，仔细一看原来是一个手机号。王龙掂了掂手里的奶茶，最后还是放回保鲜箱，骑车离开了。

休息的时候，王龙想起奶茶瓶上的手机号，叹了口气。他承认，楚雅长得很好看，但自己对她并没有那方面的想法，可是如果明着拒绝好像也不太好。

正当王龙纠结的时候，手机响了，是新订单的提示声。他打开手机一看，脱口说道："有完没完！"

王龙之所以这么大反应，是因为他又看到了叶萱萱下的订单。虽然他很不情愿，但还是老老实实地接了单。

半个小时后，王龙来到叶萱萱的住处，看到前来取餐的叶萱萱，气愤地说："果然是你！你到底想怎么样？"

"哎，你还不让我点外卖了？"叶萱萱瞪了王龙一眼。

王龙有点儿尴尬，他本以为叶萱萱又要戏耍自己，结果叶萱萱只是拿走了外卖。

"哦，原来你真的只是点外卖，那我走了。"

"等等。"叶萱萱眉头一皱，仔细嗅了嗅王龙身上。

"什么事？"

"你去哪儿了？身上为什么有一股香味？"叶萱萱上下打量着王龙，一脸狐疑。

王龙警惕地往后退了两步，说道："这你都能闻到，你属狗的吗？"

叶萱萱紧紧地盯着王龙，问："老实交代，你干什么去了？"

"关你什么事？既然没别的事，那我先走了。"

王龙离开以后，叶萱萱拎着外卖进了屋。看了眼手上的东西后，她眉头皱了一下："奶茶？我什么时候叫奶茶了？"

叶萱萱把奶茶拿到手中，很快发现了奶茶瓶上的手机号。

王龙忙碌了一上午，准备饭前再送最后一单，没想到订单的客户竟然和陶嫣住一个小区。

进了单元楼，王龙上了二楼。到了客户门前，他这才想起点外卖的人是前些日子那个记性不好的孙叔。

王龙按了按门铃，很快门就开了。

"陶嫣，你怎么在这儿？"

开门的人居然是陶嫣，王龙顿时激动起来。

"这里又不是你家，我怎么不能在这里？"陶嫣白了王龙一眼。

"嘿嘿，我不是那个意思。我只是看到你，太意外，太高兴了。"

"你怎么说话呢？被人家听到误会了怎么办呀？"陶嫣脸一红，她没有想到王龙说话竟然这么直接。随后她的目光落在王龙手里的外卖上，"下班了吗？如果下班了就跟我和孙叔一起吃顿饭吧。"

"好啊，我正准备去吃饭呢。"王龙丝毫没有客套。

陶嫣瞪了王龙一眼，说："你就不能客气一点儿？"

"我只是实话实说而已。"王龙笑着把外卖递给陶嫣。

看到王龙的笑容，陶嫣忽然觉得脸上微微发热。她没再说话，接过王龙手上的饭，转身往厨房走去。

王龙跟在陶嫣后面进了屋，闻到厨房散出的饭菜香气，看来陶嫣正在做饭。

王龙环视一下屋子，看见孙叔正躺在摇椅上悠闲地晃着身体，一只布满褶皱的胳膊举着蒲扇慢悠悠地扇着风。他的身旁有一张木桌，上面摆放着一盘象棋。

见到王龙，孙叔慢悠悠地问："你就是小贝的男朋友吧？准备什么时候结婚啊？"

"孙叔，我……"

"咳咳……"厨房里的陶嬷探出头来，对着想要否认的王龙露出了威胁的目光。

王龙心领神会，回答道："估计要等一段时间吧。"

"年轻人，确定关系就不要拖了。早点儿成家早立业，等到老了像我这样，可不好喽。"孙叔感慨地摇了摇头，"一会儿小贝把饭做好，你可要跟我好好地喝两盅。"

"孙叔，我一会儿还要上班，不方便喝酒。"王龙说道。

孙叔只顾着自己说话，根本没有理王龙，嘴里一直念叨个不停。王龙只好认真地听着，时不时地回答一句。

王龙的目光落在桌子的棋盘上。孙叔注意到他的目光，开心地说："小伙子，你也会下象棋吗？不如跟我过两招？"

王龙闻言，想要拒绝，但看孙叔开心的样子，他心中不忍，于是点头道："好啊，不过您可要让着我点儿。"

很快，王龙就后悔和孙叔下棋了。孙叔虽然脑袋有些糊涂了，但下棋却一点儿也不糊涂，车攻炮轰，横马跳卒，每一步都走得相当稳健，棋风凌厉。王龙根本难以招架，没一会儿便已经败下阵来。

孙叔出言训斥道："我都让你好几步了，你还是不行。年轻人，连棋都不会下，将来怎么能成大事？"

"孙叔，我平时很少接触象棋，怎么可能赢你？"

"废物。"

王龙觉得自己很冤枉，突然灵光一闪道："孙叔，我是故意让您呢，要不我们再战一盘。"

孙叔双眼一瞪道："我需要你让了吗？臭小子，你要再敢让我，就给我出去！"

"好，那您不要怪我。"

接着，王龙重新摆了一局，然后掏出了手机，并且下载了一个下象棋的软件。

刚走了几步，孙叔便感觉出不对，脸色变得凝重起来，问道："你刚刚真的在让我？"

"我都说了，我在让您呢，我一只手玩着手机都不耽误我赢。"

"好小子，我就不信赢不了你。"

孙叔急得抓耳挠腮，双眼死死地盯着棋盘，嘴里嘀咕道："不对，不能这么走！哎，怎么没路走了？"

王龙看着孙叔着急的样子，心里有些心虚，正想着怎么毫无痕迹地让几步。突然，王龙的耳朵被一只手揪了起来。

"让你吃顿饭，你居然敢借机欺负孙叔！"王龙耳边响起了陶嫣的嗔怒声。

孙叔的双眼依旧紧盯着棋盘，但嘴上却阻止陶嫣道："小陶，不要打扰我跟这小子下棋，这局下完我们就吃饭。"

"孙叔，你……你知道我是谁了？"陶嫣一脸兴奋之色，激动地说。

孙叔并没有回应陶嫣。突然，他双眼一亮，挪动了一枚棋子，一脸兴奋地说："我赢了！"

看到孙叔高兴得像个小孩子一样，陶嫣也不忍心再追问下去。

王龙看了一眼陶嫣，想了一下，故意逗孙叔，说道："孙叔，刚刚我只使出了三分之一的力气，要是我尽全力，你一定赢不了我。"

听到这话，孙叔顿时像是打了鸡血一样，站起来说："臭小子，以后你要经常来我这儿，只要你陪我下棋，我管饭！"

"没问题。"王龙爽快地答应下来，一扭头却看到陶嫣威胁的目光。

吃饭的时候，王龙才知道原来今天陶嫣给孙叔做饭的时候，并不知道孙叔已经叫了外卖。想着饭菜吃不完，就会被倒掉，为了不浪费，这才留王龙吃饭。

虽然如此，但王龙还是很高兴。他今天不仅见到了陶嫣，还吃到了陶嫣做的饭。更重要的是，通过陶嫣和孙叔的相处，王龙猜测陶嫣已经照顾孙叔很长时间了，这说明陶嫣是一个善良的人。

第五节　尽释前嫌

吃完饭后，王龙看着陶嫣收拾碗筷，打扫厨房，心里感觉十分温暖。

陶嫣从厨房出来，看到王龙坐在沙发上，好奇地说："你不是该上班了吗？怎么还不走？"

"那个……是该上班了，那我走了。"王龙满脸失望地走出门。

陶嫣跟在王龙身后，先是向楼梯上方看了两眼，又纠结地看向电梯。想了一会儿，她迈着步子跟上王龙说："算了，我也到上班时间了，我们一起出去吧。"

"好咧。"

王龙刚才还一脸落寞，听到陶嫣的话瞬间来了精神，走路都变得轻飘飘的，嘴里还不自觉地吹着口哨。

陶嫣见状又瞪了王龙一眼，然后故作高冷地走到王龙的前面。

"陶嫣，要不，我送送你？反正我现在也没有订单。"王龙围着陶嫣，一会儿待在她的左侧，一会儿又挪到了她的右侧。

王龙的目光偷瞄着陶嫣的手，心里有一种冲动，想要把那只手握在自己手里，但最终王龙什么都没做。虽然两人的关系已经比之前好多了，可也没到可以牵手的地步。若是他那么做了，估计之前的努力就全白费了。

"谁要你送了？我坐班车就能去。我告诉你，虽然孙叔喜欢你，但你也不能故意赶在吃饭的时候去他家骗吃骗喝，被我知道的话你就完了，知道吗？还有，以后你若是再跟孙叔下棋，不能再使用手机软件，让他一直输！"陶嫣目露凶光，并向王龙晃了晃拳头。

"陶嫣，难道你没有发现一个问题吗？"提到孙叔，王龙的神色倒是严肃了不少。

"什么问题？"

"之前我们与孙叔说话的时候，他都分不清我们是谁。可是我与他下了两盘棋，他就叫出了你的名字。也许下象棋对孙叔的精神恢复有帮助。"

看到孙叔，王龙就想到了自己的父母。如果自己出了意外，父母大概也会变得像孙叔这样吧。这是王龙绝对不想看到的。他忽然感觉一股无形的压力袭来，让他心中生出一种迫切感。

"你说得有些道理，那以后你有时间的话，可以来陪陪孙叔吗？"陶嫣面露难色。她知道在京城工作的人，有几个不忙的？如果是她自己倒没有什么，可是占用王龙的时间，就显得强人所难了。

"这个嘛，你的要求，当然没有问题。不过，要是经常能吃到你做的饭就更好啦。"王龙的脸上露出兴奋的表情。

"可以考虑。"

王龙闻言一愣，他没想到陶嫣真的答应了？其实刚刚他已经想好了，就算陶嫣不说，他也会抽时间来陪陪孙叔。他只是顺嘴一说，没想到陶嫣竟然没有拒绝。

"好，那我们就这么说定了！"

两人说话间已经来到小区外面，这时，前方出现一道靓丽的身影，正向他们这边走来。

王龙看清了来人，顿时面露惊讶地问道："你怎么跟个狗皮膏药一样，老是缠着我？"

叶萱萱今天穿着一件白色的连衣裙，乌黑的秀发遮挡了大半边脸，使她的脸看起来比之前小了许多。

陶嫣见到叶萱萱，顿时脸微热，连忙拉开和王龙的距离。

叶萱萱则瞪大了眼睛看着王龙，满脸恼怒地说："你以为你是谁啊！你的优越感也太强了吧！"

随后叶萱萱在王龙惊讶的目光中，走到陶嫣身边，直接挽住了陶嫣的右手，说："看到了吗？你以为别人都围着你转啊。陶嫣是我的闺密，你算老几啊？哼！"

"你们竟然认识！"王龙心里顿时不安起来。

"认识如何？不认识又如何？认不认识都跟你没关系。走了，我警告你，以后别再缠着陶嫣！"说完，叶萱萱就拉着陶嫣一块离开了。

王龙正要跟上，只见叶萱萱回头向他比了一个拳头，露出犀利的眼神，阻止了王龙的脚步。

王龙看着两人的背影隐约明白了什么，可是又觉得云里雾里得弄不清楚。这时，王龙的手机响了，看了一下，是有新的订单了。他想一下，决定等晚上上课的时候再问叶萱萱。

叶萱萱和陶嫣走远了以后，陶嫣双手捂住自己的脸，仰起头，说道："那家伙肯定误会是我让你接近他的，以为我对他有意思，以后我们再见面的时候，我该怎么面对他啊？"

"这么在意他干吗？又不是一个好男人，你该不会真的喜欢上了他吧？"叶萱萱面无表情地看着陶嫣。

"我才没有，我怎么可能会这么容易对一个男人动心？"

"你要是没对他动心，为什么还会想着以后继续和他见面？口是心非。"叶萱萱直接戳穿了陶嫣的话。

"我才没有，我这么说是有原因的。你听我说……对了，刚刚你说他不是一个好男人，你为什么那么说？"

"还说你没动心，现在都开始在意人家是不是好男人了。"

王龙还不知道叶萱萱对他的评价，只是觉得自己得罪了陶嫣的闺密，日后想要接近陶嫣肯定特别难。这样想着，他赶忙给叶萱萱发短信，想要解释一下。

结果，短信一条接着一条地发出去，微信的好友申请也发送过去，可就是没有得到叶萱萱的回应。

晚上，王龙终于在建科大学的走廊里遇到了叶萱萱。他一直跟在叶萱萱后面，可叶萱萱压根儿就不理他。

王龙焦急地问："叶萱萱，你倒是说话啊？你跟陶嫣是怎么认识的？"

叶萱萱突然停了下来，王龙的身体因为止不住惯性，差点儿撞上去。

叶萱萱没好气地说："王龙，你不是说我一直缠着你吗？现在我不缠着你了，你怎么反而缠起我来了？"

王龙顿时无言以对，他没有想到，两人的角色会转换得这么快。

"你有本事就别搭理我，继续追陶嫣去啊！我看你能不能把陶嫣追到手。"叶萱萱说完，便转身向教室走去。

叶萱萱觉得这几天来，从来没有像现在这样身心舒畅。

"我错了，你就原谅我吧。我这不是有眼不识泰山吗？再说了，你这么大气的人，怎么跟我计较上了？"王龙只能追在叶萱萱后面，不停地道歉。

"女人就是小气，你不知道吗？你要是嫌我烦，就离我远点儿，没人强迫你缠着我。"

"我承认我错了，我深刻检讨自身的错误。你想吃什么，今天晚上我请你。其实我嘴上不说，但我心里还是很感谢你这两天在学校对我的帮助。真的，我知道你对我没有恶意。"

"我要你心里感激有什么用？我要实实在在地感受到才行。我得不到你的感谢，心里怎么会舒服？你懂女人吗？"

王龙立马说："对对对，我不懂，这不来请教你了吗？"

王龙好说歹说，才让叶萱萱勉强露出笑容，并且勉为其难地接受了他的邀请，一起去吃晚餐。

两人在放学以后再次来到大排档，并且要了两瓶啤酒。

看着王龙忙前忙后，对自己点头哈腰的样子，叶萱萱心里积攒多日的怨气终于消散了。

王龙看准时机，问道："不知道陶嫣对我的印象怎么样？"

"你真的喜欢她吗？你有勇气追她吗？我怎么知道你在得到一个满意的答案后，是懈怠还是主动？像你这样的男人，我见得多了，都是行动跟不上心动的。"叶萱萱依旧很谨慎。

"我之前不追，是因为不知道她对我的心意，毕竟我也是要面子的。现在我知道她并不是对我一点儿感觉都没有，怎么可能轻易放弃？"

叶萱萱摇摇头，实话实说道："她就是让我看看你是什么样的人。至于其他的，你自己去悟吧。现在满意了吗？"

刚才叶萱萱听到王龙表明心意时，心中莫名地有些烦躁，她发现自己根本不想看到王龙一脸幸福的样子，也不想听王龙说喜欢陶嫣的话。

王龙并不知道叶萱萱心中所想，于是，他真诚地说道："我知道了，谢谢你。"

叶萱萱的这句话仿佛是一剂强心针，让王龙浑身充满了力气。

酒过三巡，王龙的话也多了起来。

"叶萱萱，这段时间真的谢谢你。其实我现在的工作真的很累。进入社会以后，我终于明白了学历的重要性，所以尽管很累，我还是要拼一把。我知道以我现在的身份和收入，可能配不上陶嫣，但我也不是一辈子就这样了。只要我努力，早晚会成功的，我一定会给陶嫣最好的生活。

"我现在这么努力地工作，就是为了一个机会。因为我是新人，所以领班并没有考虑培养我，但我要用自己的努力，让他改变对我的看法。之前对你态度不好，是怕你在戏耍我，到时候我的工作也会受到影响。现在我和你解释清楚，希望你不要再介意了。"

叶萱萱听到这话，有些心虚地说："其实，你可以不用那么累的。"

"我当然可以不用那么累，但我不服，别人可以升职加薪，可以有所成就，为什么我不行？所以我要向别人证明自己，向爸妈证明自己，别人可以的，我也行！"王龙越说越激动。

"如果你足够努力，就一定会成功。"叶萱萱看着王龙，认真地说道。

经过这次谈话，两人终于不计前嫌，成了好朋友。

第六节　阴差阳错

第二天一早，王龙睁开眼，看了眼窗外，心顿时一沉，他又要迟到了，想到之前聚会上黄飞对自己的态度，他心里充满了不安。

王龙打开手机，上面显示两条黄飞的未接电话。

王龙飞快地收拾东西，饭也顾不得吃，连忙赶往公司。

王龙到的时候，早会已经结束，大家都去工作了。王龙找到黄飞的办公室，满脸歉意地说："领班，对不起，我昨天太累，睡过头了。我保证绝对不会有下一次。"

黄飞的眼睛从电脑屏幕上挪开，一脸冷漠地说："王龙，之前你说过，为了得到这次候补领班的机会，你肯定会努力工作，可是这个月你已经迟到三次了。"

"我真的不是故意的。"王龙心中微沉，突然有一种不祥的预感。

"你觉得道歉和保证有用吗？那些老员工可能会有一些脾气，但他们能保证完成任务，不让我操心。你呢？你有什么可以和别人比的？那天聚餐，我原本是想拒绝你的，但我还是给了你机会。可这个月，你接二连三地出差错，你要我怎么相信你？"

王龙脸色一白，一颗心也沉到了谷底。虽然心里有些委屈，但他也知道黄飞说的话是事实，他无法辩驳什么。

"我知道了，如果没有别的事情，我就去工作了。"

昨天刚刚和叶萱萱表态，他一定会比其他人优秀，结果今天就出现了这种差错。只能怪自己不够努力，或者不够好。不过，王龙很快调整好自己的心态，决定更加努力地工作，避免以后出差错。

"等一下。"黄飞突然叫住了王龙。

"还有别的事吗？"

"虽然我知道你已经很努力了，但工作是工作。所以，该扣的钱还是要扣的，没有规矩，不成方圆。"

"好的，我保证以后不会再迟到。"

"等等。"

王龙转过身，疑惑地看着黄飞。

"既然已经扣了钱，也算是承担了后果。今天你就休息一上午，跟我学习一些管理经验吧。"

王龙愣了一下，眨了眨眼睛，疑惑地问黄飞："领班，刚刚你不是说我已经没机会了吗？"

"我什么时候说你已经没机会了？我只是说你接二连三地出差错，还让我怎么相信你，可我并没有说要放弃你啊！王龙，你的努力，我一直看在眼里，虽然我说过结果最重要，但态度也同样重要。所以，我愿意给你这个机会，希望你不要辜负我的期望。"黄飞笑眯眯地说道。

"谢谢。"王龙感觉自己的心仿佛坐过山车一样，大起大落，所以他的话音都有些颤抖。

"听说你现在在上夜校？"

"你怎么知道的？"王龙睁大了眼睛，这件事他在公司里对谁都没说过。

黄飞微微一笑，鼓励道："物流管理专业还是很有前途的，你的选择没有错，继续努力。如今我们公司的员工渐渐多了起来，不像之前那么忙碌了，所以你若是工作不忙，也可以早点儿下班。但上班不能再迟到了，知道吗？"

"好的，领班！"

黄飞拍了拍王龙的肩膀，说："行了，叫我黄哥吧，一口一个领班实在太生分了。"

王龙激动地点点头。此时，他的心里充满了感激。他知道，有了黄飞的肯定，那他升为领班，就有很大的可能。

王龙一上午都非常认真地跟着黄飞学习，一刻都不敢放松。下午，他一如往常出去送外卖。没想到，他居然接到了陶嫣的订单。

王龙想，既然陶嫣对自己也有好感，那自己就要抓住机会向陶嫣表明心意。所以王龙并没有马上去给陶嫣送外卖，而是去附近的花店买了一枝玫瑰花。

王龙决定从今天开始，每次给陶嫣送外卖，都要送陶嫣一枝玫瑰花。他相信自己只要坚持，陶嫣总会明白自己的心意。

王龙来到陶嫣家门口，按了门铃，门很快被打开。

陶嫣看到王龙，不满地说了一句："怎么这么慢？"

"下次快点儿。"王龙笑着递上外卖。

陶嫣接过外卖。王龙故作轻松地说："什么时候我们再去孙叔家啊？"

"砰！"门被直接关上了。关门的瞬间，王龙看到陶嫣脸上浮现出一抹羞涩。

晚上，王龙再次接到陶嫣的订单。

王龙觉得奇怪，以前也没见陶嫣订外卖这么勤快？但王龙还是买了一枝玫瑰花，放进包装袋里。

再次开门，陶嫣板着脸拿过外卖，说："送什么花啊？也不嫌浪费钱。"

"嘿嘿，这是我的一片心意。你可以不要，但我不能不送。"

王龙厚着脸皮站在门口不走，期待着陶嫣能开口挽留他。但令他失望的是，陶嫣还是没有让他进门。

王龙只能厚着脸皮说："你什么时候把手机号给我啊？"

"看你表现。"

"砰"的一声，门再次关上。

王龙愣了一会儿，突然笑了。他知道自己离成功又进了一步。他相信自己只要坚持下去，好好表现，总有一天会感动陶嫣。

王龙觉得今天真是喜事连连。先是他的工作能力得到了领班的肯定，升职有望；现在他喜欢的人也愿意给他机会。

在夜校遇到叶萱萱，王龙有些按捺不住激动的心情。

看到王龙开心的模样，叶萱萱问道："这是遇到好事了？"

"我已经得到了升为领班的机会，接下来只要我好好努力，升职指日可待。"王龙一脸兴奋地说。

"只是一个领班而已，瞧把你激动的。"叶萱萱撇了撇嘴，一脸不屑地说。

王龙一边倒水一边说："可能对你来说，我升为领班只是一件小事，但对我来说，这可是一件大事！"

"那恭喜你，终于心想事成。"叶萱萱真诚地说道。

"还有一件好事。今天我给陶嫣送了两枝玫瑰花，她都收下了。可能再过不久，我就可以约她一起吃饭了。"王龙一脸幸福的样子。

闻言，叶萱萱脸色一僵，表情有些不太自然道："是吗？"

"哎呀！"王龙突然叫道。

叶萱萱被吓了一跳，问道："怎么了？"

"今天我一激动，竟然忘了把自己有望升职的事告诉陶嫣了，真是没记性！现在怎么办？我又联系不到她。"王龙一脸懊悔的样子。

"噗。"叶萱萱愣了一下，随即忍不住笑了。

叶萱萱的笑声在安静的教室里显得格外刺耳，引来了不少人的目光。意识到这点，她连忙止住了笑容，小声说道："原来你连陶嫣的联系方式都没有啊，还真够笨的。"

王龙尴尬地笑了笑，没有吱声。

见王龙失落的样子，叶萱萱装作勉为其难地说："你早说啊，早说我就直接给你了。"

"真的？"王龙双眼顿时亮了起来。

叶萱萱点点头，道："我还能骗你不成？"

接下来，叶萱萱果真给了王龙一个微信号。至于陶嫣的手机号，叶萱萱说涉及隐私，不方便直接给。但微信号对王龙来说已经足够了，他按捺不住激动的心情，连忙用自己的微信号发送了好友请求。

等了好一会儿，没有得到申请通过的消息，这让王龙心中有些失望。

这时，叶萱萱突然把脑袋靠在王龙的肩膀上。旁边一个男生看了一眼两人，露出一副了然的表情。

王龙看到男生的神情，就知道对方一定是误会了，于是，赶紧将叶萱萱的头推开。

叶萱萱也没说什么，只是偷偷地笑了笑。放学后，叶萱萱试图去牵王龙的手。王龙察觉后，立马躲开。

感受到别人异样的目光，王龙不由得一脸尴尬，说："你不要跟我这么亲密好不好？被别人看到还以为你是我女朋友呢！"

"我走不动了，让你牵着我走一会儿怎么了？"叶萱萱白了王龙一眼，"别忘了，我可是陶嫣的闺密，几乎天天和陶嫣见面。下次我见到她的时候，给你说点儿好话。"

"那你说话要算话啊。"

"放心，你不是加了她的微信吗？我有没有说你好话，你问问她就知道了。"

说到这儿，王龙叹了口气，说："我虽然发送了好友申请，但还没通过呢，也不知道她会不会通过验证。"

叶萱萱安慰道："没事，就算没通过，你下次给她送外卖的时候让她通过不就好了。"

听了叶萱萱的话，王龙松了口气。不过王龙还是和叶萱萱保持了距离，以免造成误会。

叶萱萱看着王龙渐行渐远的背影，脸上的笑容慢慢消失了。想起刚才自己靠在王龙肩膀上的情形，虽然时间很短，却让她产生了心动的感觉。可偏偏王龙喜欢的是陶嫣，她最好的闺密。

想到陶嫣，叶萱萱心中闪过愧疚的情绪。她想自己是不是该离王龙远一点儿，可是，她答应了陶嫣要帮她试探王龙。一时间，她心里纠结起来。

这时，手机提示有新的微信消息。叶萱萱打开微信，看到对方发的消息，皱着眉头想了很久，最后还是回复了对方。

叶萱萱翻看了一下之前的聊天记录，心中叹了一口气。

不知不觉，叶萱萱来到了陶嫣家。

陶嫣打开门，看到叶萱萱，开心地挽上她的手，说："萱萱，谢谢你帮我考察王龙。走，为了感谢你，我今天请你吃大餐！"

陶嫣带着叶萱萱来到附近的餐馆，点了一桌子菜，都是叶萱萱喜欢吃的。想到为了自己，叶萱萱竟然把工作放到一边，装成一个普通的学员，深入接触王龙。这份情意，可不是一顿饭能够报答的。陶嫣心中想着，对叶萱萱充满了感激之情。

坐在餐桌前，看着满桌都是自己喜欢的饭菜，叶萱萱心乱如麻，这顿饭，她受之有愧。

吃完饭，陶嫣突然变得扭捏起来，脸也渐渐变红，说道："萱萱，你今天不是又替我考察了他一天吗？那个，你考察得怎么样了啊？王龙今天送了我一枝玫瑰花，现在我的心里真的很复杂，很纠结，你说我到底要不要答应他？"

叶萱萱一边回忆与王龙相处的点点滴滴，一边沉吟道："他不适合你。"

陶嫣放在腿上的手僵了一下。

叶萱萱咬了咬嘴唇，说："有件事我一直没告诉你。上次我定了外卖，是王龙送来的。然后我在包装袋里发现了一杯奶茶，上面留了一个手机号。我试着加了一下微信，才知道对方是王龙的同事，女的。而且，她喜欢王龙。"

"那王龙呢？王龙喜欢她吗？"陶嫣急忙问道。

"这个我不太清楚，反正从那个女人发的信息来看，她和王龙走得很近。"

陶嫣低下了头，说："呵呵，其实也没什么啊。反正我们又不是情侣，就算他追求别人，那也是他的自由，我也管不着。真的，我一点都不在意。"

虽然嘴上说着不在意，但陶嫣心里却莫名地有些不安和难过。

以前遇到这种情况，叶萱萱都会主动安慰陶嫣。但今天，叶萱萱却微低着头，仿佛与陶嫣感同身受，又似乎比陶嫣还难受。

吃完饭后，两人各回各家。路上，叶萱萱心中涌起强烈的愧疚。但最终，她只是叹了口气。而陶嫣回到家中，一脸呆滞地坐在沙发上，脑子里不断回响着叶萱萱说的话。

陶嫣面前的茶几上摆放着一个果盆，果盆的旁边是一个粉色的马克杯，杯里插着两枝红色的玫瑰花。

陶嫣看着两枝玫瑰，心里一团乱麻。半晌，她站起身来，端起装有玫瑰花的马克杯来到墙角的垃圾桶，默默地将玫瑰花扔了进去。

第七节　为情所困

对这一切毫不知情的王龙还一直等着陶嫣通过他的好友申请。但等了很久，却一直没有回应，反而收到了苏强发来的消息。

通过和苏强聊天，王龙得知苏强回老家之后，就去了亲戚的服装厂，现在已经是厂里的组长。

苏强意气风发地说："怎么样，王龙？要不要跟着我干？我保证你两年之后也能做个组长。而且服装厂有很多女员工，说不定你的终身大事也能一起解决了。"

"行，我要是真混不下去了，就去找你。"王龙回道。

王龙知道苏强这样说是想炫耀一下，因此他顺着苏强的意思敷衍了一句。不过知道苏强现在过得不错，他也就放心了。

这么长时间，终于有了苏强的消息，王龙不禁想到了张玲。

从张玲离开以后，两个人就再也没有联系过。有时候王龙从朋友圈里看到张玲的一些动态，但他从来没有评论过。跟苏强聊了以后，他忍不住给张玲发了条消息："最近怎么样？"

"我快订婚了。"

看到这条消息，王龙有点儿惊讶。这才短短一个多月，张玲竟然就要订婚了，这也太快了吧！但转念一想，其实也很正常。张玲的年纪也算不小了，是该考虑结婚了。

王龙不由得想起张玲离开时对他说的话，随后笑着摇了摇头，心想：都过去了，大家现在都已开始了新的生活。

第二天，王龙得到了一个令他惊喜的消息：他通过了陶嫣的好友验证！

王龙立刻和陶嫣打招呼，却没有得到回复，只好先去上班。结果王龙等了一个上午，也没有等到陶嫣回复消息，心中不免有些失落。

然而让王龙意外的是，他中午再次接到了陶嫣的订单。

难道陶嫣不回复自己，是因为有些话想要当面和自己说？这样一想，王龙的心情顿时好了起来。

王龙一路上骑得很快，他急切地想要见到陶嫣。但他还是没忘买一枝玫瑰花放进包装袋里。

陶嫣打开门，接过王龙手里的饭菜，冷冰冰地说："你以后别再给我送花了。"

王龙愣了一下，不明所以地看着陶嫣。

陶嫣依旧冷漠地说："你不觉得这样很做作吗？每次你都往里面放一枝玫瑰花，烦不烦啊！"

"陶嫣，我……"

"你什么你，我说不要就不要。警告你，别再给我送这些没用的东西。"

"砰"的一声，陶嫣把门狠狠地关上，留下王龙一脸错愕地站在原地。

很久之后，王龙才缓过神来，迈着沉重的脚步，一步一步从楼梯上走下去。

刚刚那一刻，王龙清晰地看到陶嫣脸上厌恶的表情。他不明白，为什么昨天还好好的，甚至今天早上两人还加了微信好友，可现在怎么突然就变了？

此时的王龙仿佛一下子被抽光了所有的力气，只有扶着楼梯才能稳住身体。

王龙失魂落魄地走到二楼，不知为什么，忽然想起了住在这里的孙叔。

王龙来到孙叔家门前，犹豫了一下，还是按响了门铃。

"小伙子，你知道我等你多久了吗？快点儿来陪我杀两局吧。"孙叔见到王龙，兴奋得手都开始颤抖。

王龙看到孙叔的笑容，突然觉得心里一暖，说："孙叔，我今天就是来陪您下象棋的。"

"好，我等的就是你！"

孙叔把桌上没有洗的碗放到一旁，又把棋盘摆上。

王龙想要帮忙，却被孙叔伸手阻止，道："别动，摆棋可关乎下棋人的运气！你就等着一会儿我杀你个落花流水吧！"

见孙叔一副胸有成竹的样子，王龙笑了起来。他打开手机上的象棋软件，选择了大师难度。

不一会儿，孙叔就已经急得龇牙咧嘴。就在孙叔聚精会神思考的时候，王龙却是一脸迷茫地看着手机。此时他的手机屏幕是亮着的，屏幕上是一个微信对话框，而对方的备注，是陶嫣。

王龙想了很久，一咬牙，发送了一条信息："我可以问问你，为什么今天突然对我这么冷漠吗？我记得昨天送你玫瑰花的时候，你虽然拒绝，但我能看出来，你心里是高兴的。但今天，你看到我却像是看到陌生人一样，为什么？"

消息发出去之后，王龙忐忑不安地等待着回音。

突然，手机屏幕亮了一下，王龙眼睛瞬间睁得老大。他立马拿起手机，只见陶嫣回复道：你们男人都是骗子，你根本就不喜欢我！

王龙看到信息，心里有些疑惑："你怎么知道我不喜欢你？你知道我有多在乎你吗？只要你愿意，我可以为你做任何事！"

"呵呵，谁知道你是只给我一个人送花，还是也给别的女人送花？你当我那么好骗吗？"

"原来你在担心这件事啊。你放心，我绝对没有给别人送过花。不过就算这样，你今天也不应该用那么冷漠的态度对我啊。有什么事情，你可以当面说。"

"我愿意，不行吗？反正你以后不要给我送花了，去给别人送吧！"

王龙立刻表示道："不行，为了证明我喜欢你，我说什么也要坚持给你送花。你接不接受是你的事，送不送是我的事。就算你扔了，我也要接着送！"

王龙想，既然陶嫣怀疑他，那他就更要证明自己，尽管他不知道陶嫣的怀疑从何而来。

想明白了以后，王龙觉得心中一块巨石终于落地，整个人变得情绪高涨起来。

孙叔见王龙走神，不耐烦地瞪了他一眼，说道："小子，你能不能认真点儿，我就这么让你看不起吗？"

"啊？没有，我哪敢啊。"王龙连忙摆摆手，"孙叔，那您可别后悔啊。"

王龙陪孙叔下了两个小时的棋，直到心情平和了，才和孙叔告辞："孙叔，谢谢您让我您你下象棋，我得走了。"

孙叔见王龙要走，热情地挽留道："你还没吃饭吧？正好我家里还有些饭菜，你吃了再走吧。"

"不用了，我已经吃过了。谢谢孙叔，我走了。"

离开孙叔家，王龙脚步轻快。走到楼下的时候，王龙抬头看了一眼陶嫣家所在的七楼，随后骑车离开。

叶萱萱此时坐在办公室里，心乱如麻。其实她和陶嫣说完那些话以后，感觉很后悔，但她就是没有办法亲手把王龙推到陶嫣身边。

一开始，叶萱萱的确是为了帮陶嫣考验王龙才去接近他。但随着对王龙的了解越来越深，她不知不觉被吸引了。

王龙虽然是一个普通的外卖员，但他有一颗坚韧的心，遇到任何困难都能咬牙坚持。而且他很正直、善良，即使对待陌生人，他也会表现得很友好。

不知不觉，叶萱萱发现自己喜欢上了王龙。

想到这里，叶萱萱不由得苦笑。她环顾办公室，想起那天自己在这里捉弄王龙的场景。其实这间办公室本来就是自己的，学校的老师都有自己独立的办公室。

叶萱萱觉得自己当初就不应该头脑一热去帮忙，现在好了，把自己陷入进退两难的境地，而且还越陷越深。她叹了一口气，打开手机，一脸愁容地看着手机屏幕上的微信聊天记录。其实，叶萱萱之前给王龙的微信号是自己的微信号。

此时，看着王龙发的信息，叶萱萱不禁有些愧疚，自己都干了些什么啊？叶萱萱用手捂住自己的额头，一脸的无奈和懊恼。

最后，叶萱萱决定还是先去问问陶嫣的想法再做决定。

陶嫣此刻也正处于苦恼之中，回想起王龙今天早上难过的表情，不知为何，她心里有点儿难受。

自己是不是做得太过分了，伤了王龙的心？就算王龙真的喜欢那个女同事又怎么样？自己和王龙又不是情侣，有必要生这么大的气吗？这样一想，陶嫣轻轻地咬了咬牙，心里涌起淡淡的后悔。

就在这个时候，门铃响了。

陶嫣一开门，看见叶萱萱出现在她家门口。

"陶大美女，这是怎么了，一天都没有理我。"

陶嫣看了叶萱萱一眼，随后懒散地往房间里走去。

"你是不是跟王龙闹别扭了？"叶萱萱的神色略显尴尬，忍不住问道。

"以后我们没有任何关系了。"陶嫣冷漠地说。

"就这样了？"

"那还能怎么样？我不想到最后把自己弄得遍体鳞伤。"陶嫣双目无神地躺到床上，呆呆地看着天花板。

"这……"看到陶嫣的样子，叶萱萱不知道该如何开口。她心里就像有两个声音在说话：一个让她把事情说清楚，安慰陶嫣；另一个则让她什么都不要说，让陶嫣自己做选择。

叶萱萱晃了晃脑袋，伸手在脸上掐了一把，随后强颜欢笑地说："其实，王龙他……"

"你不用再说了，我已经决定了。"陶嫣打断了叶萱萱的话。

叶萱萱犹豫了一下，问道："你确定和王龙没可能了吗？"

"对，确定。"

叶萱萱陪着陶嫣躺了一会儿，突然说道："我带你去逛街吧，顺便陪你散散心。"

陶嫣点点头，同意了。

两人去了附近的购物中心，买了好多东西。直到两人饿得走不动了，才找了个餐厅吃晚饭。

吃晚饭的时候，两人喝了些酒。

陶嫣郑重其事地对叶萱萱说："萱萱，谢谢你帮了我这么多。为了表示感谢，这顿饭我请你。"

"不要谢我……"喝醉了的叶萱萱，此时已经有些意识不清，嘴里只嘟囔着这句话。

陶嬷看着叶萱萱的样子，露出了笑容。她想，就这样吧！

吃完饭，回到陶嬷家，两人躺在一张床上，说着女生之间的悄悄话。

"叮咚……"

叶萱萱的手机响起微信消息提醒。她偷偷地拿出手机，眼角余光瞥见陶嬷正面向自己方向，不由得侧过了身。

"叮咚……"

提示声再次响起，引起了陶嬷的注意。以往叶萱萱收到消息的时候，从来不避开陶嬷。而今天的叶萱萱，却一副神神秘秘的样子。

陶嬷把脑袋伸了过去，问："谁给你发消息发得那么勤快啊？"

"没，一个朋友而已。你干吗？不要偷看我的信息。"叶萱萱有些紧张，用手捂着屏幕。

陶嬷更好奇了，她把脖子伸长，结果看见叶萱萱直接把手机锁屏。

"你找到男朋友了？"陶嬷一脸狐疑地问。

"没有的事，你不要乱想，睡觉吧。"

陶嬷心里一阵失望，她把身体缩进了薄毯里面，心中的那股怅然若失的感觉重新涌起。

如果以后叶萱萱结婚了，就只剩下自己一个人了，到时候自己该怎么办呢？

这样一想，陶嬷觉得身上好冷，她伸手把毯子往身上卷了一下，闭上了眼睛。

过了许久，叶萱萱听到陶嬷渐渐平稳的呼吸，知道她已经睡着了，这才把头缩到薄毯里，打开了手机。

叶萱萱看着王龙发来的消息，却始终没有回复，默默地看着手机屏幕一点点地变暗，最后一片黑暗。

叶萱萱慢慢把头从薄毯里伸出来，把手机放到床头柜上，闭上眼睛睡着了。

手机那头的王龙，死死地盯着手机屏幕，等待着回复。他的眼睛因为长时间盯着屏幕，变得干涩无比。

"在不在？"王龙又发了一条消息，然后将手机放到一旁。

等了一会儿，王龙忍不住拿起手机看了一眼，还是没有回复。

王龙又发了一次消息，继续等待。十二点左右，手机响了一下，他连忙拿起来看。但他很快就失望了，那是一条让他帮忙在朋友圈点赞的消息。

王龙就在这样的等待中，不知不觉睡着了。

第二天醒来，王龙看着没有回复的聊天记录，失望极了。

十分钟后，王龙叹了一口气，起床准备上班。

一进公司，王龙就碰到了楚雅。

今天的楚雅穿着一件无袖的连衣裙，整个人看起来特别漂亮。

楚雅感觉周围的目光都聚集在自己的身上，不由得扬起自信的表情。看见王龙从不远处走来，她走上前说："就算你以后当上领班了，也不准不理我，知道吗？"

王龙茫然地摸了摸脑袋，说："领班？我没做领班啊。"

"很快就是了。记住我说的话。"楚雅瞪了王龙一眼，转身离开。

王龙摸了摸后脑勺，转身看去，只见其他外卖员工都在看着他。

王龙轻咳了一声，想快点儿离开这个是非之地。

"王龙。"王龙正要离开，只见孙洁背着双手，向他走了过来。

"你也来了？今天你们都不用工作吗？"王龙疑惑地看向孙洁。

"楚雅说得没错，你很快就会升上领班了。"孙洁神秘地左顾右看，时而用暧昧的目光看向楚雅。

正向这边偷偷观察的楚雅见孙洁看过来，连忙别过了头，假装看别的方向。

"此话怎讲？"王龙问道。

"公司里有变动，黄飞马上就要被调走了。所以……"

听到这里，王龙心跳加速。现在只有自己接受了黄飞的教导，黄飞若是被调走，那自己也就自然而然成为黄飞的接班人。

这时，黄飞突然对王龙说："王龙，今天你再休一天假，跟我过来。"

王龙深吸了口气，转头看向孙洁道："孙洁，谢谢你！"

孙洁摇摇头，回道："不用谢我，我可没有帮上你的忙。"

"不管怎样，都要谢谢你。"

王龙想，若不是那天聚餐时，孙洁提醒自己，恐怕自己也没有勇气站出来毛遂自荐。

孙洁淡然地说："我并没有帮过你什么，都是你自己努力得来的。如果真要谢，那你就谢楚雅吧。"

闻言，王龙不解地看了一眼楚雅，又回头看着孙洁，问道："为什么这么说？"

"以后你会知道的。"孙洁转身离开。

看着孙洁的背影，王龙感觉她说的话有些奇怪，像是在暗示什么。他想直接去问楚雅，却发现楚雅已经不见了。王龙只好压下心中的疑问，走进黄飞的办公室。

早会的时候，黄飞让王龙站在自己身边。看到这一幕，老员工的眼神变得有些意味深长，而朱金水则是笑眯眯地看着王龙。

早会的最后，黄飞宣布说："往后的几天，王龙会代我处理一些事情。如果我不在，你们就找王龙。好了，大家去工作吧。"

随着这句话的落地，王龙领班的身份确定了下来。

第三章 ▶ 三个人的爱情

第一节　突如其来的表白

听到微信的提示声，王龙拿出手机，看着屏幕上的消息，顿时睁大了眼睛，居然是陶嫣发来的消息！

"在不在？"

"你终于肯回我消息了？"王龙激动地捧着手机，脸上难掩兴奋之色。

随后对方一阵沉默，就像昨天一样。王龙想了一下，拨通了语音通话。结果，陶嫣却迟迟没有接通。

王龙想不通，为什么陶嫣对自己的态度总是忽冷忽热的，难道又出了什么事？

王龙愣了片刻，然后发了一条消息："虽然我喜欢你，但我不会强迫你喜欢我。如果你有什么想法，能不能当面说清楚？如果你不喜欢我，以后我保证不会再缠着你。"

等了一分钟，王龙收到一条消息："并不是你想的那样，对不起。我们约在万吉广场见面吧。"

"好，你等我。"

半个小时后，王龙出现在万吉广场。望着熙熙攘攘的人群，他却一直没看见陶嫣的影子。他急得满头冒汗，又发了一条消息询问陶嫣到哪儿了。但令他失望的是，陶嫣没有回复。

王龙不相信陶嫣是故意捉弄他，所以他让自己冷静下来，耐心等待。

其实王龙已经想好了，若是这一次陶嫣明确地拒绝自己，他就再也不会对陶嫣有任何想法。如果陶嫣对自己不冷不热，那肯定是有其他原因，他肯定会迎难而上。

然而王龙左等右等，就是不见陶嫣的身影。

这时，有人从背后拍了王龙一下："王龙！"

王龙身体先是一僵，随后激动地转过身。但当他看到对方时，脸上的激动与惊喜慢慢消失，取而代之的是诧异与失望。

"你怎么会在这儿？"

"想你了，就来找你了。"叶萱萱背着双手，绕到王龙的左侧。

王龙问道："是不是陶嫣让你来找我的？她自己为什么不来？"

"是又怎么样？你对我这是什么态度？"

"陶嫣在哪儿？"

"我说你怎么回事？我来找你自然是陶嫣的意思。而且就算我不是你要等的人，你也不至于对我用这种口气说话吧？"

叶萱萱是一个好强且倔强的人，在外人面前，她从来不会表现出脆弱的一面。此时被王龙如此冷漠地对待，她心中十分愤懑，脸色变得惨白无比。

"我去找她。"王龙转身就走。

"你找她又有什么用？她都拒绝你了。在学校里可不止你一个人在追求她，你真以为能追到她吗？"叶萱萱在王龙身后喊道。

王龙身体一顿，随即转过身，一脸冷漠地看着叶萱萱道："就算她不喜欢我，我也要她亲口告诉我。"

"她都让我替她来见你了，难道你还不明白她的意思吗？"

"她不见我，也许是因为她害怕见到我。如果她心中对我没有好感，不会连见我一面都要这么躲躲藏藏。"

"等等！"

叶萱萱追上王龙，她咬着牙，认真地注视着王龙道："我想问你一个问题。我和陶嫣同是女人，为什么你的眼里只有陶嫣，而对我却没有任何想法？明明我和你相处的时间更长。"

"我也不知道。"

王龙愣了愣，重新审视了一下叶萱萱。他发现此时的叶萱萱，似乎和之前有些不一样。

"如果我说，我喜欢你，你会愿意和我在一起吗？"叶萱萱终于说出了埋在心里很久的话。

从上次王龙与叶萱萱吐露心声后，叶萱萱就开始关注王龙。叶萱萱觉得这一切妙不可言。一瞬间的悸动，让她对王龙的在意越来越深。她甚至都没有认真地了解过王龙，就已经动了心。

"对不起，你不是她。"王龙目光微冷，挣脱叶萱萱的手，骑着电动车远去。

"你就知道陶嫣，她都没说过喜欢你。"叶萱萱小跑两步，对着王龙大喊。

然而，王龙没有回头，很快就消失在人群中。

"王龙！"叶萱萱哭着跺了跺脚。感受到路人投来的异样目光，她连忙将眼泪擦掉。

叶萱萱一路跑到公交站台，刚好有一辆公交车停下，她看也没看，就上了车。

从车窗玻璃上，叶萱萱看到自己身上的白色连衣裙，鼻子一阵酸楚。这件连衣裙是昨天她与陶嫣逛街时特意买的。本以为自己经过仔细地打扮，会让王龙眼前一亮，没想到王龙对自己还是不屑一顾。

叶萱萱一直坐到终点站，听到司机提醒，她才回过神来，却发现自己坐错了车。无比沮丧的叶萱萱迈着沉重的步伐漫无目的地走着，眼神从坚定变成了茫然。

王龙来到陶嫣家所在的小区，脑中闪过陶嫣的脸，耳边响起临走前叶萱萱对自己说过的话，心中涌起一阵自卑。快要走到七楼的时候，王龙的脚步渐渐慢了下来。

王龙觉得与其自讨没趣，倒不如就这样结束比较好。叶萱萱说得对，自己终究只是一个普通的外卖员，就算升到了领班又怎样？工资还是不高。他有什么底气去追求陶嫣？

或许自己和陶嫣根本就不是同一个世界的人，陶嫣永远也不会接受他的职业。之前对自己的态度，也仅仅是略有好感，现在的陶嫣可能意识到两人之间的差距，所以做出了选择。

既然如此，自己何不安静地走开？为何非要苦苦纠缠呢？想到这里，王龙的脚步停了下来。

王龙苦笑一声，目光掠过 703 的门，转身走向了电梯。

这时，王龙背后响起一道惊讶的声音："王龙？"

王龙顿时身体微僵。

"你来这儿，是有事找我吗？"

王龙闻言转过身来，只见陶嫣正疑惑地看着自己。

"没有……我只是送外卖，凑巧经过这里而已。"王龙有些不敢看陶嫣的眼睛，他怕再看到那种冷漠的眼神。

听到王龙的话，陶嫣心中的期待瞬间消失。她的目光在王龙那身休闲服上停留片刻，说："哦，是这样啊。"

王龙抬头看了看陶嫣，从她的脸上看不到一丝情绪的起伏。王龙抿了抿嘴，说："我还要送外卖，先走了。"

说完，王龙转身走到电梯门前，按了下行的按钮。陶嫣张了张嘴，却不知道该说什么，只能看着楼层显示器上的数字一点点变化。

电梯快要到达七楼的时候，陶嫣心中涌起一股不安。她的眼神变得幽怨了起来："难道你就没有什么要对我说吗？"

王龙身体一震，转过身来，有些犹豫地说："万一我说的话，让你更加讨厌我怎么办？"

陶嫣白了王龙一眼，道："爱说不说。"

"好，你等等。"王龙举起了双手，示意自己需要酝酿一下情绪。

过了十几秒钟，王龙一咬牙，大步走向陶嫣。

陶嫣下意识地往后退了几步，身体靠在了墙上。她的目光与王龙对视，心里扑扑乱跳，外表却强装镇定。

"我就是专程来找你的！"

"嗯，我知道。"陶嫣微微侧头，避开王龙的目光。

"我来这里，是想告诉你，我喜欢你。"王龙深吸了口气，"所以我想问你一句话，我真的一点儿机会都没有吗？"

这是王龙第一次直白地对陶嫣说喜欢她，心里既紧张又忐忑。

"我……"

听到王龙的表白，陶嫣心里一甜。可她又想起叶萱萱告诉她的话，刚想要拒绝王龙，却心软了，开口说道："我还没想好。"

"还要想？你就不能干脆一点儿，直接给我答案吗？"王龙其实已经做好了被拒绝的准备，可现在听到这个回答，让他心生无力。

"我乐意，不行吗？"说完，陶嫣心中偷笑，随后瞪了王龙一眼。

王龙一咬牙，坚定地说："我知道，我只是一个普通的外卖员，朱金水告诉我，你是老师，我配不上你。虽然我现在是外卖员，但不代表我一辈子都是外卖员，我很快就会升领班了。而我的目标，远不止于此，我会努力让自己成为配得上你的人，我说到做到！"

不等陶嫣做出反应，王龙便后退一步，转过身准备离开。抬脚的瞬间，他又回头看了陶嫣一眼，说："我肯定会证明自己的能力，只要你愿意相信我。"

说完这句话后，王龙再没有任何停顿，向电梯走去。

王龙本来想学着电视上的情景，抒发壮志豪情后，潇洒离去。但他到了电梯旁，还未站定，却发现电梯早已去了其他楼层。他心中尴尬不已，却装作若无其事的样子，转身走向楼梯。

陶嫣听到楼梯间传来的脚步声，忍不住笑了。

陶嫣坐在床上，想着王龙刚刚的告白。她能感觉到王龙是认真的，可她相信叶萱萱也不会骗自己。此时，陶嫣真的不知道该怎么做了。

最后，陶嫣的眼圈渐渐红了，她伸出手擦了擦眼眶。这一擦不得了，眼泪竟然"吧嗒吧嗒"地往下掉。

陶嫣很想告诉王龙，自己心中的顾虑，但今天她发现，王龙似乎一点儿都不了解自己。王龙自以为是地解释了一番，也不问问她为什么会突然转变了态度。而且说完就走，也不给自己表达的机会。

陶嫣越想越委屈，眼中的泪水渐渐多了起来。

叶萱萱的情绪虽然依旧低落，但从车上下来后，已经平静多了。她一边走，一边嘟囔着："活该你单身，给你一个机会你竟然不知道珍惜，就知道找陶嫣，本小姐哪里比不上陶嫣？"

随后叶萱萱心里一惊，王龙去找陶嫣，那自己做的事情不就全露馅了吗！

"完了，完了。"叶萱萱惊慌失措地拿起手机，拨通了陶嫣的电话。

"嘟嘟"响了两声，电话接通了。

"陶嫣，干吗呢？"叶萱萱故作轻松地问。

"萱萱，我感觉我们好像误会王龙了。"陶嫣结结巴巴地把王龙说的话告诉叶萱萱。

听到这里，叶萱萱知道王龙没和陶嫣说他们见面的事，顿时松了口气。她想了一下，说："别难过了，你要是觉得他是个好人，我再想办法让他继续追你就是了，人家现在不是还没放弃你吗，你哭什么啊？"

陶嫣没说话，还在哭。

叶萱萱有些心烦意乱地说："算了，出来吧，我请你喝酒。"

半个小时后，陶嫣和叶萱萱坐在饭馆里，边喝酒边聊天，最后两人都喝多了，才回到陶嫣家里。两人一直睡到晚上才醒来，叶萱萱又安慰了陶嫣几句，才回到自己家。

第二天一早，叶萱萱路过早点摊买了一根油条，便匆匆赶往学校。在前往学校的途中，叶萱萱的手机收到陶嫣发的微信消息。

"在吗？你和王龙说了吗？"

叶萱萱想了想，发了一条信息："放心吧，今天晚上等王龙来上课的时候，我就会告诉王龙你的想法。"

"谢谢你，萱萱。"

"上班了，走了。"

叶萱萱迈着沉重的脚步进入学校，脑中不断想起她向陶嫣保证的事。

其实这两天叶萱萱心里比陶嫣还难受，喜欢上不该喜欢的人，还被人家狠狠地拒绝了。她为了此事还偷偷地哭了一场，可是她不能告诉任何人，只能独自承受这份痛苦。现在，她还要撮合陶嫣和王龙。叶萱萱觉得自己真的是自作自受，不仅管不住自己的嘴，也管不住自己的心。

两个小时以后，叶萱萱趴在办公桌上不停地叹气，她实在不知道该怎么和王龙开口。

又过了一个小时，叶萱萱拿出手机，向王龙发了一条消息："今天来学校吗？"

王龙回复道："看情况。"

叶萱萱盯着手机想了一会儿，随后跑到校长的办公室请了假。中午她怀着复杂的心情，点了一单外卖。然而让她失望的是，来送外卖的人不是王龙。

一天就这么过去了，到了晚上，陶嫣又发来了信息。叶萱萱躺在床上，打开陶嫣的信息。

叶萱萱揉了揉脑袋，深吸了一口气，回复陶嫣："今天王龙有事儿没来，我明天找他聊。"

放下手机后，叶萱萱叹了一口气。其实她并没有去找王龙，下了班就直接回家了。

叶萱萱走到厨房，从冰箱里拿出几根芹菜，又掏出一块跟石头一样硬的猪肉，哼着小曲炒了两个菜。把菜端到饭桌上后，她又打开一瓶红酒。

叶萱萱端起红酒杯，对着空气敬了敬，道："这杯敬明月。"说完之后，她把红酒一饮而尽。片刻后，她又倒了一杯酒，"这杯敬未来。"

叶萱萱喝得迷迷糊糊的时候，给王龙发了条消息："在吗？昨天的事希望你不要误会，我只是和你开个玩笑而已，你继续追陶嫣吧。"

片刻后，王龙发来了信息："哦。"

叶萱萱心中顿时涌起一股无名邪火，头发几乎都要立了起来。

其实，此时的王龙也非常纠结，如果昨天他没有把心里的话说出来也就算了，可偏偏他脑子一热全说了。现在叶萱萱又说昨天是在和他开玩笑，让他继续追陶嫣，这让他有些忐忑。

接下来的几天，王龙一直没见到叶萱萱。他觉得这样也好，毕竟叶萱萱是陶嫣的闺密，他还是和叶萱萱保持距离为好。

这几天唯一值得王龙高兴的事就是陶嫣的态度变得好些了，尤其是微信上，不像以前那么敷衍自己了，她开始问自己一些问题，比如以后的人生规划，有没有打算在京城长期发展等。

王龙觉得这是陶嫣开始关注自己的迹象，陶嫣之所以这么问，肯定是在考虑要不要接受自己。一想到这些，王龙就感觉浑身充满了斗志，工作起来也更卖力了。

第二节　升职风波

王龙已经接替黄飞的工作有一段时间了，对各项工作都已轻车熟路。当然，如果有人提出意见，他也会认真考虑，他知道自己还年轻，经验不足，还需要多历练。

这天，王龙来到公司，开完早会后，便开始收拾东西，准备工作。王龙一扭头看见黄飞带着一个穿西装的男人，来到他的面前。

黄飞向王龙介绍道："王龙，这是我们的区域负责人——黄广。"

"你好。"王龙客气地与黄广握了握手。

黄广满意地点了点头，说："小伙子，干得不错。其实黄飞跟我提起你的时候，我还不敢相信，他居然让一个新来的员工做领班，不过看到你的业绩，我倒是不意外了。"

突然被领导一通夸奖，王龙心里十分高兴。他谦虚地向二人表达了感谢。

黄飞将王龙的表现看在眼里，心中有些得意，毕竟王龙是他一手调教出来的。

黄飞对王龙说："王龙，我们这次来找你，是为了你升职的事。你这段时间的表现，公司领导都看在眼里，所以这次黄哥跟我过来，就是代表公司，跟你签订领班的正式合同。从今天开始，你可以不用再送外卖了，而是一名正式领班了。一会儿，你就去跟黄哥办理一下手续吧。"

王龙心中好激动，他的腿不受控制地抖了一下，然后才带着迷茫的眼神看着面前的两人，问："我升职了？"

中午的时候，王龙成为正式领班的消息便传开了。

朱金水看着王龙意气风发的样子，心中微微发酸，说道："哟，这么快就成为正式领班了，王龙可以啊，以前没看出来啊。"

王龙微微皱眉，没有吱声。

朱金水并没有因为王龙的沉默而停止奚落，反而更加阴阳怪气起来："怎么？得到陶嫣的欢心后，还不满足？真看不出来，为了当上领班，你竟然什么手段都使上了，倒是我小瞧你了。"

"你什么意思？"王龙心中有些恼怒。

"我什么意思？瞧瞧你对我说话的口气，朋友一场，你不至于新官上任就把火烧到我头上吧？"

此时，其他外卖员都在，听到朱金水的话，大家朝王龙和朱金水这边看来。

"你要是没别的事儿，就去工作吧。"王龙深吸了口气，努力平息自己的怒火。

王龙成为正式领班的第一天，自然不可能同手下的员工起争执，所以尽管朱金水的话有些难听，他也只能不理会。

"我告诉你王龙，别以为你做了领班就了不起，你是怎么升上这个位置的，你心知肚明。"朱金水扬起了脸，在王龙面前吐了一口唾沫。

在场的外卖员听了朱金水的话，开始小声议论起来。

此时的王龙，神色也凝重了起来。他看向朱金水，沉声说："领导让我做领班，自然是因为我比别人努力。我看你是心里嫉妒，所以才站出来说这些话！"

朱金水指向王龙的鼻子道："比我能力强？对，有些能力，我确实不如你。"

"你这话是什么意思？"王龙怒火中烧，向前迈了一步。

面对王龙愤怒的眼神，朱金水脸色一变，身体不由自主地往后退了一步。

"呵呵，你好不容易才当上领班吧？这个位置，你觉得能坐得稳吗？"

"滚！"王龙的脸色阴沉无比，刚刚升上领班的好心情，此刻荡然无存。

"你等着！"朱金水冷哼了一声，骑着电动车离开了。临走前，他头也不回地叫嚷着，"我这就去找陶嫣去，要不是我，你能认识谁啊！"

不少外卖员听了朱金水的话，纷纷露出疑惑的目光。

王龙看着朱金水的背影，心情差到了极点，转身和其他人交代几句后，就回到办公室。

过了一会儿，王龙冷静下来后，觉得有些奇怪，朱金水虽然平时说话有些不经大脑，但也不会当着这么多人的面嘲讽别人，难道他误会了什么？

王龙想了半天也想不通这件事，只能先暂时放下心中的疑惑，准备开始工作。而此时，朱金水骑着电动车，来到陶嫣家的小区。

朱金水坐上电梯来到七楼。一出电梯，他就看见正要去上班的陶嫣。

看到朱金水，陶嫣脸上露出了诧异的目光，问："你怎么来了？"

"我……"朱金水张了张嘴，又沉默了下来。

陶嫣见朱金水半天不说话，而自己又着急上班，只好说："有什么事，中午到孙叔家里说吧，我今天下班过去。"

"好！"

中午的时候，提着一篮子水果的朱金水出现在孙叔家门前。

孙叔看到朱金水的时候，下意识地往他身后瞄了瞄。

朱金水纳闷地说："孙叔，找谁呢？"

"进来吧。"似乎没有见到自己想要找的人，孙叔回到自己的房间。

没过一会儿，陶嫣也到了。孙叔看到她，脸上又是一阵失望。

陶嫣在厨房做饭，朱金水轻车熟路地从孙叔家里翻出了一瓶酒。

陶嫣惊讶地问："不工作了？这么长时间没见，怎么突然想起找我来了？"

陶嫣和朱金水少有交集，这次朱金水来见她，反倒是有些唐突了。但朱金水帮过她不少忙，她不能对朱金水视而不见。不过若是单独找个餐厅吃饭，难免有些不合适，因此她选择在孙叔家请朱金水吃顿饭。

"我今天跟那小子吵了一架。"

朱金水冷着脸，毫不避讳一旁的孙叔。而孙叔一听也来了兴趣，竖起耳朵偷听。

"那小子？谁啊？我认识吗？"陶嫣惊讶地张开了嘴。

"还能是谁啊，王龙。"

"要不是我让着他，今天非让那小子下不了台，哼！"朱金水喝了一大口酒，气呼呼地说。

"你倒是说说，你们为什么吵架呀？你们之前关系不是挺好的吗？"陶嫣听到王龙的名字，心中一紧。

朱金水一阵沉默，半晌，朱金水说出了事情的原委。

原来公司聚餐那天，王龙主动向黄飞提出想要做领班时，其实朱金水也非常心动。当时他没有表现出来，事后，他找到黄飞表达了自己也想做领班的意愿。黄飞告诉朱金水，只要他努力工作，他跟王龙的机会是一样的。

后来黄飞亲口和朱金水说，准备让朱金水接替自己做领班。可就在宣布的前一天，似乎出了些变故，黄飞最终选择了王龙。从那时起，朱金水就开始有意地疏远王龙。

后来朱金水和楚雅闲聊的时候，无意中得知，原来王龙能坐上领班的位置，是因为王龙让楚雅向黄飞说了些好话。

"也不知道王龙有什么好的！孙洁和楚雅都帮他。"朱金水又喝了一口酒，"陶嫣，你们进展到哪一步了？他对你怎么样？他要是敢欺骗你，我一定替你出气！"

"他？跟我没什么关系，我们现在只能算是普通朋友而已。"陶嫣心中一阵烦躁，说话的声音也冷了下来，"你不要意气用事，没有这个必要，我根本就不在乎他。"

陶嫣嘴上说不在乎，可是心里却委屈极了。原来叶萱萱说的都是真的！王龙居然同时和好几个女孩纠缠不清。可是，既然他有那么多人喜欢，为什么又对自己说出那种承诺呢？想到王龙对自己的豪言壮志，陶嫣心中十分气愤。

孙叔坐在摇椅上，悠闲地晃着身体，细细品味着面前两人的话，了然地笑了笑。

　　"陶嫣，你知道其实我对你一直挺有好感的，只不过我有自知之明，你不会对我有任何想法。那天楚雅加了我的微信后，我以为她是真心实意想和我做朋友，结果呢？她只是想通过我拿到王龙的微信号而已！"朱金水自嘲地笑了笑，抬头直视着陶嫣，"是不是只有好看的脸才配拥有爱情啊？"

　　陶嫣连忙解释道："你别这样想，我觉得你挺稳重的，是一个值得托付终身的男人。"

　　"可我若是跟你表白，还是会被拒绝，不是吗？我承认，自己喜欢上了楚雅。所以当我得知楚雅替王龙说话而不替我说话时，我心里特别难受。这工作我是干不下去了！"

　　"你不要冲动啊！"

　　"你不用劝我了，我已经想好了。谢谢你听我说了这么多话。我走了。"朱金水说完，起身准备离开。

　　陶嫣急忙说："你再坐会儿啊。"

　　"不耽误你上班了。"朱金水摇摇头，又冲着孙叔说："孙叔，我走了，改天再来看你。"

　　说完，朱金水没再停留，立即离开了孙叔家。

　　屋里一下子安静了下来。陶嫣面带忧虑地坐在饭桌旁，她想要质问王龙，却发现自己竟然没有王龙的联系方式。无奈之下，她只能深深地叹了口气。过了一会儿，她把目光转向孙叔，问道："孙叔，你觉得王龙这个人怎么样呀？你说他会是那种表里不一的人吗？"

　　孙叔眯起了眼睛，笑着说："凡事不要妄下定论，王龙是个怎样的人，你要自己去了解啊。"

　　听到孙叔的话，陶嫣陷入深思。

从孙叔家出来的朱金水一身酒气地赶往公司，走到半路，被风一吹，酒醒了一半，脑袋也清醒了。他看向手机，上面是黄飞的联系方式，又看了看近在眼前的领班办公室，眼中浮现一抹挣扎。

　　过了半晌，朱金水一咬牙，走了进去。

　　此时王龙正在打电话，声音很是客气，一点儿也没有领班的架子。

　　"李彬彬，今天你坚持一天，明天朱金水不来上班的话，我会想其他办法的。回头我请大家吃饭，辛苦了。"

　　挂了电话，王龙一抬头，看到朱金水，他有些惊讶。

　　朱金水脸色阴沉地来到王龙身边，伸出手，说："给我辞职单。"

　　王龙愣了一下，然后从抽屉里拿出辞职单递给朱金水。

　　朱金水拿过辞职单，不一会儿就写好了。他把写好的辞职单递给王龙，也不等王龙签字，转身就离开了。

　　王龙看着朱金水的辞职单，有些头疼。他没想到做领班的第一天，就收到手下员工的辞职单。然而让他更没有想到的是，朱金水离开后，楚雅闯进了他的办公室，对他好一通指责。他这才知道朱金水为何会突然和他过不去，甚至要辞职离开。原来这一切都和叶萱萱有关。

　　叶萱萱通过王龙不小心落下的奶茶瓶上的手机号，和楚雅加为好友，本来是为了替陶嫣打听王龙的交友情况，却不知为何让楚雅产生了误会，从而帮王龙坐上了领班的位置。

　　原本王龙准备去找叶萱萱理论一番，但想想还是放弃了。虽然整件事都是因为叶萱萱而起，但归根结底是自己不小心落下手机号所致，况且叶萱萱是在帮陶嫣考察自己。总之，一切事情的发生还是因为自己。王龙觉得有些对不住朱金水和楚雅。

　　晚上回到家，王龙想起朱金水白天说要去找陶嫣，他特意在微信上向陶嫣解释了一下。让王龙失望的是，陶嫣只说自己会去好好说说叶萱萱，不让她再捣乱，让王龙安心工作。

王龙叹了一口气，本来升职是件开心的事，现在却弄成这样。带着满腹的心事，王龙渐渐睡着了。

第二天中午，王龙给母亲打了个电话。

"妈，家里最近怎么样了？"

"挺好的。你爸现在工作也不忙，经常在家里闲着。对了，你工作得怎么样了？累吗？钱够花吗？如果不够的话，我让你爸再给你打点儿钱。"母亲的声音还是那么慈祥。

自从上次父母从京城回去以后，母亲便没再催促王龙回家，偶尔会给王龙打个电话，也只是叮嘱他在外面不要亏待自己。

王龙回答道："我挺好的。工资够我花，你们不用给我打钱，自己留着花吧。对了，我最近升了领班，比以前送外卖的时候轻松多了。"

"升上领班了？真是出息了！"

母亲听到这个消息很高兴，对王龙好一通夸奖。随后母亲又交代他，一个人在外面，不要跟别人闹别扭，要与人为善等，王龙都一一应下。

这时，王龙听到电话那头响起了父亲的声音："一个领班而已，有什么值得骄傲的，工资能有多高？"

王龙心中顿时有些不舒服，但还是耐心解释道："工资虽然和外卖员差不多，但却比之前轻松多了。而且，我的目标远不是一个领班那么简单，这只是一个小目标而已。"

电话那头的父亲没再说话。母亲对着王龙又是一通夸奖，可以听出她言语中充满了骄傲。

说着说着，母亲不禁叹了口气："小龙啊，难道你真的打算一直留在外面吗？"

王龙的心头有些沉重，他明白父母的想法，可他有自己的坚持。

"再等等吧，如果到时候我的事业发展得好，我可以把你们接到我这儿来。如果我实在没闯出个结果，到时候也可以考虑回家乡发展。"

母亲还想说些什么，但话到嘴边，又没说出口，大概是默认了王龙的话。

王龙继续说："妈，现在我的工作已经稳定了，有时间你们再来一趟京城吧，在我这儿住一段时间。"

每当想起上次父母没吃完饭就被气回了老家，王龙心中就深感愧疚，总想弥补一下。现在他工作稳定，自己的时间也多了，所以希望能好好带父母在京城转转。

听了王龙的话，母亲立即答应了下来，说是等过段时间天儿凉快了再去。

挂断电话，王龙长出了一口气，这段时间积压在他心中的郁闷，总算是缓解了不少。

虽然朱金水已经递交了辞职信，但还需要走程序，所以他得再干一个月。但朱金水在上班的时候对王龙一直冷嘲热讽，王龙心里有些愧疚，只好当作没听见。

做领班的这段时间，王龙终于明白了黄飞为什么没有第一时间选择培养自己。新员工的流动性太大了，有些人做了一段时间，可能就会以各种各样的理由辞职。不光是新员工，甚至老员工也会因各种理由选择离开。公司想要充实管理层，自然要考虑员工是否能长久地留在公司。

起初看到员工一个接一个地离开，王龙心中有些不舍，就算关系不是很亲近，但毕竟大家一起工作了那么久。但不舍又有什么用呢？天下没有不散的筵席，每个人都有自己的选择，不必强留。这样一想，王龙也渐渐释怀了。

日子一天天地过去，王龙在领班的位置上做得越来越得心应手。学校的课程他也没有落下，白天工作不忙的时候，他会乘机读一些有关物流管理的书。王龙简陋的办公室里，总是摆放着几本书。

第三节　各怀心思

一个月后，朱金水的离职期限已到。这天，朱金水找到王龙。

"明天我就离职了。"

王龙一愣，合上手上的课本，点了点头，说："能不能再晚两天，我去给你走一下程序。"

朱金水一愣，随后点点头。他有些意外，之前交辞职单的时候，就应该走程序报备的，看来王龙并没有这么做。

虽然朱金水现在已经可以平心静气地和王龙说话了，但终究没办法释怀。

朱金水离开时，王龙再次叫住他，说："等一下。"

朱金水转过身，看着王龙。

王龙思考了一下，严肃地说："之前楚雅来找过我了，我能理解你之前对我的态度。这件事因我而起，所以我在这里向你说声对不起。"

朱金水沉默了一会儿，开口问道："我大概什么时候能走？"

"你应该很快就可以离开了。不过，你真的要走吗？你在这里工作了这么久，也算是老员工了。你要是留下来的话，以后肯定会有很好的发展。"

王龙之所以没有办理朱金水的离职手续，是因为他想给朱金水一些时间，让他好好想想到底要不要离开公司。平心而论，朱金水的工作能力很强，如果就这样离开，真的很可惜。

　　"呵呵，我继续留在这里，好让你有机会找我的麻烦吗？"朱金水不屑地笑了笑。

　　王龙深吸了口气，说："我什么时候找过你的麻烦？"

　　朱金水微微一愣，随后沉默了。心里想着，自己这段时间确实做得不怎么样。说请假就请假，工作期间丝毫不给王龙面子。然而王龙从来没有为难过他。这样看来，倒是自己有些小肚鸡肠，还为之前的事斤斤计较。

　　"你说得有道理。可我还是要拒绝你。"朱金水深吸了口气，说道。

　　"为什么？就算你离开这里，不也要继续找工作吗？"

　　"你不懂，我辞职不全是因为你，更重要的是，我在这里工作这么久，却看不到希望。我已经三十岁了，工作上没有起色，感情上也是一片空白。有时候我甚至怀疑，我每天这么辛苦地工作，到底有什么意义？所以，要么我在工作上有所突破，要么在感情上有所进展。很明显，这两个愿望都没有达成，那我只能离开这里，去别的地方了。"

　　"那你就更应该留在这里了。"

　　"为什么？"

　　"就算这个区域不需要领班，还有其他区域。若是有合适的机会，你就是最好的人选。"王龙为朱金水认真分析，"更何况，感情这种事情本来就是可遇不可求的，你着急也没用啊。你能保证换一份工作就能解决你的困扰？"

　　朱金水没有反驳，而是低下了头。

"继续留在这里吧。"王龙发自内心真诚地说。

朱金水看向王龙放在桌上的书，不由得感叹道："我原本以为你做领班是为了轻松一点儿，没想到你还挺有野心的。"说着，他走到王龙身边，拿起桌上的书。

王龙本想抢回来，但顿了一下，没有动。

看了看书名，朱金水一愣："《御人篇》？"他似笑非笑地看向神色尴尬的王龙，说："合着你是在我身上实践理论呢？一顿饭是跑不掉了吧？"

"成交。"

"我叫上陶嫣吧。"朱金水想了想，又补充道。

闻言，王龙心中一阵激动，但脸上不动声色道："没问题。"

下午，朱金水主动找到王龙，并要求王龙和他一同去陶嫣那儿。

两人骑车来到陶嫣家所在的小区直接上了七楼，朱金水按响门铃。

过了一会儿，穿着一身休闲装的陶嫣出现在两人的面前。

朱金水主动开口道："美女，我又来请你吃饭了。"

王龙见陶嫣脸上并没有露出意外的神色，看来朱金水事先已经知会了她。

王龙正准备伸手与陶嫣打招呼，却见她别过了脸，面向朱金水，说："你过来一下。"

陶嫣低着头，小声问朱金水："他怎么来了？"

"今天就是他请我们吃饭啊，这小子在我身上实践他的管理方法，我让他给我赔罪。"朱金水的声音并不小，王龙听到不由得苦笑一声。

陶嫣想了想，勉为其难地点了点头，说："嗯，你跟他出去买菜，我们去孙叔家吃吧。我得先洗个澡。"

朱金水搞怪地说："那必需的，今天我带个帅哥来找你，你可要打扮得美美的。"

"去你的！"

朱金水和王龙下楼买菜。

陶嫣见两个人离开，连忙关上了门，拍了拍胸口，俏皮地吐了吐舌头。她并没有进浴室，而是走进卧室，一下子扑倒在床上。

过了一分钟，陶嫣拿出手机，翻开她和叶萱萱的对话框，发了几个字："在吗？我好烦。"

那边叶萱萱似乎也在玩手机，马上回道："怎么了？"

"王龙又来找我了。"

停顿了片刻，叶萱萱回复："找你难道不好吗？正好借机跟他培养一下感情。"

"讨厌！你又不是不知道，我已经知道他对朱金水做的事情！而且这些天来我们都没有联系，我都快把他忘了，可是他竟然又出现在我的面前！"

"那你见到他什么感觉？"

陶嫣如实回答道："我刚见到他的时候，心里竟然有点儿紧张，连看都不敢看他。我本来应该非常讨厌他的，可我就是讨厌不起来。一会儿，我们要去孙叔家吃饭，我都不知道该怎么办了。萱萱，快救救我吧！"

"你现在是在向我表达你甜蜜的烦恼吗？"

看到这句话，陶嫣伸出手，捂住自己的脑袋，在床上翻滚了一圈。

叶萱萱接着问道："你告诉我，你现在是想拒绝他，还是想再给他一个机会。你也看到了他这段时间的表现，我让他继续追你，他却一直没动静，也许他对你根本就没有那层意思。"

看到叶萱萱的回复，陶嫣激动的心情逐渐冷静下来："可是，刚刚他看我的眼神都在发亮啊！"

两分钟后，叶萱萱回道："等着！姐给你镇场！"

朱金水和王龙来到菜市场。两人一边买菜，一边闲聊。

"其实只要你下点儿工夫，女人很容易心动的。"朱金水经验老道地说。

王龙附和地点点头，但心中却想着：你不也单身吗？你说的管用吗？

路过一家花店，朱金水推了推王龙，说："去买一束花，一会儿送给陶嫣。"

"这……不太好吧。"王龙有点儿犹豫。

"怎么，舍不得钱？还是脸皮薄？就你这样也想追陶嫣？今天你按我说的做，我保证让你尽快把陶嫣追到手！"

虽然朱金水说得天花乱坠，但王龙还是表示怀疑。

朱金水为了增加可信度，大声说道："你有我认识陶嫣时间久吗？她有什么爱好你有我了解吗？你要是不按照我说的做，别怪我没帮你！"

男人跟女人是不同的。两个男人在一块，都是研究要如何才能追到女神；两个女人在一块，都是在研究如何刁难男人。这是朱金水总结出来的道理。

"好，就按你说的做。"王龙按照朱金水的提醒，买了一大捧蓝色妖姬。随后两个人提着菜往回赶。

朱金水看了看手机，又交代王龙道："陶嫣说她已经去孙叔家里了。一会儿你听我的准没错，陶嫣开门的时候，你就像这样，把花放在脸前，最好把她的脸都给遮住，这样能给她最大的冲击。她看不到你的脸，心中的排斥也会少一些，不至于因为拉不下面子而拒绝，懂吗？"

还没等王龙回话，朱金水又接着说："如果她接下了你的花，那就代表她接受你了，你只需要再加把劲儿，很快就能把她追到手！"

有了朱金水的话，王龙顿时自信满满地说："放心，我办事，向来靠谱。"

两人没敢耽搁，很快到了孙叔家门前。朱金水向王龙打了个准备的手势，他按了两下门铃，随后退到王龙的身后。

王龙深吸了口气，压下紧张的心情，将一大束蓝色妖姬捧在自己面前。

终于，门被打开了，王龙屏住了呼吸，轻盈的脚步声传到他的耳朵里，两条纤细的腿出现在他的余光里。

王龙听见自己的心脏在剧烈跳动，他故作轻松地说："送你的，喜欢吗？"

终于，对方伸出了手，接过了王龙手中的花。王龙心中顿时激动难耐。

突然，一个熟悉的声音在王龙耳边响起："咦，你怎么知道我喜欢蓝色妖姬？那我就收下了，多谢你的礼物啦！"

王龙一愣，这声音好像不是陶嫣的。他连忙看向对方的脸，只见叶萱萱捧着花，一脸娇羞地把脸埋在花里。

"这花……"王龙伸出手想要抢回，却被叶萱萱躲开。

"这花怎么了？我很喜欢。王龙，谢谢你。"叶萱萱蹦蹦跳跳地向屋里跑去。

王龙连忙追上去，说："这不是给你的，我根本就不知道你会来，快还给我啊！"

王龙怎么也没有想到，自己做好的精心准备，收花的人却不是陶嫣，而是叶萱萱。再看叶萱萱，明摆着跟他过不去，不准备把花还给他了。

王龙瞪了朱金水一眼，心想：要不是他让自己用花挡住脸，就不会闹出这个乌龙了！

此时的朱金水仿佛没有注意到王龙的表情，摆出一脸茫然的样子。

王龙看到陶嫣从厨房出来，顿时一脸紧张地看着她，又指了指叶萱萱手中的蓝色妖姬。

陶嫣"扑哧"一笑，马上明白了王龙的意思。不过，她心中确实有些不是滋味。心想：这个王龙，怎么这么笨！

不过陶嫣终究没好意思跟叶萱萱讨要那束花，只是心里有些后悔让叶萱萱过来开门。

叶萱萱捧着花，仿佛得到了宝贝一样，心中"扑通扑通"乱跳，还故意出言刺激王龙："不是我说，你就算要送花，也不能顾此失彼嘛，陶嫣怎么没有？看看你办的这叫什么事？"

王龙翻了翻眼皮，没有理会叶萱萱。

趁陶嫣做饭的时候，王龙走进厨房，想要解释一下刚才的事。

陶嫣的身体顿时紧绷起来，忙说："你进来干什么？这里不用你帮忙。"

"你手艺真好。"王龙笑着说。

看到陶嫣脸色微红，王龙咳嗽了一声，解释道："其实刚刚那束花不是送给叶萱萱的。你也知道我对你的心意，我本来准备给你一个惊喜的。等哪天有空，我单独请你吃饭，送你更好的礼物，你看怎么样？"

"砰！"陶嫣的刀一下子剁在案板上，心脏不争气地剧烈跳动起来。她暗骂自己不争气。

随后，陶嫣故作平淡地说："我跟你很熟吗？为什么要单独请我吃饭？"

王龙微微惊讶，心想：之前在微信上聊得不是很好吗？为什么此时陶嫣要对自己如此态度？

王龙暗自猜想，也许是因为有其他人在，所以陶嫣有些不好意思吧。

这时，王龙的目光瞟向陶嫣拿着刀的手，心中微微一跳："用不用我给你加点儿劲？"

陶嫣低着脑袋，没有说话，脸却变得通红。

王龙见状，走到陶嫣身后，不动声色地伸出手。

"王龙，你干什么呢？孙叔找你下棋呢！"叶萱萱的声音突然在二人身后响起。

王龙心中顿时有些挫败，心想怎么一到关键时刻总有人来打扰？

王龙无奈地说："帮陶嫣做饭呢。"

"这里有我和陶嫣忙活就好了，你去陪孙叔下棋。"叶萱萱走过来说道。

王龙看到叶萱萱耳根处夹着一朵花，正是从刚刚那束花中拿出来的。他心里更不舒服了。

"做好点儿，不要浪费我买的菜！"王龙狠狠地瞪了叶萱萱一眼。

"哼，胆子大了，都敢这么跟我说话。"叶萱萱不甘示弱，拿起菜刀朝王龙扬了扬。

王龙不动声色地后退两步，随后手插裤兜，故作潇洒地向外面走去。

"有本事不要跑，胆小鬼，本小姐要你的好看！"叶萱萱撇了撇嘴角，眼神极为不屑。

"唯女子与小人难养也！"王龙感叹一声。

叶萱萱闻言，提着刀便朝着王龙追过去。

王龙手疾眼快地将厨房的门关上，阻止了叶萱萱的行动。

叶萱萱叫嚣了几句，得不到王龙的回应，这才作罢。

陶嫣全程笑而不语地把这一切看在眼中，眼角闪过一丝羡慕。

自己要是像叶萱萱那样外向就好了，也可以和别人自由地打闹。这样一想，陶嫣有些落寞。

第四节　弱水三千一瓢饮

客厅里，孙叔看着棋盘，眼睛瞪得老大。他已经输了好几局了，心有不甘，却毫无办法。

朱金水很快发现了王龙的猫腻，不过他没有说破，反而帮着王龙出言刺激孙叔。

"孙叔，您这棋好臭啊，连王龙都下不过。"

孙叔黑着脸，没有理会朱金水。

"孙叔还要想多久啊？您这棋艺真跟我有的一拼。"

朱金水还要张嘴继续嘲讽，却被孙叔瞪了一眼，道："观棋不语真君子，再跟我叽叽歪歪就给我滚出去。"随后他又悻悻地补充，"老头子我还能下不过一个后生不成？"

朱金水终于闭上嘴，不再说话。

过了一会儿，厨房传来了叶萱萱"开饭"的叫嚷声。

王龙适时地放了水，让孙叔赢了一把。

王龙不动声色地对孙叔说："孙叔，您这棋艺不行啊，一连四把，您只赢了一把，我赢得都没什么成就感了。"

从厨房出来的陶嫣听到了这句话，瞪了王龙一眼，说："无耻！"

王龙立刻把手机收了起来。

人就是需要压力，这样才有前进的动力。孙叔因为下棋下不过王龙，才感受到下棋的乐趣，从而清醒的时间越来越多。

很快，一桌丰盛的菜端了上来。坐在餐桌前的王龙闻到浓郁的香味，心里突然有些感慨。

自己有多久没吃过这么多菜了？也只有在家里，才有条件这么吃吧。他一个人在外面打拼，每月的工资都要精打细算，想要多吃点儿是很难实现的。而现在几个朋友坐在一起吃着可口的饭菜，说说笑笑，心中感到很温暖。一瞬间，他有一种回到老家与亲朋好友聚餐热闹的错觉。

王龙夹了一个排骨放进嘴里，顿时眼睛一瞪，问："这个味道？"

"好吃吗？我做的哦！"叶萱萱看着正在吃排骨的朱金水问道。

"以后我们多多聚餐！我们买菜，你们负责做饭。"朱金水的一句话，肯定了叶萱萱的厨艺。

王龙跟着点头。不得不承认，叶萱萱的厨艺真不错。

叶萱萱看见王龙点头，瞪了他一眼，说："你少吃点儿，我做得不好吃。"

王龙好像没听见叶萱萱的话一样，当着几个人的面，把排骨推到陶嫣面前，脸不红，气不喘地说："你的身体比较弱，吃点儿排骨补一补。"

陶嫣顿时脸一红，瞪了王龙一眼。

叶萱萱酸溜溜地说："女人补身体都是喝红糖，你这么关心陶嫣，怎么不给她买红糖喝啊？"

"月底了吧？送你一袋？"王龙故意气叶萱萱。

"你找死！"叶萱萱顿时满脸通红，手舞足蹈地要去打王龙。

陶嫣见状，瞪了王龙一眼，又转头去安抚叶萱萱，好不容易让她安静下来。

这一顿饭，虽然王龙向陶嫣送花的目的没有达成，但与陶嫣的关系，却近了不少。至于朱金水？他既然让王龙请吃饭，意思自然不言而喻。

陶嫣对于之前王龙对朱金水做的事，心中的介怀也因为这顿饭而淡化了许多。她想，或许王龙只是一时冲动才会犯错。

酒足饭饱，叶萱萱打了个呵欠，眼珠在房间乱瞄。

"饭也吃了，锅也刷了，我们该走了。"朱金水对王龙使个眼色，示意他不用着急离开。随后朱金水又看向叶萱萱，说："美女，不如我送你回去吧。"

王龙心中一跳，明白朱金水这是给自己和陶嫣创造单独在一起的机会，他不由得在心里给朱金水点了个赞。

陶嫣此时低着脑袋，脸色微红。

哪知叶萱萱瞪了朱金水一眼，说："你是谁啊，我认识你吗？谁要你送！要送也是王龙送我啊，我跟你又不熟。"

"你……"朱金水的脸色顿时有些难看，他没有想到叶萱萱说话竟然毫不留情。

"行，那我走了。"朱金水不爽地离开了。

叶萱萱走到王龙身边，她目光看向陶嫣，说："我借王龙一下，让他把我送回去，你没有意见吧。要是有意见，我就自己走回去。"

"我能有什么意见？王龙，你把萱萱送回去吧。"陶嫣赶紧说道。

王龙向孙叔道别，又看了陶嫣一眼，便跟着叶萱萱一起出了门。

二人走出门，看到太阳被乌云遮挡，空气中的燥热也稍稍缓解。王龙骑着电动车载着叶萱萱往她家走去。

坐在后座的叶萱萱犹豫了很久，幽怨地问道："最近你为什么不回我消息？"

王龙愣了一下，没有说话。

叶萱萱见王龙没有回应，嘴角微微一笑，又说："其实你不回我消息也没关系，反正我们在学校里总要见面的。"

想了一下，叶萱萱接着说："陶嫣性格很好，不过做的饭却没我做的好吃。而且，她那么漂亮，追她的人多了去了，你真的确定自己比得过那些人吗？"

见王龙还是没有反应，叶萱萱掰着手指头继续说："你何必浪费这个时间和精力呢？"说完，她似乎想到了一些事，嘴角不禁露出了傻笑。到了目的地，她下了车，"你看，除了我，能有几个女孩愿意坐在电动车上赔你笑，还不知足。"

刚才那片遮住太阳的乌云不知何时已经散去，空气里再次弥漫着令人喘不过气来的炎热气息。

叶萱萱用手挡着刺眼的阳光，见王龙丝毫没有理会她的意思，有些灰心。谁知她一抬头，看见王龙正看着自己，并没有马上离去。她不由得略微紧张地问："你干吗还不走？"

王龙犹豫了一下，说："没什么，你先进去吧，改天见。"

说完，王龙便骑车离开了。

叶萱萱瞪大了眼睛，心里一阵气恼，心想：自己说了半天，还是白费力气。

回到家里，叶萱萱越想越生气，打开微信，切换另一个账号，翻开与王龙的聊天窗口，写道："其实，我感觉你和叶萱萱挺配的。你要是追她，她肯定立马答应。"

王龙立马发过来一条消息："什么！你竟然撮合我跟她？为什么？"

叶萱萱的脸色逐渐变冷："因为我看出来她喜欢你呀，感觉你们更合适。"

王龙急忙回道："别说了，她就算再好，在我心里，也只有你一个人。"

叶萱萱心中一阵刺痛。想了想，她又发了一条消息："可是我的要求很高，至少你现在满足不了我的要求。萱萱人长得漂亮，心地又善良，做饭又好吃，为什么你不选她？"

王龙回复道："你今天怎么了？是我又做错什么事了吗？"

叶萱萱看着手机屏幕，不知道该如何回答。

王龙接着发送消息："我知道现在的我不是一个优秀的人，但不代表以后不是。虽然我现在只是一个领班，但你放心，我肯定不会就此止步的！"

叶萱萱咬了咬嘴唇，写道："我相信你的决心，可你要多长时间才能变成一个优秀的人？三年？五年？还是十年？难道我要一直等下去吗？"

"我不会让你等太久的，放心吧。我先工作了，晚上再聊。"

叶萱萱握着手机，看着聊天记录，脸上一片凝重。

自己这是何苦呢？为什么就是不死心？明明知道王龙喜欢陶嫣，她还一次次地对王龙抱有幻想。

王龙放下手机后，神色有些凝重。他觉得今天自己并没有做什么出格的举动，为什么陶嫣会撮合自己和叶萱萱呢？难道是因为自己和叶萱萱打闹让陶嫣误会了？王龙想了半天，最后决定，以后一定要和叶萱萱保持距离，绝不能再让陶嫣误会。

打定主意之后，王龙收回心，开始工作。

晚上九点，外卖员逐渐回到分部，朱金水再次出现在王龙面前，两人聊了几句，便分开了。

朱金水看到王龙和其他外卖员打招呼，心里很是感慨。经过今天和王龙的交谈，加上这几天的观察，朱金水感到王龙似乎和以前不一样了。做领班以后的王龙说话中气十足，对外卖员的管理张弛有度，越来越有领导的样子。

朱金水不得不承认，自己和王龙的确有些差距，黄飞当时的选择大概也是因为王龙有这个能力吧。现在既然选择留下来，那就继续努力吧。就像王龙说的，总会有机会的。

王龙不知道朱金水已经开始认同他的能力，此时他正一脸愁容地坐在办公室里。以前他觉得做领班不用风吹日晒，轻松多了。真正坐到领班的位置上才知道，其实并没有想象中那么舒服。比如说，领班一定要等到外卖员都下班以后，才能离开公司。所以每天王龙都要在办公室待到很晚。

如今做领班的新鲜劲儿过了，王龙整个人都很疲惫。他打开办公桌的抽屉，一脸纠结地看着里面的两本物流管理专业的书，最后叹了一口气，走出了办公室。

王龙骑着电动车往学校赶，突然，手机响了起来，是一个陌生的电话。

"王龙，下班了吧？"

王龙觉得这声音有些熟悉，但一时间没有想到是谁。

"刚下班，请问你是？"

"我是黄广。既然你已经下班了，就去找楚雅与孙洁，不要耽误时间。"

听到名字，王龙立马想起了这人，之前黄飞带着他找过王龙，是公司的区域负责人。

"我能问问是什么事吗？"王龙心中有些忐忑道。

"看来黄飞还没把事情都和你交代明白啊，我这会儿正忙呢。你先去找孙洁与楚雅，她们在等着你呢。其他事情，等一会儿见了面再说。"

"好的，我这就去。"王龙立即应下。

对面的黄广微微一愣，随即挂了电话。

王龙做了领班之后，没少跟孙洁与楚雅打交道，可他刚刚跟楚雅闹过别扭，现在又要见她，着实有点儿尴尬。于是他联系了孙洁。

经过孙洁的一番解释，王龙终于明白了黄广的目的。

原来黄广作为区域负责人，每个月要例行和站点主管们聚一聚，聊聊最近的工作，同时也联络联络感情。原本这次聚餐该是王龙的上级，也就是黄飞参与的，但黄飞刚刚被调到了其他区域，他们这个站点因为管理层出现断层，所以黄广临时让王龙参加聚餐。

凑巧的是，聚餐的地点还是在"天下人间"。王龙只好又回到公司分部，等着孙洁和楚雅。

过了二十分钟，孙洁出现了。

"王龙！好久不见。"孙洁见到王龙，主动和他打招呼。

王龙左顾右看，没看到楚雅，心里有些疑惑。

"别找了，楚雅临时有事，不准备去了。我跟黄广说不用让人接我们了，你骑着车把我带过去就可以了，你不会生气吧？"孙洁向王龙挑了挑眉。

王龙想了想，感觉不对劲儿，之前他和孙洁打电话的时候，明明听到了楚雅的声音，而孙洁也并没有说楚雅不准备参加。而且按照楚雅的性格，她应该是不会错过这种场合的。

"刚刚楚雅不是还跟你在一起吗？她为什么突然不去了？"

孙洁意味深长地看向王龙。王龙一愣，明白了什么，没再多问。

上了王龙的电动车，孙洁对王龙说："不用赶那么快，这可跟普通的聚餐不一样，领导总要说些什么才能正式开始，很枯燥的。"

于是，王龙的速度慢了下来。过了一会儿，他发现孙洁总是尽量使自己的身体往后面挪，避免与王龙有肢体接触。

之前孙洁提出不让黄广派人来接他们时，王龙还以为孙洁对他有什么想法。现在看来，是他多想了，人家只是不想太早去。王龙为了避免尴尬，也尽量让自己身体靠前一点儿。

经过一个路口的时候，刚好是红灯，王龙停下来等着。坐在后座上的孙洁突然感叹道："楚雅不参加这种聚餐真是可惜了。"随即，她伸出一根手指，点了点王龙的肩膀，"那么好的女人，你怎么说放弃就放弃了？你们男人不都喜欢漂亮的女人吗？"

王龙苦笑一声，说："你知道我们的事了？"

"对，她的事从不瞒我，有什么都跟我说。"

"那你也知道我做的一切了？"

身后的孙洁一阵沉默，算是默认了。

王龙有些无奈，他没办法解释，只能含糊地回答："楚雅很好，只是我们不合适。"

"什么合适不合适，还不是不喜欢。"孙洁撇了撇嘴。

王龙忍不住笑了，这话倒是说得没错。

"那你有喜欢的人吗？"孙洁又问。

"有。"王龙回答得很干脆。

"你倒是承认得挺爽快。不过，撇开你做的事，我觉得就应该干脆一点，拖拖拉拉的对谁都不好。"

"那你有男朋友吗？"王龙随口一问。

"当然有了！我这么漂亮怎么可能没有男朋友！"

王龙一下子明白了为什么孙洁和他保持距离。他心里突然对孙洁有些刮目相看，心道：孙洁是个知进退的女孩，知道和异性保持距离。

绿灯亮了，王龙发动车子，继续前行。

很快，两人到了酒店。王龙看到黄广正在与人交谈，另外还有十余人在场。除了孙洁，那些人都比王龙的职位高，所以王龙就在一旁安静地站着。

果然如孙洁所说，黄广对十余人挨个儿批评了一番，随后他看向王龙，说："原本黄飞升任主管，但现在公司把他调到了其他区域，所以咱们这片空出一个主管的位置。公司正在安排新的主管，应该很快就可以到职，这段时间你就辛苦一下吧。"

"我……"王龙张了张嘴。

"你有意见吗？"黄广眉头微皱。

"不是。我的意思是，如果公司暂时调不开人手，我可以先顶替着，多久都行。"

"刚升任领班没多久，又想升职了？行了，有上进心是好事，不过想升主管，还得看你的能力，当然还有经验。"黄广笑着说。

其他人也跟着笑了起来，弄得王龙颇为尴尬。

主管是他们的内部称呼，而客户对他们的称呼是站点负责人。王龙在业余时间看到过很多公司招聘主管的条件，自己显然不够条件。

尴尬过后，王龙暗暗发誓，自己一定要把工作能力提升上去。

一顿饭下来，王龙没说几句话，饭也吃得很少，就是坐在角落里听着各站点的主管闲聊。如果说话的人刚好朝他看过来，他便附和着点点头，证明自己在听。

十一点的时候，黄广对在座的各位说了几句鼓励的话，这次的聚餐就算结束了。

回到家中，王龙按捺不住心中的激动，上网查了一些其他公司的招聘条件。他发现，只要他能工作满两年，并且具有相关管理经验，不管是升职还是另找工作，都会有一定优势。尤其是在京城这种一线大城市，公司的人员流动很频繁，他相信只要自己准备好，就能抓住机会。

接下来的时间，王龙更加努力地学习。转眼两个月过去了，对于领班的工作他已经轻车熟路，不再手忙脚乱。而他在处理人际关系时，也渐渐变得游刃有余。不仅工作方式变得更加理性成熟，就连他的性格也改了不少。

比如给父母打电话时，不再一味地反驳与争论，交谈中的口气时常带着不容置疑的坚定，让父母不自觉地信服。但后来王龙也会自我反省，对父母的态度是不是过于强势，然后慢慢地学会将工作和生活分开，尽量不把工作中的习惯带到生活里。

距离学校考试还有两个月的时间，王龙想着如果考试顺利的话，就让爸妈来京城玩一段时间。

第五节 双面人

建科大学的办公室里，穿着一身职业套装的叶萱萱捂着手机正在发呆，手机屏幕上显示着她和王龙的聊天框。

这时，手机震动了一下。叶萱萱打开一看，是陶嫣发来的信息："萱萱，这几天你看到王龙了吗？他好像很久不去孙叔那儿下象棋了。"

叶萱萱"哼"了一声，回道："其实你是想问，王龙怎么没有去找你吧？"

陶嫣脸一红，害羞地说："哪有！我才没有那么想。我只是好奇，他之前说好有时间陪孙叔下棋的，结果现在却连人影都没有。"

看到陶嫣这么说，叶萱萱心中感到很愧疚。随后她编辑一条信息发了出去："最近我加班的时候倒是偶尔看到他，不过他好像走得比别人早了一些，他没有去找你吗？"

叶萱萱说的是实话，最近这段时间，她很少能看到王龙，感觉王龙好像在有意和她保持距离。加上她这段时间很忙，也没有时间去找王龙。

叶萱萱趴在桌子上，心里很纠结。她在这条错误的道路上越走越远，也越来越累，不知道什么时候是个头。

过了一会儿，陶嫣回复道："好吧。"

叶萱萱盯着手机，想了一会儿，写道："以你的相貌，找个什么样的不容易？为什么偏偏对王龙情有独钟呢？而且，你不是接受不了人家的工作吗？"

"我……我也不知道，我心里好乱。"

其实，陶嫣也想不明白，为什么王龙之前主动接近她时，她心中并没有太大感觉，甚至有一些逆反心理。现在王龙对她的态度没以前那么热情了，她反而像是失去了什么似的，心中空落落的。

"你自己好好想想吧。你到底想怎么样？想好了再行动。"

陶嫣叹了口气，说："好吧，我再好好想想，那你忙吧。"

叶萱萱深吸口气，起身收拾东西，走向校门口。

不一会儿，王龙出现在学校门口，假装在附近溜达的叶萱萱看到王龙，连忙迎了上去。

"哟，看起来心情不错！遇到好事了？"叶萱萱上下打量着王龙，感觉他容光焕发，精气神十足。

"没有。哪有那么多好事，只是再过两个月就要考试了，心里有些激动而已。怎么样，最近陶嫣有没有跟你提起我？"

"请我吃饭，我就告诉你。"

"好！"王龙虽然想着要和叶萱萱保持距离，奈何她是陶嫣的闺密，有些事儿还得问她。

两人一同往教室走去，王龙纳闷地问叶萱萱："你又不是学生，为什么还跟我一块儿去上课？"

王龙早就知道叶萱萱是为了替陶嫣考验自己，才装成学生。现在都暴露了身份，叶萱萱竟然还跟着自己去教室，这就有些奇怪了。

"许你学习，就不许我去上课吗？真是的。你不想知道陶嫣的事了？真没良心！"

王龙一愣，随即一脸尴尬地说："我不是那个意思，其实我一直想要谢谢你。叶萱萱，谢谢你替我在陶嫣面前说好话！"

王龙突然一本正经地感谢，这让叶萱萱觉得心虚，只能赶紧转移话题。

二人走到教室门口的时候，叶萱萱突然回头对王龙说："我也想通了，你说做朋友，我们就做朋友。"

"嗯。"

"那如果我有时间的话，可以去你那儿找你玩儿吗？"

"看情况吧。"王龙心中感觉不对劲儿，但也没有立即拒绝叶萱萱。

二人走进教室，里面零零散散地坐着几个学生，大家转过头用意味深长的眼神看着他们。

就算叶萱萱的脸皮再厚，被这么多目光注视着，脸上也有些微微发热。

"我们找个座位学习吧，你要是真心想要学习的话，就认真一点儿，可不要打扰我啊。"王龙提醒叶萱萱。

叶萱萱心里有些惊讶，这么多人注视着，王龙竟一点儿也没有避嫌的意思。

突然，叶萱萱"嘿嘿"笑了一声，有些不好意思地说："你说我们这样，像不像情侣啊？"

王龙顿时向后一退，瞪大了眼睛看着叶萱萱。

叶萱萱得意地笑了笑，突然靠近王龙，说："等过段时间，我给你一个惊喜。"

王龙愣了一下，说："什么惊喜？"

"你很快就知道了。"叶萱萱像是没有要告诉王龙的打算。

"搞那么神秘干什么？"

王龙忍不住想，能让自己惊喜的事情，难道和陶嫣有关？这样一想，他心中微微激动。过了一会儿，他摇了摇头，管什么惊喜，等叶萱萱想说的时候自然会说，现在自己还是好好看书吧。

很快，王龙沉迷在书中，便忘记了这件事。

又过了十分钟，老师走进课堂。当她看到叶萱萱后，皱了皱眉，却没有说什么。随后她打开教案，开始讲课。

距离下课还有十分钟的时候，老师讲完了今天的内容，告诉大家可以自习一会儿。她在教室里来回巡视一圈，在一个方向停留了一分钟，然后收回了目光。片刻后，她突然拿起钢笔，打开了自己的备案笔记，写下一段话。

过了一会儿，老师微微皱眉，似乎对自己的作品不太满意，提笔随意勾勒。很快，一名长发少女出现在纸的下方。她含羞地注视着右边，似乎被什么事物吸引了，又似乎那儿有让她害怕的东西，进退两难。

这时，下课铃声响起，老师合上备案离开，大家也收拾东西陆续走出教室。因为说好要请叶萱萱吃饭，所以王龙和叶萱萱又来到之前那家大排档。

"喂，你什么时候去找陶嫣啊？"叶萱萱按捺不住好奇心，询问王龙。

"你不说我都忘了，我不能一直在微信上和陶嫣聊天，要经常见见她才可以！"王龙一拍脑袋，一脸的懊悔，"不过我现在主动，应该还来得及！"

叶萱萱脑袋一蒙，突然抬手打了自己一巴掌。

王龙觉得奇怪，问道："你打自己做什么？"

"没，我嘴巴有点儿痒，欠抽。"

"用不用我帮你？"

"滚！"

吃完夜宵，王龙把叶萱萱送到小区门口，就回自己回家了。没想到，一进家门，发现陶嫣竟然主动给他发了消息。

两人聊了一会儿，王龙突然收到这样一句话："其实我这个人很内向的，在网络上虽然放得开，但现实中却又很安静。"

王龙想了一下，点点头，说："看出来了。"

过了一会儿，陶嫣回复道："那不如我们玩个游戏，怎么样？"

王龙奇怪地问："什么游戏？"

"如果你见了我，提起我们在微信上的聊天内容，我可能会有些不好意思。所以我们见面的时候，谁也别提任何关于微信上的对话，怎么样？这样一来，我跟你聊天的时候，就能完全放开，不然以后我都不敢和你随心所欲地说话了。"

王龙想了想，虽然觉得有点儿奇怪，但也能理解。所以他答应了下来："好，那我明天就去找你，怎么样？"

过了一会儿，陶嫣回道："明天不行，我还没准备好。"

王龙无奈地说："那怎么办，我们总不能一直在微信上聊天吧？"

"这……到时一定不能提我们聊天的事。"

王龙立刻回道："我答应你，只要你开心就好！"

两个人结束了聊天，王龙兴奋不已，开始计划明天见面的事情。

第二天正好是周日，王龙难得给自己放了一天假，他怀着忐忑的心情，来到了陶嫣家。

敲开了门，打着呵欠的陶嫣出现在眼前。

陶嫣看到王龙，意外极了，说："你怎么来了？"

"想你了，所以就来看你了。"王龙将装满零食的袋子，递到陶嫣的面前。

"这是什么？"陶嫣扫了一眼，发现里面全是自己爱吃的。随后她想到这些天王龙对自己的冷淡，没好气地说，"你以为我是几包零食就可以打动的吗？你拿回去吧，不要再耍这些小把戏。"

说完，陶嫣走到一旁，正要把门关上，王龙却顺着打开的门自然地走了进去。

陶嫣脸一僵，看着王龙自来熟的样子，当下赶王龙离开不是，留下王龙也不是。

"那个……"王龙心里也有些不安，他突然发现，人多的时候，他可以很自然地与陶嫣讲话，但现在就剩两个人，他却不知道该说什么。

陶嫣勉为其难地给王龙倒了杯茶，见王龙自然地接过茶，自来熟地坐到沙发上，当下心中又是一阵不快。

"说吧，你找我到底有什么事？"

陶嫣坐到王龙的对面。她微低着脑袋，不愿与王龙对视。难得放假，今天原本不应该有人打扰，但王龙的意外来访打乱了她的计划。联想到自己之前从叶萱萱和朱金水那里得知的事，她对王龙的态度越发恶劣了。

王龙发现陶嫣对自己的态度，心想果然如同昨天所说的一样，她会有一些奇怪的表现。自己昨天明明已经和她打过招呼了，她竟然装作不知道自己要来的样子。

看来陶嫣在现实中与在网络上的差距真的很大，好像完全就是两个人。网络上的陶嫣热情，有时就算自己说些暧昧的话，她都不会介意。可在现实中，她完全就是一个冰山女神。

"其实我来找你，是想和你说一件事。"王龙说道。

"什么事？"

"过段时间，我爸妈可能会来京城，所以到时候我想邀请你去我那里作客。不过你放心，我们完全是以普通朋友的关系吃饭，并没有别的意思。"

王龙心里有些忐忑，他本来不准备说出这件事的。只不过他觉得这次是个千载难逢的机会。父母除了希望他回家乡发展以外，最大的期盼就是希望他能早日结婚。之所以邀请陶嫣，其实是想要借助陶嫣，给父母一些心理安慰。

"哦，那我考虑一下吧。"陶嫣微微皱眉，她和王龙已经有段时间没有联系了，王龙这次找到她，竟然是为了这种事，这让她感到有些唐突。

王龙闻言叹了一口气，就起身告辞。原本他还想请陶嫣出去看场电影的，但陶嫣如此冷漠的态度，让他看不到希望，只能离开。

准备好一天的活动内容，刚刚开始就宣告失败，王龙脸上有些黯然。他走出陶嫣家后，发了一条微信给陶嫣："你今天状态不对啊，为什么这么冷漠？"

陶嫣回道："我有吗？我一直就是这样啊。"

王龙摇摇头："可是，我为什么感觉不对劲儿呢？"

"那是因为你根本就不懂女人。"

王龙看着手机上的聊天记录，一脸茫然。

回到家里，王龙躺在床上，想着睡一觉，却意外接到苏强的电话。

电话里苏强问王龙最近过得怎么样。王龙也没有隐瞒自己的现况，把升上领班的事告诉了苏强。

苏强沉默了一会儿，说："挺好的，都升上领班了。以后我要是混不下去了，还能去找你。"

王龙微微一怔，发现苏强似乎变了不少。如果是以前的苏强，绝对不会说出这种话。同时，王龙也从他的话里感到了几分疏远。

挂了电话，王龙摇摇头，苦笑了一下。本来他和苏强的关系还算不错，但现在各自走上了不同的人生道路，两人逐渐渐行渐远。

苏强似乎也意识到了他们的关系正在变淡，电话挂断以后，他在微信上联系王龙，说可以在厂里买到低价的衣服，改天送王龙两件。王龙欣然答应。

第六节　都是衣服惹的祸

又是几天过去，王龙每次试图约陶嫣出来，都被拒绝，但两人在微信上聊得却越发火热。

不和自己见面，却又不介意和自己保持联系，陶嫣的态度让王龙很困惑。

王龙把黄马甲脱了放在袋子里，乘着夜色往家里走。刚进小区，就听见后面有人喊他。

"那个谁，别走，跑那么快干吗？"

王龙转过身，只见一个胖胖的保安在后面追着自己。

保安跑到王龙身边时，已经微微喘着粗气，问："你是不是姓王？"

王龙觉得有些莫名其妙，说："对，你找我？"

"你叫王龙？"

"对，你找我什么事？"王龙耐着性子问。

"原来真的是你。门卫那儿有你一个快递，你的电话一直打不通，快递员就放门卫那儿了。"

"我最近没有买东西，怎么会有我的快递？"王龙满腹疑窦。

"你问我，我问谁？要是再找不到你，我可就把快递退给人家了。还好，你出现得及时。"保安拍了拍胸口。

王龙跟着保安来到门卫处，接过保安递过来的包裹。包裹很薄，似乎是一件衣服。

王龙刚想拆开看看，但保安对他不耐烦地摆了摆手，说："你回去再拆吧，我现在等着换衣服下班呢。"

"好的，多谢。"

王龙离开门卫室，半路就把包裹打开了。果然如他所料，这是一件白色的帽衫，比画了一下，跟他的身材差不多。

"这是谁给我寄来的衣服？"王龙发现，帽衫的正前方有一个心形图案，看起来略显女性化。

王龙忍不住嘀咕道："谁这么无聊，给我寄这种衣服？"

王龙想到了苏强，但随即感觉不对，苏强应该不会给他寄这种款式的衣服。

王龙实在没有头绪，所以还是给苏强打电话确认了一遍，得到的答案确实不是苏强寄的。

到底是谁寄来的？难道是陶嫣？这也不太可能，陶嫣怎么可能会送自己东西呢？

至于父母，那就更不用说了，以他们的眼光，是绝对不可能给他买这种衣服的。

把有可能的人都想了一遍，王龙也没找到答案，只能先作罢。

次日，王龙穿着帽衫到了公司，正好孙洁和楚雅来找他。最近又有一个人辞职，因此他这儿需要一个新员工入职。

孙洁看向王龙胸前的心形图案，嘴角露出了暧昧的笑容，说："衣服不错。"

看到孙洁的表现，王龙心中暗想：应该不是她。

就在这时，楚雅也看到了王龙胸前的图案。当下，她变了脸色，没好气地说："孙洁，我们走。"

"急什么啊，再玩会儿呗。"

"要玩你一个人玩吧。"楚雅转身走到旁边，眼睛漫无目的地看向远方，随后又微微低下了头，一阵沉默。

"事情快办好了，再等两分钟。"孙洁冲着楚雅说。

过了一会儿，孙洁和王龙说完话，便朝楚雅走过去，拉着她离开了。

望着两人离去的背影，王龙一脸沉思。

这时，一道男人的声音在王龙身边响起："啧啧，情侣装都穿上了，跟陶嫣进展到哪一步了？"

"唉。"王龙一声叹息，看向声音来源，原来是朱金水。

朱金水打量着王龙身上的衣服，看到他胸前的心形图案，挑了挑眉。

王龙心中一动，用怀疑的目光看向他，问："你来干什么？这件衣服，该不会是你寄到我那儿的吧？"

"我？"朱金水指着自己，露出鄙夷的表情。

王龙感到有些尴尬，明白这件事情和朱金水无关。随后，他把朱金水带到办公室，将这件事简单地和朱金水说了一遍。

朱金水也没放在心上，对王龙说："得了，我今天来找你，其实是有一件事跟你说。"

"什么事？"王龙问。

"我要辞职了。"朱金水把一张辞职单递给王龙。

王龙接过，目光在上面扫了几眼，问："这次是因为什么？"

"咱们也算是朋友了，场面话我也不多说，就是不想干了。这个地方不适合我，这几个月我感觉特别累，想回家休息一段时间。"朱金水坐到办公室的椅子上，同时点了根烟。

王龙伸手在朱金水前面挥了挥，犹豫了一下，问："如果我说，再过不久，我不能升职的话就会选择离职，你还会走吗？"

朱金水神色一凛，随后惊讶地说："我倒是小瞧你了。看来你的野心，要比我想象的大多了。不过，这种话你不应该跟我说的。"

王龙不置可否，他是因为信得过朱金水，才说出这些话。若是信不过，他肯定不会说出来。

"不过我还是要辞职！你不要费心留我了，我来是跟你打招呼，是要你提前做好准备。"朱金水说完就离开了。

王龙知道朱金水要辞职已经是板上钉钉，所以，他没有再去劝阻。

接下来的日子，王龙继续努力学习。经过几个月的准备，他对考上大学很有信心。

业余时间，王龙会去孙叔家里坐坐，虽然不一定每次都见到陶嫣，但也偶遇几次。为此陶嫣交代王龙，再往孙叔那里去的话，可以直接叫上她，她负责给孙叔做饭。

为了打动陶嫣，王龙不时地给她买些水果、零食、口红，寄到陶嫣的家里。陶嫣虽然没有拒绝，但对王龙的态度还是不冷不热。值得一提的是，之前收到的白色帽衫，也被王龙送给了陶嫣。起初陶嫣认为王龙是送给她情侣装，生气地拒绝了。但经过王龙的再三保证之后，陶嫣终于勉为其难地收了下来。

距离王龙考试的时间越来越近，王龙的心情逐渐紧张起来。他见到陶嫣时，总是提起自己即将考试的事。

陶嫣是老师，自然明白王龙的心情。犹豫片刻，她鼓起勇气，拍了拍王龙的肩膀，说："我相信你是可以的，等你去考场时，我送你！"

"那好，一言为定！"王龙心中激动不已。

这段时间，王龙为了备考，还影响了工作，出了一些差错。

不过，到考试的前一天，王龙反而平静了下来。这场考试，他已经尽了自己最大的努力，现在就是检验成果的时候。他相信只要有付出就一定会有收获。

相比于慢慢放松心情的王龙，叶萱萱最近多了一些烦恼，她发觉王龙越发地冷落自己了。但王龙越是对她爱答不理，她就越是想要接近王龙。当她冒充陶嫣和王龙聊天时，总会情不自禁地沉浸其中。

只不过这段时间随着王龙与陶嫣见面次数的增多，王龙在微信上与她聊天的时间少了。她感到自己的希望越来越渺茫。

"如果不是那个人的话，那这一辈子，活着还有什么意思呢？"叶萱萱突然想到在一本书上看到的话。之前她还嘲笑书中的人矫情，现在她却明白了那种感受。

叶萱萱想，再给自己最后一次机会，如果感动不了他，就放过他，也放过自己。

下定了决心，叶萱萱弯下腰，把床下的行李箱拖了出来。打开行李箱，拨开最上面的衬衫后，一团白色布料露了出来。她轻轻一拉，将那件衣服拉了出来。

是一件白色帽衫，正中央一个大红心，映入眼帘。

叶萱萱换上了帽衫，又穿了一件浅蓝色的牛仔裤，在镜子前照了照，露出了满意的神色。

随后叶萱萱离开家，在站台等了片刻，一路公交车缓缓驶来。

一路上，叶萱萱都在给自己加油打气。终于，到站提示声想起，她到了自己的目的地，这里是自考大学的考点。今天她特意请了一天的假，想着陪王龙考试。

考生陆续到来。叶萱萱四处张望，却没有发现王龙的身影。

怎么可能？这么重要的日子，他不应该会错过吧！叶萱萱心里有些着急，不停地走来走去。她的眼睛有些发酸，却依然没有看到王龙。

叶萱萱还是不死心，索性来到入口处，一直驻足观望。她要等，她就不信王龙会错过这么重要的日子；她也不相信，自己的运气会差到这种地步。

路过的考生见到叶萱萱的模样，看她好像不是来考试的都好奇地看了她几眼。

考试的时间越来越近，叶萱萱依旧没能看到王龙的身影。

或许这就是天意，自己也该放弃了。叶萱萱十分黯然。

"叶萱萱？"一个疑惑的声音传来。

叶萱萱身体一颤，满目失望的表情，瞬间变得惊喜交加。她转过身，看见王龙出现在她身后。今天的王龙特意打扮了一番，头发也涂上了发胶，在阳光的照射下显得帅气无比。

叶萱萱惊喜地看着王龙，随后她看见又一个身影出现在王龙的身后。

"萱萱，你怎么在这儿？好巧啊。"陶嫣看到叶萱萱，一脸惊喜地说。

陶嫣走到叶萱萱跟前，目光扫过她胸前的心形图案，微微一愣。

"我……我在等一个朋友。"

"朋友？哦……我知道了。"陶嫣的脸恢复了自然，随后脸上露出暧昧的笑容。

王龙眉头微皱，心想：叶萱萱在学校工作，有几个考生朋友也不奇怪。

"你朋友呢？"王龙脸上略显痛苦，他说话时，用一只手揉了揉肚子。

"我……我还没找到他。你们……"叶萱萱有些尴尬，目光四下闪躲。突然，她看见了陶嫣身上的衣服。

那件衣服和叶萱萱身上的帽衫一模一样，只不过穿在陶嫣的身上，略显宽大，让她整个人显得十分瘦小。

叶萱萱脸上的表情逐渐变得难看起来，她轻张着嘴巴，似哭非哭，似笑非笑，嘴里发出一种奇怪的声音。

"不说了，我得去考试了，你们要是有事就先离开吧。"王龙不想让陶嫣在这里等自己一上午，所以临走前，特意交代了一句。

王龙离开后，陶嫣略微尴尬，语气紧张，像是在向叶萱萱解释："前段时间我发现王龙对考试的事有些紧张，所以今天才陪着他过来。"陶嫣见叶萱萱没说话，有些紧张地说，"是他今天特地找到我那里，让我过来的，并不是我自己主动来的。刚刚王龙说看到你，我还以为看错了，没想到真的是你啊！"

"萱萱，你去哪儿啊？等等我。"陶嫣疑惑地看着飞速逃离的叶萱萱，往前追了几步。可叶萱萱速度太快，她没能追上。

叶萱萱漫无目的地跑着，来到了附近的一个公园，她挥手擦了擦早已被泪水浸湿的脸，握紧了拳头。"啊！"她张着嘴巴，歇斯底里地大叫。

几个在公园运动的老人将目光在叶萱萱身上停留片刻，但很快挪开。

叶萱萱感觉心脏像是被针扎了一样的痛，痛得她无法呼吸。

"王龙……"叶萱萱的脸上露出了怨恨之色。

过了一会儿，叶萱萱平静下来，乘车去了附近的 KTV，扯着嗓子唱了一上午。直到嗓子哑了，脑袋都迷糊了，但心中那阵痛，却丝毫没有消失。

桌上的手机屏幕不停地亮起，是陶嫣打来的电话。

叶萱萱接通电话，听到陶嫣关心的话。尽管她十分难受，但还是说道："我没事儿，只是没有等到人而已。因为突然有急事所以先走了。"

陶嫣犹豫了一下，问："萱萱，王龙的那件衣服，是不是你送给他的呀。"

叶萱萱知道衣服的事没法再瞒下去了，只好承认道："是我！对不起啊，我本来想要给你一个惊喜的。等他穿上那件衣服后，我就把我这件给你穿。这样他就会知道，那是你送他的礼物。没想到我最近忙得忘了。结果今天出门急，居然把这件衣服穿出来了。"

"你……你怎么这么做呢？你知道我不是那样的人，就算送礼物，怎么会送这种……情侣间才会穿的衣服，那样他会把我当成什么样的人啊！"陶嫣缓了缓情绪，"不过还是要谢谢你，你在哪里，今天出来吃饭吗？"

"不了，我还有事儿，先不说了。"

挂断电话，叶萱萱陷入了沉默。片刻后，她脸上恢复了平常之色。

第七节　更上一层楼

考试结束的铃声响起，王龙揉着肚子从考场出来。突然，背后传来一个尖锐的声音："哼！"

王龙转头一看，是一个陌生的女人。女人涂着口红，脸上抹了浓浓的粉底，遮盖住了原本应有的肤色。虽然她的化妆技术有点儿差，但修长苗条的身材，弥补了这个缺点。她的身边有个男人一直跟着她，见到她对王龙没有好脸色，顿时也对王龙怒目而视。

王龙想起自己进考场前好像不小心踩了女人一下，但他记得自己道过歉了，没想到女人还在记仇。他无奈地摇了摇头，继续往前走。

因为下午还有两科考试，所以王龙要抓紧时间吃点儿东西，休息一下。

想到陶嫣穿着自己送的衣服，还特意陪着自己来考试，已经很不容易了，所以此时的王龙非常开心，面对考试竟然一点儿也不紧张了。

下午考试结束后，王龙一脸轻松地走出考场，他对这次考试很有把握。接下来就等着结果下来。

王龙不由得想到陶嫣，这段时间他和陶嫣聊天的时间少了，毕竟陶嫣线上与线下的区别太大，让他有种与两个人交往的感觉。所以他想要见陶嫣的时候，就邀请陶嫣去孙叔家坐坐。

这次，王龙想要单独请陶嫣出来吃顿饭，感谢一下她。总是去孙叔家也不是办法。

陶嫣得知王龙的想法后，表示要叫上叶萱萱和朱金水一同给他办个庆功宴。

于是王龙又开始联系朱金水与叶萱萱。朱金水得知王龙考试顺利，非常惊讶，当即表示要和王龙喝上一杯。

而王龙联系叶萱萱的时候，却发现叶萱萱的电话打不通。

王龙觉得奇怪，叶萱萱平时有事没事都会给自己发几条消息，这次自己联系她，倒找不到人了，难道是在忙着找对象？他把这个情况告诉了陶嫣。

陶嫣说叶萱萱最近心情似乎不太好。庆功宴的事，如果只有三个人，热闹不起来，让王龙等两天，她见到叶萱萱时和她谈谈。

听到陶嫣这么说，王龙有些失望。但想到陶嫣从之前对自己不冷不热，到现在微微有点儿热情，这已经是很大的进展了。

王龙这几天因为备考和考试，耽误了太多的工作。所以，王龙不敢耽误，第二天一早立马赶到公司。结果一进公司，他看到孙洁站在他办公室里。

王龙左顾右看，没有发现楚雅的身影，而此时其他外卖员也陆续到了。

王龙向孙洁点了点头，开始开早会。

早会快结束的时候，孙洁来到王龙身边，用古怪的目光看向他，说："王龙，先让他们去工作吧。"

"大家好好工作，为了赚钱养家辛苦一点儿没什么。好了，有别的事情再找我。"

早会结束后，十几个外卖员推着电动车，陆续离开了公司。

看到大家都离开了，王龙回身面向孙洁，问："怎么了？"

孙洁想了一下，说："王龙，你知道吗？因为这两天你接连请假，导致公司多了两个投诉。一会儿黄广要过来找你谈话。"

王龙心中"咯噔"一下，说："不会吧，我已经尽量做到两头兼顾了，怎么还是出事了呢？"

"你考试是你个人的事，公司不会干涉。但你不能影响公司的工作，更不能因此给公司造成损失啊。鱼与熊掌不可兼得，这个道理你不会不明白吧？"

"是我疏忽了，我会承担责任的。"王龙已经做好了心理准备。

孙洁安慰道："你别太担心了，一会儿我会帮你说话的。"

王龙心里一暖，道："谢谢你。"

一个小时后，黄广来到王龙的办公室。他手中拿着一个黑色的皮包，眼睛左顾右看。

看到王龙的时候，黄广并没有马上批评他，而是坐下来，在电脑上查看了一下最近的订单。

黄广看完了全部订单，坐在椅子上，一只手敲着桌上的皮包，迟迟没有说话。

王龙深吸口气，看了孙洁一眼，发现她低着头，不知道在想什么。王龙也只好低着头，等着黄广说话。

"这次考试的成绩怎么样？"黄广突然转过头，看着王龙问道。

王龙抬起头，回答道："还不错，应该问题不大。"

黄广低头想了一下，说："挺好的，一边学习一边工作很辛苦吧？"

王龙没想到黄广会这么说，一时间愣住了。

一旁的孙洁看着王龙的傻样，笑出声来。

黄广看了孙洁一眼，然后一脸正色地对王龙说："王龙，是这样的。你最近的表现我都看在眼里，而且你现在也算是正经的本科大学生了。所以，公司决定升你为站点主管，同时兼任领班。"

王龙闻言愣住了，张了张嘴。他转头看向孙洁，发现孙洁正笑眯眯地看着自己，没有丝毫意外之色。

"我能问问，为什么会突然要给我升职吗？"幸福来得太突然，王龙感觉有点儿不真实。

"公司现在底层的员工已经饱和，而中间管理层还缺少有经验的人才。所以公司现在想要培养一些有潜力的员工，而你的条件基本满足公司的要求。"黄广解释道。

听到黄广对自己的肯定，王龙心潮澎湃，他目光坚定地说："谢谢领导对我的信任！我肯定会继续努力工作，不会让你失望的！"

"那好，你等会儿就去跟孙洁办理手续吧。"

王龙这才明白孙洁为什么会出现在这儿，想到孙洁刚才的话，想必是在故意吓自己。

临走前，黄广似乎想到了什么事，又问了王龙一句，道："对了，你拿到本科学历以后，还准备继续往上考吗？"

"现在我只想先拿到本科学位证，以后的事情还没想好。"王龙诚实地回答黄广。

黄广意味深长地看了王龙一眼，说："行了，我并没有别的意思。你学的专业对公司很有帮助，想继续考的话，公司也支持。"

"谢谢黄哥。"王龙发自内心地说。

送黄广离开之后，王龙跟着孙洁去办理升职手续。

幸福来得太快，以至于手续办完以后，王龙觉得走起路来都轻飘飘的。

一个月后，考试成绩公布，王龙顺利考进了心仪的大学。

接二连三的好消息让王龙的心情久久不能平静，他只好用工作来让自己冷静下来。

然而，当最初的喜悦冷却，王龙清楚地认识到他不能因为现在得到的一切而感到自满。这不是终点，而是新的起点。前途广阔，他要开拓属于自己的天空。

第四章 ▶ 机关算尽一场空

第一节 错位告白

这天晚上，陶嫣索然无味地看着视频。过了一会儿，她把手机丢到一边，想到：这么长时间了，她和王龙还没有彼此的微信，心里有些烦躁。

陶嫣想不明白，明明刚开始的时候，王龙总是想要自己的联系方式，现在却绝口不提。难道王龙是在等自己主动吗？

想到这里，陶嫣打开微信，输入了一串手机号，很快看到了王龙的头像与昵称。她的手指几次欲按向添加好友的按键都停了下来。

陶嫣躺在沙发上，眼睛扫到桌上王龙送的马克杯，心情突然烦躁起来。

陶嫣不知道自己最近为什么只要一想到王龙就会很烦躁，而这种烦躁的心情又找不到人来倾诉。其实也不是找不到，只是想找的人不在，在的人她又不想倾诉。

难道自己已经喜欢上王龙了？想到这里，陶嫣有些害羞地在沙发上打滚。等到冷静下来，她暗暗告诫自己不能轻易地陷进去，至少要确定王龙是真的喜欢自己才行。

打定主意后，陶嫣拿起手机，想要继续看视频，却发现不知道什么时候按到了她和叶萱萱的微信对话框。里面只有她发出的消息，却没有一条回应。

陶嫣皱起眉头，这几天她怎么也联系不到叶萱萱，打电话没人接，微信也不回。她有些担心叶萱萱是不是出什么事了。

陶嫣突然想起王龙考试那天叶萱萱身上穿着的帽衫，脑中闪过一个念头，陶嫣的身体一下子僵硬起来。她找出叶萱萱的号码，想要拨出去，却在最后一秒放弃了。

半晌，陶嫣退出拨号界面，她希望只是自己胡思乱想而已。

此时，坐在办公室里的王龙也正拿着手机发愣。手机上是他给陶嫣发的微信消息，可是这两天他都没有收到任何回复。犹豫了片刻，他找到叶萱萱的手机号拨了过去。

叶萱萱已经消失好几天了，听陶嫣说，叶萱萱请了几天假，估计快要上班了。

"谁呀？"叶萱萱的嗓音有些沙哑。

"我还以为你不接呢，在哪儿呢？是不是失恋了？"王龙调侃地说。

"我怎么会失恋？乌鸦嘴，你就这么不希望我好吗？"叶萱萱的声音虽然不太好听，不过语气还算正常。

王龙没再多问叶萱萱的事情，而是高兴地说："告诉你一个好消息，我升职了，我现在是站点主管了。"

"你？就你也能当站点主管？是你白日做梦呢，还是我的耳朵出问题了？"

"你会不会说话？吃错药了？"王龙心中有些纳闷，几天不见，叶萱萱的语气变得尖锐了许多。

"我就是这么说话的，怎么了？不愿意听就别打电话给我。"叶萱萱说话越来越不客气。

"你……"王龙心中微怒，不再提升职的事，"我找你，是想要请你和陶嫣吃饭，算是感谢你们。另外，还有件事，我想借这个机会向陶嫣正式表白。"

"什么，你要向陶嫣表白？不行，绝对不行！"叶萱萱的态度很强硬。

"为什么不行？"

叶萱萱结巴了半天，也说不出所以然来，最后她索性说："你来见我！我们当面说！"

"原来你一直在京城没离开，我和陶嫣还以为你回老家了。"

"要你管！马上过来！"

半小时后，王龙来到叶萱萱家小区门口。

叶萱萱一看见王龙，便向他冲了过去，说："表白？就你也配向陶嫣表白！"她恼怒地抬脚踢向王龙。

王龙没反抗，只是笑着往后退。

"你还要说什么吗？没有的话，我就先走了。"王龙猜测叶萱萱可能因为失恋才会情绪不稳，但也不能任由她在大马路上这么跟自己撒泼。

"等等！"

叶萱萱终于停了下来，她的脸上惊疑不定，说道："我不让你表白，是有原因的。你想想，你都已经明示暗示了那么多回了，陶嫣有对你做出什么回应吗？你现在表白确定能成功吗？如果不能成功，那你以后还怎么接近她啊？你这么做，岂不是把自己的后路堵死了！"

王龙顿时一愣，没有反驳。

叶萱萱嘴角勾起一抹微笑，说："而且，陶嫣脸皮薄，跟我不一样。你要是贸然表白，很有可能达不到预期的效果，反而会让她讨厌你。所以你想要表白成功，没有我的帮助是不行的！"

王龙觉得叶萱萱说得有道理，心里有些忐忑地问道："你要怎么帮助我？"

"你想好买什么礼物、怎么和陶嫣说以及告白的地点了吗？"

王龙脸色逐渐垮了下来说道："礼物我已经想好了，至于到时候该怎么说……"

"打住，你现在别跟我说。我这两天精神不太好，今晚我要好好休息一下，明天再陪你排练。别忘了，明晚来找我，不见不散，滚吧。"叶萱萱打了个呵欠，转身就走。

回到家后，叶萱萱还在不停地打着呵欠。她打开灯，屋内一片明亮，但她的双眼却带有两个很重的黑眼圈。

虽然叶萱萱现在困得不行，但她没有马上睡觉，而是打开手机，找到她和陶嫣的微信对话框，给陶嫣发了一条消息："在不在？"

连续发了好几条，陶嫣终于回复："你疯了？发那么多干吗！"

手机铃声响起，叶萱萱看到屏幕上"陶嫣"两个字，她选择了拒接，随后在微信上回复："我是想告诉你，明天晚上八点钟，你来找我玩儿吧。这几天我太累了，现在不想说话。"

陶嫣也没想太多，回道："嗯嗯，只要你没事就好。这几天你失联，我都担心死你了。"

"那明晚八点，不见不散，千万不要迟到啊。"

"好的。"

叶萱萱看着手机屏幕上的对话，愣了片刻，眼角流下了两滴泪水。她知道自己对不起陶嫣，可是她真的没办法压抑自己的感情。

第二天晚上，临近八点的时候，王龙再次找到了叶萱萱。

叶萱萱皱着眉头打量着王龙身上的衣服，说："你就不能穿得正式一点儿？就你这样，还想追陶嫣，做梦去吧。"

王龙擦了擦汗，说："只是排练而已，用得着穿得那么正式吗？你要求也太高了。"

"那是自然，实践才能检验出成果。况且我能给你当陪练让你表白，对我是多大的损失你知道吗？让我看看你的道具。"今天的叶萱萱精神比昨天明显好了许多，两个黑眼圈也消失不见了。

王龙左右看了看，从包里掏出一束花和一个戒指盒，然后有些尴尬地对叶萱萱说："就在这外面进行吗？被人看到了怎么办啊？怪不好意思的。"

叶萱萱一脸鄙夷地说："你还是男人吗？连这点儿胆量都没有，你还表什么白啊？我就是要好好帮你练练胆量。"

"那好吧，我准备好了，可以开始了吗？"

叶萱萱左顾右看，突然一把抢过王龙手中的戒指盒，打开看了两眼。里面是一枚钻戒，虽然钻石不大，但对王龙来说已经尽全力了。

"啧啧，你还真是大方啊，花了不少钱吧？"

王龙不好意思地笑了笑，把钻戒抢了回来，催促道："可以开始了吗？"

"我跟你说，一会儿表白的时候离我近一点儿。一定要给陶嫣足够的压迫感，不让她有拒绝的机会，懂吗？"

"那好，一切按照你说的来！"王龙深吸一口气，表情凝重地点点头。

这时，叶萱萱看到远处一个苗条的身影渐渐向这边走来，叶萱萱的神色顿时紧张无比，她做着最后的交代："一会儿你别叫错了名字，要叫我的名字，知道吗？不然容易出戏。"

"要求真多。"

"好了，开始吧。"叶萱萱迅速跑回小区里，让王龙等在外面。

王龙屏住呼吸，严阵以待。突然，叶萱萱向他这儿看了过来，故作惊讶地大喊道："王龙？你怎么来了？"

叶萱萱的声音很大，把王龙吓了一跳。不过王龙不知道的是，远处那个身影在听到这声音后，顿了一顿，随后小跑了几步，藏在了一个路灯后面。

王龙硬着头皮向前走了两步，突然单膝跪在地上，对叶萱萱说："我喜欢你！我想做你的男朋友，你答应我好吗？"

"什么？你竟然喜欢我？你……你喜欢我哪一点？"

王龙心中暗笑，叶萱萱代入感挺强的，这就入戏了。不过就是声音太大，生怕别人不知道她在接受别人表白似的。

"我喜欢你的人，喜欢你的厨艺，喜欢你的脸，你的一切我都喜欢，为了你，我可以付出一切。"

这样说是不是太夸张了点儿？王龙心中有些别扭。

"你，你……"叶萱萱有些语无伦次。

突然，王龙起身向前，走到叶萱萱的面前，抓住叶萱萱的手，一脸真诚地说："你是我的眼，是指引我前进的方向。没有你，我不知道自己该何去何从。答应我好吗？我爱你，永远不会改变！"

叶萱萱身体一颤，嘴唇都抖了抖，一时间竟然沉默了。突然，叶萱萱的手闪电一般抓住了王龙，并顺势向前一拉。

王龙猝不及防，整个人向前扑了过去。两人顿时拥抱在一起。

糟糕！

没想到会出现这种突发事件，王龙下意识地反抗，但叶萱萱抱住了他，一时间他竟然没能挣开。

路灯下的那道身影看到这样的情形，转身默默地走开了。走着走着，她跑了起来，速度越来越快。

　　而这边，王龙猛地推开了叶萱萱，脸上又惊又怒。

　　"嘿嘿，生这么大气干吗？"叶萱萱面带微笑地说。

　　"你，你……"

　　"我刚刚失恋，你就当安慰我一下不可以吗？我又不会告诉任何人，你放心好了。我一个女生都不介意，你一个男人这么大惊小怪干什么！"叶萱萱扭捏着身体，脸上羞涩无比。

　　王龙瞪了叶萱萱一眼，转身就走。

　　"喂，别走啊，刚刚我不是故意的，你干吗生那么大气？实话告诉你吧，跟陶嫣表白，最好不要在人多的地方，不然她肯定会害羞地跑开。最好选在只有你们两个人的地方，话我只能说到这儿了，怎么做看你的了。"

　　叶萱萱向王龙吹了几声口哨，不再追赶王龙，心情愉悦地回家了。

　　王龙黑着脸，心里怦怦直跳，没想到叶萱萱竟然和他开这种玩笑。

　　"看来以后要离她远点儿了。"王龙嘴里嘀咕道。

　　回到家，王龙翻来覆去地睡不着，他盘算着要怎么向陶嫣表白。经过了叶萱萱的事，他觉得自己和陶嫣的关系要早点确定下来。

　　第二天，王龙下班后，买了一大束花带上戒指，来到陶嫣家。

　　王龙敲了敲门，捂住装着鲜花的背包，一脸紧张与期待。

　　很快门被打开，陶嫣的身影映入王龙的眼帘。

　　王龙看到陶嫣的模样，顿时一愣。今天的陶嫣看起来十分憔悴，头发杂乱地散落在脸颊旁，脸上的表情也十分清冷。以往见到王龙，陶嫣虽说不热情，但也不会如此冷漠。

"这么巧啊，今天上班了吗？"王龙缓过神，迎上陶嫣的目光，尴尬地笑了笑。

陶嫣转身走向客厅，王龙慢吞吞地跟在后面。

"你来干什么？"陶嫣的语气出奇的冰冷，仿佛王龙就是她的仇人似的。

王龙一愣，说："那个，我想请你吃个饭。对了，我能买点儿菜，今晚在你这儿吃吗？"

"不行！"陶嫣冷笑一声，拒绝了王龙。

王龙正要说话，陶嫣毫不客气地打断道："行了，不要废话了！说吧，今天你找我什么事？吃饭的话就算了，我不喜欢和你一块儿吃饭。"

怎么回事？难道是叶萱萱把告白的事告诉了陶嫣，引起了陶嫣的抵触？

王龙心中感觉不对劲儿，事情似乎出乎了他的意料。不过都走到这一步了，也不可能再退缩。而且陶嫣若是想要拒绝他，那就拒绝好了，自己也不是输不起。

"嘿嘿，你看……"王龙咬着牙，万分紧张地打开背包，把花从包里掏了出来，随后把戒指盒打开。

王龙不好意思地说："我本来是想要和你吃顿饭，找一个好一点的时机再和你说的。可是现在的情形跟我想的有点儿出入，所以……"王龙顿了一下，接着说，"陶嫣，我已经喜欢你很久了。从第一眼见到你，我就喜欢上了你。我觉得，你已经成了我生活中不可或缺的一部分。以前我只是一个小小的外卖员，我觉得我配不上你，所以不敢对你表白。现在，我已经是站点主管了，所以我鼓起勇气，想要问你一句话——你愿意成为我的女朋友吗？"

王龙说完后，心里十分紧张。他低着头，等待着陶嫣的回答。

过了好久，屋子里一点儿声音都没有。王龙慢慢地抬起头，迎上陶嫣鄙夷和讥讽的目光，心里顿时一惊。

陶嫣冷冰冰地问："你就这点儿本事吗？"

"这……大概是我目前能做到最好的吧，你要答应我吗？"

陶嫣不屑地看了一眼王龙手中的鲜花与戒指，说："一束花、一枚戒指，就想把我追到手，你以为我这么廉价吗？王龙，我拜托你，不要把我当成一个傻子好不好？"

王龙的心凉了，但还是不死心地问道："那你的意思是？"

"拿着你的花和你的假戒指，有多远滚多远，以后永远都不要再来烦我！"陶嫣突然伸手指向门口，气愤地吼着。

王龙的脑袋顿时蒙了。片刻后，他站起身，默默地向外走去。走到门口时，他停下来，转过身，平静地问："为什么我追了你这么长时间，到头来你却如此对我？你知道我为了能配得上你，付出了多少努力吗？如果你对我没有任何感觉，为什么要表现出一副对我不错的态度？"

陶嫣不屑地撇了撇嘴，鄙夷地说："王龙，你说得好大义凛然啊，弄得好像我骗了你一样。不过，你装成如此深情的模样，不觉得恶心吗？"不知怎么回事，陶嫣突然歇斯底里地喊道，"是，我就是瞧不起你，怎么了？我告诉你，你就是配不上我！"

这是王龙第一次在陶嫣脸上看到如此神色。他这才知道，就算是再温柔软弱的女人，发起怒来也照样会变成一个小刺猬。而每一根刺仿佛是钢针一样刺在了他的心上，疼得他喘不过气来。

"你怎么想是你的自由，我管不着，对不起，打扰了。"

王龙一言不发地走下了楼，眼眶渐渐红了。

结束了，一切都结束了。半年的期望，换来的是无尽地绝望。

陶嫣站在屋里，看着被关上的门，眼角流下泪水。她扑到沙发上，号啕大哭。

第二节　失恋后遗症

第二天，王龙来到公司，坐在办公室里发愣。

"王龙，你招到人了吗？我可以走了吧？"

朱金水来办公室找王龙，当他看到王龙蜡黄的脸色，微微一愣。

"嗯，你可以走了。要不我请你吃个饭？"

"不用了。"朱金水多看了王龙两眼。自从他认识王龙以来，还从来没有见过王龙如此颓废。

这时，桌上的电脑发出提示音，王龙看了一眼，是有客户给了差评，随后移开了视线，没有放在心上。

朱金水察觉到王龙不对劲儿，说："如果有什么需要帮忙的，尽管说，我过两天才会离开京城。"

"谢谢，不用了。"

朱金水犹豫了一下，想要说些什么，但最终还是默默地离开了。

下午，楚雅领着一个人来到王龙办公室，她冷冷地对王龙说："这是你要的人，给你找到了。"

"谢谢。"

看到王龙失魂落魄的模样，楚雅一愣，心中微微惊讶，今天的王龙似乎有些不对劲儿。不过，看到这样的王龙，楚雅心中有一种莫名的痛快，走路都轻飘飘的。

孙洁也发现了王龙的不对劲，小声地和楚雅议论。

按说王龙已经升到了主管，应该是人逢喜事精神爽，可他怎么如此失意？

夜晚，王龙在床上辗转反侧。他心中仿佛被一股力量压着似的，无论如何都不能平静下来。他下了楼，买了几瓶啤酒，折腾到凌晨三点，才有了几分困意。

第二天上班，王龙觉得精神都崩溃了，而且感冒了。

"你怎么弄成这副样子？"朱金水来办理离职手续，见到王龙，被吓了一跳。

"用不用我带你去医院？"朱金水伸手摸了摸王龙的额头，不由得皱了眉。

王龙取出朱金水的辞职单，在上面签上自己的名字，递给了朱金水，说："你找黄广签了字以后，把辞职单交给孙洁，然后你就可以离职了。"

"保重。"朱金水沉默片刻，叹了一口气，转身离开。

朱金水找了半天，也没看到黄广，却看到了孙洁。

孙洁正跟楚雅待在一块儿。楚雅见到朱金水，笑着问道："这不是朱金水嘛，不上班跑这儿来干吗？"

"还上什么班啊，辞了。"

"辞了？"

楚雅接过朱金水的辞职单，露出一脸惊讶的表情。

"就这么走了啊？"孙洁有些不舍，毕竟共事了这么久，多少有些感情。

不过她们也没有挽留，毕竟天下无不散之筵席，这一天总会来的。

"不然呢？你们两个要不考虑一下谁做我的女朋友，说不定可以把我留下来哦。"朱金水嘿嘿一笑，冲两人挑了挑眉。

楚雅故作娇羞地说："讨厌，你要是真的留下来，也不是不能考虑。"

"得，我可不上这个当。你要是现在就答应我还可以，不然免谈，事后反悔的事，我见得多了。"

"那你还是走吧。"楚雅失去了继续开玩笑的乐趣。

这时，孙洁一脸八卦地问朱金水："你知不知道王龙这两天发生什么事了？昨天我跟楚雅见到他时，发现他的状态有些不对劲儿。"

"他啊，失恋了呗。"

"失恋？"孙洁有些惊讶。

"十有八九吧。王龙追个女人追了很久，昨天我跟那女人打电话想问问什么情况，结果那女人的态度十分恶劣，估计他们俩彻底黄了吧。没想到王龙对她的感情还挺深，出了变故，竟然受到这么大的影响。"

"活该！"楚雅听了朱金水的解释，痛快地叫好。

朱金水横了楚雅一眼道："人家都失恋了，你还在这儿落井下石。"

"我落井下石什么了？难道他不是活该吗？就他这样的人品，失恋也正常，毕竟没有哪个女人会看上这种男人。谁要是看上他，那真是瞎了眼。他还一副无精打采的样子，他有什么资格伤心？"楚雅声音中充满了怨气。

朱金水与孙洁对视一眼，没敢反驳楚雅。

这时，楚雅高兴地说："他终于受到应有的惩罚了，老天有眼。今天晚上我请你们俩大吃一顿，正好给朱金水钱行。"

"其实，我觉得王龙这人，没这么差。"朱金水小声地解释了一句，但楚雅和孙洁都没理他。

下班后，三人找了一家饭馆。

吃饭期间，楚雅不断地贬低王龙。孙洁与朱金水在一旁尴尬不已，但毕竟是朋友，也只能在一旁默默地听着。

朱金水心里有些唏嘘，这是他留在京城的最后一个夜晚，明天下午他就会乘坐火车离开京城。也许以后有机会还会来京城工作，但是大概和这些朋友再没有见面的机会了吧。可惜的是王龙计划要请他和叶萱萱，还有陶嫣好好地吃顿饭，结果现在这件事却不了了之。

第二天，楚雅来到王龙办公室，发现办公室里空空如也，不见王龙的身影。她询问了外卖员，才知道王龙竟然旷了工，于是她交代几个外卖员说："你们平时谁跟王龙关系好？找个老员工安排一下工作。"

外卖员们经过楚雅提醒，自发地组织起来，回到了井然有序的工作状态。

楚雅在办公室等了一个小时，依然没有等到王龙出现，犹豫良久，她给王龙拨打了一个电话，却没人接电话。她只能默默地回到自己的岗位。

出租屋里，王龙呆呆地躺在床上。这是他工作以来第一次旷工，而且是在他刚刚升上站点主管的关键时期。起初他认为自己升任站点主管，一定要更加努力地工作，证明领导没有看错他。但因为陶嫣，他仿佛一瞬间失去了所有的精气神。他不明白，陶嫣为何突然变得如此的市侩。原本他应该讨厌陶嫣，心中彻底放弃陶嫣，但身体似乎有一种本能，让他承受不了这种失去一切的感觉。

王龙想：或许无论陶嫣人品再怎么差，自己也能接受吧。喜欢就是喜欢，爱就是爱，这是一种超越了一切的本能，无法阻挡。

手机的铃声响了起来，王龙机械地接通电话，里面传来黄广的咆哮声："王龙！我刚破格把你升到主管，你就跟我玩旷工，你是不是以为自己有几分能耐，就能为所欲为了？"

"黄哥，对不起，今天我的身体不舒服。"

"我管你舒不舒服，你拿着公司的工资，就要尽职尽责地完成任务！你个人生活不管怎么样，也不准影响公司！"

"对不起，黄哥。"

"现在，立即给我去上班，否则明天我就把你撤下来！果然是新人，靠不住。我是瞎了眼才会给你升职。你知道今天你那儿收到几个差评吗？你知道你那儿错过了多少订单吗？罚钱！公事公办！你的工资也给你扣了！现在，给我立马去，否则别怪我不客气！"

黄广大骂一通，不等王龙回应，便挂断了电话。

王龙看了眼手机，默默地把手机调到静音，掀过一旁的被子，蒙住了自己的脑袋。

此时，建科大学的办公室里，叶萱萱烦躁地翻看着手机。两天的时间过去了，王龙没有联系她，陶嫣也没有联系她，仿佛那晚的事，对王龙和陶嫣没有任何影响似的。

叶萱萱心中恨恨地想着：陶嫣该不会见到王龙和自己表白，还会接受王龙的表白吧？

叶萱萱想要装作若无其事地给陶嫣打通电话，但终究没那个勇气。而当她联系王龙时，却得不到任何回应，她的心里越发焦急与不安。

突然，叶萱萱眼睛一亮——朱金水！

叶萱萱在手机里翻找了一会儿，终于找到了一个通话记录。叶萱萱一脸庆幸，还好，朱金水给她送过外卖，她也记下了对方的手机号码。

电话接通后，叶萱萱得知朱金水已经辞职的事，惊讶地说："辞职了？你走了？"

"对啊，正收拾东西呢，下午的火车。"

"那你能联系到王龙吗？我找他有点儿事。"叶萱萱犹豫了一下，终于说出了自己的目的。

"他？你找他干什么？"朱金水似乎想到了什么，"你要是能找到他，最好去见见他，这两天，他的状态有点儿不对劲儿。公司里的同事告诉我，他今天旷工了。他刚升任站点主管，要是这时出了差错，也许他的前途就毁了。这家伙，不就是失个恋吗，要是因为这件事丢了工作，还不得跟我一样，滚回老家啊。"

叶萱萱挂了电话，赶紧跑出学校，叫了一辆出租车，直奔王龙家。

路上有点儿堵车，叶萱萱心里十分着急。她心中隐隐有股不安，心想着：不就是失个恋吗？有什么大不了的？玩失踪有什么意思？

终于，叶萱萱赶到王龙的住处。她用力敲响了门，门很快被打开，王龙的身影出现在叶萱萱面前。

"你怎么来了？"王龙看向叶萱萱，有些惊讶。

"来看你呀，这不是关心你和陶嫣的事，所以特意来找你的嘛。你表白成功了吗？"叶萱萱故作轻松，跟着王龙进了客厅。

话音刚落，叶萱萱发现客厅十分整洁，一点儿杂物都没有。她心里一凉，呆呆地问王龙："你要干吗？"

"好久没有回家了，我想回家一趟。"王龙淡定地坐到沙发上，喝了口水。

"回家？你不是刚刚升任站点主管吗？你回家领导批吗？你是不是回家以后，就不准备来了？"叶萱萱质问王龙。

"可能吧，看情况。"

"你……你疯了是不是！因为陶嫣，你要亲手把你自己的前途毁了？你这样做，对自己负责吗？你好不容易才升到今天的位置……"

"帮我搬一下东西。"王龙没有理叶萱萱的话，反而平静地收拾起东西来。

叶萱萱咬着牙，站在王龙的面前，说什么也不让王龙收拾东西。

"你给我停下！今天我在这里，说什么也不让你走！今天你走了，以后你肯定会后悔的！"叶萱萱气得眼泪都流出来了。

"王龙，你这样真的很没用！你这副模样，还想要出人头地，你也太异想天开了！我原本以为你是一个坚强的人，可是现在，你看看你，病秧子一个，仅仅因为一个女人，就要滚回老家，你算什么男人？你不过是一个废物而已！你弃自己的前途而不顾，你对你的家人负责吗？你对自己负责吗？你对关心你的人负责吗？"叶萱萱指着王龙，大声地质问道。

王龙一脸沉默，没有吱声。

现在已经是冬天了，外面的气温已降到了零下，王龙的额头却冒出了汗。

王龙对叶萱萱微微一笑，说："你说得对，也许我跟其他人并没有区别，只不过是有些幸运而已。我也不知道自己为什么会这样，可是我发现自己撑不下去了。"

王龙的语气中充满了无奈与落寞，明知道以后自己会后悔，但失去了那个人，所有的动力都没了。

"你听我说，听我说！"叶萱萱抓住王龙的手，语重心长地说，"如果你今天真的走了，以后你一定会后悔的！给自己一个机会好吗？不要为了一个人，去选择自己不想要的结果，冷静下来，等你想通了，再决定离开也不迟，何必这么快就做出影响自己一生的决定呢？王龙，你醒醒啊！"

王龙挣开叶萱萱的手，摇摇头，说："我已经买好明天的车票了，你总不能一整夜盯着我吧。"

"你！我就不信，今天我跟你住一块儿，谁怕谁啊！"叶萱萱气恼地坐到沙发上，悄悄抹了把眼泪。

怎么会这样呢？朱金水走了，陶嫣不理自己了，王龙竟然也要离开。没有了这些朋友，自己一个人，还有什么意思呢？变化太快了，叶萱萱根本就来不及反应。

可是这么做自己后悔吗？也许吧，不过面对心中的渴望，与那种求不得的痛苦，或许重来一次，自己依旧会那么做。

叶萱萱坐在沙发上，回想着自己做的事，心里有些绝望。

看到叶萱萱的态度这么坚决，王龙没再白费力气，而是如同往常一样，坐在沙发上玩起了手机。

过了一会儿，门外传来了敲门声，叶萱萱主动去开门，只见一个外卖员提着午餐等在门外。她转头看向王龙。王龙似乎没有任何意外。

叶萱萱接过外卖，原本想要告诉送餐的外卖员，王龙重病，让对方跟领导反映一下。不过看到对方身上穿的并不是黄马甲，而是另外一家外卖公司的制服，只得作罢。

叶萱萱来到王龙面前，气不打一处来，说道："能不能给点儿反应？"

王龙从塑料袋中取出了一份午餐递给了叶萱萱，随即自顾自地吃了起来。

叶萱萱一把抢过了王龙手中的啤酒，恨恨地说："都快猝死了，还喝什么啤酒啊！"

王龙也不反抗，任由叶萱萱在家里胡闹。两个人就这么耗着。

不知道过去了多久，王龙有气无力，叶萱萱也累了，二人沉默地对坐在沙发上。

傍晚，叶萱萱点了一份外卖，顺便还让外卖员买点儿药。

叶萱萱将饭菜摆在王龙面前，然后倒了杯水，说："几天没有睡好了吧，我不阻止你了，你吃点儿药我就离开。"

王龙一脸惊讶，随后点了点头。

叶萱萱亲眼看着王龙将药吃了，又不放心地在冰箱里找了些菜，给王龙煮了几个鸡蛋，拿到王龙面前，说道："你喝点儿水，把鸡蛋吃了。那个，明天走的时候，记得通知我，我送你。"

王龙再次点点头。

叶萱萱知道王龙不可能通知她，她一步三回头地离开，出门时深深地叹了口气。

事情的发展出乎叶萱萱的意料，她走在熟悉的街道上，第一次感觉自己如此孤独。

叶萱萱回到家，在通讯录上翻出陶嫣的手机号，几番犹豫，最终还是没有拨通电话。想了一下，她点开微信，打开和王龙的对话框。

"在吗？"

叶萱萱的瞳孔睁大，脸上露出一抹希望，因为她没有看到红色的感叹号。

叶萱萱再次发了一句："我们可以谈谈吗？"

很快，王龙回复道："你要和我谈什么？"

叶萱萱想了一下，写道："我听萱萱说你要走了。"

"你不要多想，这件事情和你无关。"

叶萱萱撇了撇嘴："我教学生的时候，经常会告诉他们，人生中有很多的十字路口，每一次选择，都会影响未来的发展。所以，做出正确的选择有时候比努力更加重要。"

王龙似乎被这句话搞糊涂了："你到底想说什么？"

叶萱萱继续打字道："如果你是因为我拒绝了你而选择离开，那我和你说声对不起。"

王龙没有回复，想必是不知道该怎么回复。

叶萱萱在想，怎么才能让王龙回复斗志："王龙，虽然我们做不成情侣，但我也不希望你因此失去奋斗的动力。你之前和我说了那么多话，难道只是哄我的假话吗？"

王龙立即回道："当然不是！"

叶萱萱看到了希望，继续趁热打铁道："那就请你振作起来，向我证明你不是我想的那样。如果你现在离开了，我只会觉得你是个逃兵，觉得自己的选择没有错！"

发送这句话后，叶萱萱的心里十分忐忑，她不知道这些话对王龙到底会不会起作用。

过了一会儿，手机提示音响起，叶萱萱看到王龙的回复："好！我一定会做出一番成绩给你看看！"

叶萱萱看到这句话心里松口气的同时，又有些心酸。果然，陶妈的几句话就能点燃王龙心中的希望。她呢？又哭又闹，换来的只有无动于衷。

第三节　主管变跟班

第二天，王龙洗漱一番，来到公司。他心中隐隐有种预感，自己可能要被开除了，因为昨天黄广给他打了好多个电话，他都没接。

王龙来到办公室，发现办公室的门已经被打开了，王龙心中一沉，走了进去。果然，屋里多了两个人，其中一个是黄广。但当他看向另外一人时，神色一愣，竟然是考试那天自己不小心踩到的那个女人。

黄广看到王龙，顿了顿，随即对女人说："注意事项我都告诉你了，你就先在这里待两天吧。"

"你要走了？"女人问道。

"对，我今天要去签个合同。"黄广路过王龙身边，却没有搭理王龙，仿佛把他当成了空气。

女子熟练地给外卖员们安排工作，把事情安排得明明白白。而此时的王龙，仿佛是一团空气，谁也没有搭理他。

过了一会儿，人都离开了，空荡荡的办公室就剩下了王龙和那个女人。

"站那儿干吗，坐吧。"

王龙不好意思地笑了笑，说："好巧啊，没想到你竟然认识黄哥。我现在是不是该卷铺盖走人了？"

如果是换作以前，王龙现在肯定紧张万分，为自己的未来充满担忧。但因为陶嫣的拒绝，使他觉得一切都没什么大不了的。

女人没说话，嘴边带着轻蔑的笑意。

王龙苦笑一声，起身准备离开。

"回来！"女人把王龙叫住，不悦地问，"你去哪儿？"

"走人呗，还能去哪儿。"

"我让你走了吗？"女人的口气很霸道。她来到王龙面前，得意地说，"从今天起你每天跟在我身边，一步都不许离开！"

"这不就是变相的跟班吗？"王龙苦着脸。

"你说跟班就跟班吧。小跟班，先把地打扫干净吧。"女人趾高气扬地指挥着王龙，"对了，我叫任晓莹，你叫王龙是吧，以后记得随叫随到。"

虽然王龙并不情愿成为别人的跟班，但他也没有别的办法。忙前忙后忙了一整天，任晓莹不仅让他帮自己干公事，就连买饭洗衣的私事都让他做。而任晓莹仿佛一个看客似的在一旁盯着。

准备下班的外卖员纷纷用奇怪的目光看着王龙，他自觉脸上挂不住，"啪"的一声，他一巴掌拍在桌面上，当着十来个外卖员的面，说："我离家千里难道就是让别人骑在头上欺负？"

这时，任晓莹从外面走进来，一边走一边说："小跟班，我的鞋脏了，帮我擦干净。"说完，任晓莹将一双高跟鞋扔到王龙面前。

王龙连忙笑着回应道："好的。"

任晓莹"哼"了一声，转身对外卖员们说："你们的工作，我很满意。我还有点儿事，就不跟你们多说了。关于我的情况，让王龙给你们介绍吧，就这样。"

王龙咳嗽了两声，外卖员把目光集中到王龙手中的高跟鞋上。

"这位，是公司新派来的领导，名叫任晓莹。"

其实王龙也不知道任晓莹的具体情况，甚至不知道黄广到底有没有开除他，所以脸上不免有些尴尬。

王龙看了看自己手里的高跟鞋，心想：让我擦高跟鞋？太过分了吧？自己岂能为五斗米折了腰？

忽然，王龙眼睛一亮，从办公桌上拿过一张纸，写了一串数字，随后放到任晓莹的鞋子里面。他把那双高跟鞋举到众人面前："刚刚我放进里面的纸上是任晓莹的手机号。她今年二十四岁，单身。现在我把这双高跟鞋放到桌子上，明天，我要看到它干干净净地出现在这间办公室。"

顿时，外卖员们开始议论起来。

"怎么可能，太没有底线了。"

"就是，不就是一个手机号，让我给领导擦鞋，我才不会这么做。"

"就是，就是。"

王龙微微一笑，没有理会大家的议论，转身离开公司。走出公司大门时，他用余光扫了一眼办公室，发现有几个人影在附近徘徊。

"这就是口是心非。"王龙摇了摇头。

回去的路上，王龙因为感冒的原因，走起路来双腿发软，脑袋也一阵阵的迷糊。掏出手机，看到陶嫣和叶萱萱都给他发了消息。但因为吃了药，实在太困，他没有回复她们。

第二天醒来时，王龙觉得精神前所未有地好。

王龙来到公司，看着办公室的门，心想：既然任晓莹要和自己玩，那自己就舍命陪君子了。

王龙进了办公室，悠闲地坐到了沙发上。他目光看向办公桌，发现任晓莹的鞋子不见了。

"鞋呢？"王龙自言自语道。

糟了！王龙跑到外面，看到几个外卖员聚在一起聊天。他走过去声色俱厉地问："昨晚那双鞋，你们谁拿走了，为什么不放回原地？"

外卖员们满头雾水："领班，昨天我们没人动那双鞋啊。"

"胡说！我回去之前明明看到有人在办公室附近徘徊。"

"领班，你真的误会我们了，我们只是来上班，不是做跟班的。昨天，我们只不过是看了一下鞋子里面的手机号而已。"

王龙知道自己这是被人耍了，心里有些气不过。

一会儿，任晓莹来上班了，得知自己的鞋子丢了，生气地质问王龙："让你给我擦鞋，你就把我的鞋给弄丢了？"

王龙点点头，不知道说什么好。

任晓莹的脸上摆出委屈的神色，撇着嘴巴说："小跟班，那是我最喜欢的一双高跟鞋，平时我都放在家里当摆件的，你竟然给我弄丢了。"

"我给你买双新的。"王龙无奈地说。

"那可是限量版的，有价无市，你怎么买啊？"任晓莹幽怨地说。

"啊，那怎么办啊？"

"唉。"任晓莹深深地叹息一声，没有再刁难王龙。

王龙发现任晓莹虽然任性了点儿，但为人还是很不错的，虽然嘴里一口一个小跟班地叫着，但也都是开玩笑。

经过几天的接触，王龙总算知道了自己目前的处境。

任晓莹是黄广的表妹，黄广之所以让她来王龙这儿，是想要好好培养她的工作能力。而王龙因为旷工的事，被罚了一千元工资，但站点主管的身份没有变动。

得知了这个结果，王龙的心情好了许多，对于每天的工作，他充满了干劲儿。现在的他虽然还忘不掉陶嫣，而且陶嫣对他的态度，也有所好转。但他觉得自己对陶嫣已经有了免疫力。

工作时，王龙每天像跟班一样，替任晓莹跑前跑后。任晓莹对他的事情逐渐有所了解。

任晓莹总会嘲笑王龙："一个女人就能把你逼成这样，你果然是一个废人！"

王龙也毫不客气地回怼："你们女人都是这样，喜欢高大威猛、帅气多金、幽默风趣的男人。我要是能开豪车住别墅，估计你早就跟我谈情说爱了。"

"你胡说！老娘可从来没有喜欢上你，你单手开飞机，我也不会正眼看你。"任晓莹气得喘着粗气，若不是要维持自己的淑女范儿，早一巴掌拍在王龙的脑袋上了。

办公桌上摆放着一个精美的储物盒子，储物盒子里是各种各样的化妆品。除了工作，任晓莹最大的兴趣就是把那些瓶瓶罐罐里的东西往脸上涂抹。有一次两人的脸不小心碰到一起，分开后，王龙用手摸了摸自己的脸，发现上面全是粉。

受到任晓莹的感染，王龙的心情好了许多，不过时间一长，总觉得生活中似乎少了些什么。直到有一天他看到微信列表上"陶嬷"两个字，突然明白过来，原来习惯真的是种可怕的东西。以前他习惯了与陶嬷聊天，去见陶嬷。现在两人联系变少，心中总感觉不适应。

这天下班以后，王龙不知不觉竟走到陶嬷家所在的小区。

伫立良久，王龙默默走上七楼。

陶嬷让他留在京城，却没有提见面的事。原本他不应该贸然打扰陶嬷，但经过这里，心中不免起了涟漪。

王龙敲了两下门，却没有人开门。

过了两日，王龙再次来到此处，发现陶嬷还是不在家。

一个月过去了，王龙陆陆续续去陶嬷那儿几次，都没有见到陶嬷，在微信上询问，也没有得到对方的答复。

王龙想了很久，来到孙叔家，在门口犹豫了很久也没敲门，直到孙叔家对面的门打开。

"小王？"

王龙听到声音转过身，看到之前自己送外卖时遇到的中年妇女。

"小伙子挺有爱心啊，还给孙叔送营养品。"

"大姐，我这不是想着孙叔一个人在家不容易，所以才来看看嘛。"

中年妇女摇摇头，嘴里嘀咕了两句，转身朝屋里走。

王龙突然眼前一亮，喊住了中年妇女，说："大姐，我能跟你打听个事儿吗？"

"说。"

"七楼的陶嫣，你最近见过她吗？"

大姐神色一愣，看向王龙的目光充满了疑惑，随后她笑着说："你不知道陶嫣的事？我可是一清二楚，只要你帮我一个忙，我就告诉你。"

王龙连忙问："什么忙？"

中年妇女看了一眼屋子，说："我家的电视坏了，你帮我把电视搬到楼下的家电维修中心，然后我就告诉你小陶的近况！"

"成交。"本来也不是什么大事，王龙自然愿意帮忙。

将电视搬到楼下的家电维修中心后，王龙问道："现在你可以告诉我了吧？"

中年妇女点点头，说："小陶一个月前就搬走了，她已经不住这儿了。"

"不住这儿了？那她去哪儿了？"王龙皱了皱眉，问道。

"我怎么知道？你问我我问谁啊？"中年妇女没好气地说，随后嘴里嘀咕道："我本来还想着等我儿子回来了，就让他们两个年轻人认识一下。我儿子是军人，小陶是老师，两人也算得上郎才女貌。唉，没想到就这么搬走了，真可惜……"

第四节　爱情攻势

"半月"是一家情侣餐厅，室内摆放着实木桌子，桌与桌之间隔着一道屏风，既保证了私密性，又让整个环境变得典雅浪漫许多。现在还不到吃饭时间，餐厅里零零散散有几对情侣在吃饭。

陶嫣是被叶萱萱拉来的，她的对面坐着一个沉稳帅气的男人，名叫周海洋，是叶萱萱的表哥。

周海洋穿着一身整洁的黑色西装，看上去给人一种安全感，但他的脸却十分光滑细嫩。

陶嫣低着脑袋想，大概周海洋的皮肤和自己有的一拼。

陶嫣身边坐着叶萱萱，桌上的几个小菜已经被吃得差不多了。

陶嫣不时地偷看周海洋一眼，周海洋深沉的眼睛也在静静地打量陶嫣。

看到这副场景的叶萱萱偷偷一笑，对周海洋眨了眨眼。

周海洋站起身，对陶嫣和叶萱萱说："下午我还要工作，今天就不打扰你们了。陶嫣，很高兴认识你，有机会我单独请你吃饭。"

"我，我也是。"陶嫣站起来，与周海洋握了握手，略微紧张地说。

等周海洋离开后，叶萱萱笑了起来，说："怎么样，我表哥还行吧？有没有让你满意？"

"还可以吧。"

陶嫣的脑袋里，忽然闪过了王龙的样子。

"那你就先跟他相互了解一下，我表哥这人真的很不错，你们也都老大不小了，给他一个机会。忘了王龙吧，他不喜欢你，你总不能强迫他喜欢你。毕竟强扭的瓜不甜。"

说这话时，叶萱萱有些心虚。一个月前，她去见陶嫣时，看到陶嫣憔悴的样子，真的吓了她一跳。她差点儿就把真相告诉陶嫣了。还好，她有一个优质的表哥，这次介绍给陶嫣，如果两人可以有进一步的发展，也算是对陶嫣的补偿。

"谢谢你没有恨我。"叶萱萱小声地说。

陶嫣看着叶萱萱样子，安慰道："我为什么要恨你，王龙那种朝三暮四的人，本来就不值得我喜欢。"

听到这话，叶萱萱忍不住问："你真的不准备和王龙再有任何来往了吗？"

"嗯，正好我的房租到期，换了个地方住，再也不担心他纠缠我了。况且也没什么好来往的。不是吗？"

叶萱萱深以为然地点点头，说："对，这种男人，的确没什么好来往的。他跟我表哥比，差得远了，你可不要错过这次机会。"

听到"错过"二字，陶嫣心中莫名一痛。

叶萱萱与陶嫣分开后，叶萱萱立即拨打了一个电话："喂，是花卉公司吗？我要给朋友订一束花，每天一束，包月多少钱？"

确定陶嫣和王龙彻底没有可能后，叶萱萱决定以后每天给王龙送一束花。送花有两个目标，一是感动王龙，让王龙对她改变印象。二是用这种方式，给王龙的生活增添一些调味剂，防止王龙因为陶嫣，再次承受不了打击，选择回老家。

叶萱萱在网上找了一些励志的话，一天一句，写好后放在送给王龙的花里。她打算先让王龙振作起来，再来加深彼此的感情。

和花卉公司的人聊完，叶萱萱不禁为自己的机智点了个赞。

其实叶萱萱多虑了，王龙得知陶嫣不声不响地搬了家以后，并没有太大的反应。

王龙恢复了本来的模样，变成了一心求上进的工作狂，仿佛从来不认识陶嫣似的。面对叶萱萱偶尔的问候，他也像是对待老朋友似的，态度客气，有些忙能帮则帮。对于叶萱萱送来的花，他几次阻止，没有得到效果，只能任由叶萱萱送花。

王龙原本打算升职后将父母亲接到京城住一段时间，但因为陶嫣的事，只能暂时搁浅。

这段时间，王龙意识到自己不能被眼前的好处蒙住双眼，他还要努力往前走。而要"更上一层楼"就必须改变自己。他开始学习如何穿衣打扮，甚至连说话也变得沉稳了很多。王龙的努力得到了公司所有人的认可。因此，他再次走进黄广的眼中。

有一次，黄广要和客户谈生意，临出发前身体不舒服，为不影响工作，他把王龙叫上，以便应付突发状况。

没想到王龙居然和客户聊得十分起兴，最后生意不但谈成了，还为公司多创造了利润。

之后，黄广再外出谈业务，偶尔会带上王龙。时间久了，黄广发现王龙对物流管理领域有着独到的见解，对于把控人心方面，也有着不可小视的能力。

年关将近，王龙收到公司发的绩效奖金，惊讶地发现自己拿到的钱，竟然不比那些老员工少。这代表着公司对他能力的肯定，同时，王龙也看到了自己再一次升职的希望。

站点主管终究只能算是一个底层管理人员，拿着一万元的工资，在京城着实不算高。王龙一直想着再进一步，可是再上一步，就是区域负责人，公司现在一不扩张，二没有员工辞职，升职谈何容易！

王龙有多努力，作为王龙的搭档，任晓莹是最有发言权的。

这天，任晓莹看着王龙，摇摇头说："王龙，你说你这么努力，到底为了什么？"

王龙想了一下，说："不是每个人都像你一样，有一个好的家世，出来工作也有人保驾护航。"

任晓莹撇了撇嘴，道："说得这么高尚，你不就是为了一个女人嘛。"

王龙伸出食指，晃了晃，说："我可是要征服世界的男人，你不懂。"

任晓莹叹了口气，说："好，我不懂，行了吧。对了，我要走了。"

"到下班时间了？"王龙一时没反应过来。

任晓莹笑道："傻子，我是说我不在这儿干了，以后你就不用当我的小跟班了。"

"为什么？"王龙有些疑惑。

任晓莹吐了吐舌头，说："不想干就不干了呗！"

说完，任晓莹冲王龙挥了挥手，离开了办公室。

年关将近，可站点需要有人值班，王龙想着自己是主管，自然要身先士卒。所以，王龙决定今年不回家过年，留守京城。

王龙再三向父母承诺，等过了年闲下来时，就让他们来京城住段时间，这才算压住父母的怒气。

这边王龙刚跟父母解释完，叶萱萱就打来了电话。

"王龙，过年回家吗？"

"年底不放假。"

"这么说，你过年要留守京城了？我有一个大胆的想法不知道当讲不当讲？"

王龙半天没有回复。叶萱萱只好说："嘻嘻，反正我回家也是被父母催婚。不如……我也不回家了，留在京城跟你做伴，怎么样？"

王龙赶紧劝叶萱萱："都在外一年了，不回家怎么行？而且我还要工作，天儿这么冷，根本就没什么可玩的，你留在京城有什么意思？"

突然，一股怒火涌上叶萱萱心头。她深吸了一口气，勉强平复一下心情，说："我无所谓啊，反正都习惯了。而且，我可以搬到你那儿住呀，顺便给你做饭。你下班回家，我给你做好吃的，这样我们就不孤单了。"

"别，还是免了，我们孤男寡女的，你要是再带一人还差不多。

至于你一个人搬到我这儿，还是算了吧。"

叶萱萱一听这话，顿时火冒三丈，再也无法平静下来："你有病吧？是不是还在惦记着陶嫣啊？难道你就这点儿出息？这么长时间了，还没有忘记她？你就不能给身边的人一个机会吗？"

王龙没想到叶萱萱会突然爆发，解释道："没有，我只是暂时不想谈恋爱而已。"

叶萱萱显然不相信王龙的解释，她气愤地说："心里舍不得就舍不得，装什么深沉啊！你以为我不知道你的小算盘，想让我带着陶嫣去你那儿对不对？可惜你的算盘打错了，陶嫣早走了。"

王龙顿时脸上一红，说："你也太不给面子了，怎么说话呢！"

"难道我说的不对吗？你就是装深沉，无病呻吟，正常人怎么会是你这副模样？告诉你，远水解不了近渴，无视身边人，到时你终究会竹篮打水一场空，你等着吧！到时候就算你后悔也来不及了，本小姐回家！"

叶萱萱发泄完怒火后，也不给王龙说话的机会，就把电话挂上了。

王龙摇摇头，心想：女人的脾气还真是说来就来。

过年值班可以领到三倍工资，不过也仅有三天而已。

王龙和几个外卖员留守公司，大家聚在一起吃了两顿饭，倒挺热闹的。不过随着订单量的锐减，比起平时，大家都闲了下来。

忙碌了一年的王龙，感到一丝久违的孤独。他翻到微信列表，看着陶嫣的名字，犹豫良久，最终没有忍住，发了句："在吗？"

过了很久，王龙没有收到陶嫣的回应。倒是叶萱萱发来了一张张灯结彩的照片。

不一会儿，叶萱萱又发来一张照片。照片上没有叶萱萱，只有一张老式红木桌子，桌子上摆放着花生、瓜子，还有糖果。桌子的斜对面有个青年，看起来神情有些拘谨。

王龙皱眉想了一下，笑了笑。很明显，青年是去叶萱萱家里和她相亲的，没想到她竟然给自己拍了张照片。

王龙看着房间角落里的花，此时，花已经枯萎了。

对于叶萱萱的行为，王龙怎么可能不感动？只不过有些事情，不是感动就能解决问题的。叶萱萱回家还能与他保持联系，看来相亲大军的攻势并没有把叶萱萱击败。

第五节　熊孩子们

过了初七，公司开始正式上班。王龙收拾好东西，来到公司。显然，他是最早到公司的人。此时，他的心里充满了力量。新的一年他一定要继续努力，做出一番成绩。

但有句话说得好，计划赶不上变化快。王龙来到公司没一会儿，黄广带着一个穿着时髦的青年来到王龙的办公室。

黄广态度恭敬地对青年说："吴少，你看，根据吴总的吩咐，以后你就暂时在这儿工作。"

黄广微微弯下腰做了个请的手势，被他称为"吴少"的年轻人将办公室上下左右打量了一番，脸上露出不太满意的神情。

"这什么破地方啊，档次也太低了！"青年的声音有些尖锐。

"呵呵，小地方清闲，不正符合你的要求吗？其他几个站点派单量比较大，忙碌起来根本没有空闲的时间。"黄广咧着嘴解释道。

这是王龙第一次见黄广对一个人这么客气，而且还是一个比他年轻许多的人。

青年皱着眉头盯着脚下的地，说："地怎么这么脏，我这双鞋可是新买的，花了我五千多块钱呢！"说着，他把身上的黑色夹克脱了下来。

黄广连忙笑嘻嘻地接过夹克放到凳子之前，他鼓起腮帮吹了吹凳子上的灰尘。

黄广对王龙打着眼色，说："快，把地扫一下，以后办公室一定要保持卫生。"接着他又向青年保证道："我回头就向公司申请，把这里重新装修，保证上档次。"

"哈哈哈……"青年突然笑了起来，伸出手拍了拍黄广的肩膀，"我只是开个玩笑而已，你不要事事都附和着我，去忙你的工作吧。"

"你说笑了。"黄广附和着笑了几声。

王龙识趣地从位置上挪开身体，吴少自然地向前走了两步，一屁股坐到了椅子上。

黄广对王龙摆了摆手，示意王龙出来。

两人耷拉着脑袋向外走去，等距离办公室远了，黄广的脸色顿时变得阴沉无比，他骂骂咧咧地说："真是晦气，竟然摊我头上了。"

王龙的脸色也不太好看，他感觉自己的地位受到了威胁，问道："黄哥，怎么回事？"

黄广突然收起了阴沉的表情，脸上变得如沐春风。

"王龙，那人叫吴耀，是公司董事长的儿子。我告诉你，你尽量不要和他发生冲突，这对你有好处，知道吗？"

听到这话，王龙心里一凉，问道："黄哥，那我现在还是站点主管吗？"

吴耀是公司董事长的儿子。说白了，公司都是人家的，现在他来这儿工作，王龙万一不小心得罪了他，估计前途堪忧。

"当然是了。你别多想，吴耀就是来体察基层的。"黄广尴尬片刻，说道。

两人回办公室前，黄广再次强调说："记住，一定不要和他发生矛盾，做好自己的事就行。"

交代完以后，黄广进入办公室，见到吴耀正在盯着电脑，笑着说："有什么不懂的地方你就问王龙。要是没其他事情，我就先走了？"

"走吧，我不喜欢你这样子。"吴耀不耐烦地摆了摆手，示意黄广赶紧走。

接下来的时间，吴耀一直在盯着电脑。王龙的一颗心，也沉到了谷底。有吴耀在，似乎也没他什么事了。

吴耀似乎挺专业的，盯着电脑的眼睛一眨不眨，似乎比王龙还要认真。而自从黄广离开后，他也没有什么工作上的问题去询问王龙。

王龙见吴耀不搭理自己，他自然也不好意思凑上前讨不自在。因此，他只得在一旁待着，工作上的问题，通过电话来解决。

时间久了，王龙发现吴耀似乎并不关心工作上的事，到了午饭时间，吴耀直接把电脑关掉，离开了办公室。

下午两点，吴耀又回到办公室，继续盯着电脑，他皱着眉头说："这配置真差。"

"什么？"王龙好奇地走上前一看，脸色随即黑了下来。

只见吴耀正晃着鼠标，打开了一款游戏，不过由于电脑配置过低，画面直接卡死。原来吴耀一上午不是在工作，而是在玩游戏。

"这种电脑只适合工作，不适合玩游戏。"王龙开口提醒道。

吴耀多看了王龙两眼，问："你懂电脑吗？"

"懂一点儿。"

上大专期间，大部分业余时间，王龙都靠电脑活着，不可能对电脑不了解。况且王龙选修了计算机专业，勉强算是半个电脑维修师。

"玩游戏应该配个什么类型的显卡？前段时间我花八千元配了个主机，用了不久就坏了。"吴耀兴冲冲地询问王龙。

听到吴耀的话，王龙心想：挺有钱啊！八千块的主机，显然被"杀熟"了。

想到这里，王龙捏了把汗，和吴耀聊了一会儿，把各种型号的电脑配件和吴耀仔细讲了一遍。

听了王龙的话，吴耀看向他的目光里充满了羡慕。

两个人聊了一个多小时，王龙发现吴耀虽然是公司董事长的儿子，但脾气还不错，只不过被宠坏了，有些骄傲任性而已。

临下班时，吴耀根据王龙的建议买了一些电脑零件，让王龙帮他组装一台电脑。

回家的路上，王龙回想自己和吴耀的聊天内容，心里突然有些不安。他想吴耀是不是故意在试探他，想到这个可能，他决定以后工作时要小心点儿，尽量少和吴耀谈论工作之外的事情。

没过几天，办公室里多了一台电脑，是吴耀新添置的，作为他玩游戏的专用电脑，王龙一次也没碰过。不过每天空闲时间，看吴耀玩游戏，也是不错的打发时间的方式。

楚雅与孙洁看到吴耀，觉得他很有趣，每次来都要逗逗他。吴耀对此有些不以为然。他告诉王龙，和女人在一起一点儿意思也没有，还不如对着电脑玩游戏。

一个星期后，吴耀突然对王龙充满斗志地说："王龙，从今天起，我要和你好好学习怎么工作！"

王龙对于吴耀突如其来的改变有些奇怪，皱眉问道："吴少，你这是怎么了？"

吴耀高兴地说："我爸说了，只要我好好工作，等这个季度结束，就给我买辆跑车！"

自从吴耀正式和王龙学习工作上的事后，王龙在站点的地位就变得尴尬起来。手下的员工遇到麻烦事，总会先去找吴耀解决，解决不了的，就由王龙来处理。随着时间的推移，吴耀终于勉强能够独当一面了。

随着存在感越来越低，王龙的危机感也越来越浓烈。他总是在想，当吴耀完全可以胜任站点主管工作的时候，公司会不会直接让他取代自己？

不过好在他们这儿原本就缺一个领导，就算吴耀代替了站点主管的位置，自己依旧能做领班。公司总不至于把领班的位置也给抹掉吧？王龙在心里暗自盘算，不过还是有些不太自信。

最后，王龙想清楚了，现在他还不能放弃这份工作。今年他就要去上成人大学，虽然只是周末去上课，但毕竟还是会影响工作。如果此时失去了这份工作，想要再找一份，恐怕会不容易。所以，还是等拿到本科学位证的时候，再做打算吧。累了这么久，就当给自己放个假吧。

想通后，王龙给父母打了个电话，让他们来京城住一段时间。

接父母这天，王龙早早地赶到火车站，等了许久，终于看到父母走出车站。

王龙正要迎上去，发现父母身边还有一个女孩，他顿时一愣。

王龙父母带来的女孩名叫美倩，是王龙的表妹，今年十一岁。美倩小时候她父母去外地工作，所以寄养在王龙家一段时间。因此美倩对于王龙家来说，感情总是特殊一点儿。后来，美倩父母回来后，两家人经常聚在一起。

美倩个头不高，比同龄人矮了半头，走在王龙父母身边，像个小大人一样，明明见什么都稀奇，却装作司空见惯的样子。

美倩远远地看见王龙后，回头向王龙父母指指王龙的位置。随后，三人向他快速走来。

王龙看着美倩蹦蹦跳跳的样子，疑惑地问："她怎么来了？"

美倩顿时有些不高兴地说："不欢迎啊？我来还需要你过问。"

"怎么跟我说话呢？找打是不是？"王龙抬起手作势要打美倩。

美倩微微弓起腰，向王龙示威，道："你打个试试？"

"哟，还挺厉害，你以为我治不了你？"王龙掐了掐美倩的脸蛋，但其实他也没使劲儿。

美倩被掐后，自然不会善罢甘休，跟王龙打闹了起来，张牙舞爪，仿佛一头小狮子似的。

"好了，大老远的，累不累。美倩你也消停一会儿。"王龙父亲赶紧出手阻止了两人的打闹。

回去的路上，经过父母的解释，王龙才明白，美倩听说他们要来京城，心里充满对京城的好奇，也跟着要来。美倩的到来，让王龙心中有些紧张，担心她在这儿待两天就会觉得无聊，到时候肯定会闹着要回家。

不过来都来了，王龙也不好再说什么，只好带着他们回到家。

美倩刚一进屋，就开始打量起屋子来，没过多久脸上就变成了嫌弃。

"什么破地方啊，比我家还差，还升职了呢。"美倩挺直了腰板，往沙发上一倒。

到家以后已经是中午了，王龙父母到楼下买了些菜，准备做饭。王龙走进厨房，试图帮忙打个下手。没过一会儿，就被赶了出来。王龙索性回了屋。

不一会儿，美倩钻进了王龙的房间，像是玩探险游戏一样，四处翻找。

小孩子好奇心旺盛，学习资料、工作道具，还有没有来得及清理的花等被她翻了个遍。王龙没办法，只得把自己的电脑拿给她玩，这才总算消停了下来。

两天的时间，父母熟悉了附近的环境，也不用王龙带着他们出去。但是美倩耐不住寂寞，表现得就越来越调皮。沙发弄花了，墙上的漆也弄出了豁口，短短两天时间，碗都打碎了两个。

不过，对王龙来说最无奈的还是美倩的黏人能力。一下班她就黏着王龙，让王龙没有一点儿私人空间，甚至把王龙的电脑，当成自己的私人物品，无论王龙怎么索要，她都不愿意交出来。

每次王龙试图和美倩讲道理，她都推出王龙父母做挡箭牌。王龙也实在不好意思和一个小女孩计较，只好忍了下来。

几日过后，没想到美倩竟然主动把电脑还给了王龙。

王龙心中有些不安，连忙打开电脑，发现电脑根本打不开了。

电脑被弄坏了，王龙虽然生气，但也不能把美倩怎么样，加上王龙也有换个新电脑的打算，所以他将旧笔记本电脑挂到网上卖。至于新电脑，王龙决定等到美倩走后再买。

美倩把王龙电脑弄坏以后，有些心虚，怕影响王龙的工作，于是打听道："你平常用电脑干什么啊？"

王龙对于美倩的举动，觉得有些好笑，说道："查些学习资料，看看电视什么的。"

"那你最近在看什么电视啊？你还用查资料吗？"美倩立即紧张了起来。

王龙故意逗美倩，说："我才刚刚考上大学，当然要查资料了。"

美倩顿时安静了，表情也有些害怕。

王龙心想：小孩子其实也好哄，只要给她买点儿玩具或者零食就好了。这几天，美倩在家闷久了，肯定受不了。

王龙想了一会儿，笑道："过两天就是周末了，我带你们去长城玩儿。"

"耶！"美情听到这话，立即高兴地蹦了起来。

"不要高兴得太早，这几天你最好在家里老实点儿，要是再调皮捣蛋，我就把你一个人留在家里。懂了吗？"

"嗯嗯，我肯定会乖乖的。"美情像小鸡啄米似的点头。

王龙带着美情去外面逛了一会儿，买了些零食和玩具，果然如同王龙所料，美情跟他亲昵了许多，走在王龙前面高兴得一蹦一跳。

不过，王龙却怎么也高兴不起来，毕竟他是成年人，跟小孩考虑的事情不一样。

想到自己目前的处境，王龙心中有些烦闷。虽然他现在是站点主管，但是有吴耀在，他升职的机会渺茫。所以，王龙决定等拿到本科学位证以后，要是依旧看不到升职的希望，他就离开公司，另谋出路。

王龙的父母在看到王龙的生活现状后，渐渐了解了他的想法，也就不再逼着王龙随他们回老家了。但毕竟不放心王龙一个人在外面闯荡，因此父母两人时常念叨王龙，年龄大了，也是时候找个对象了。

每每听到这些，王龙心中总是一沉。事业没有头绪，感情也出了问题，身边很多人羡慕他有今天的成就，但只有他知道自己的情况。

恍惚间，王龙的手机响了起来，低头一看，是叶萱萱打来的。

王龙接起电话，对面立即传来叶萱萱的声音："嗨，新年好啊，王龙。"

"呵呵，新年好！你已经开始工作了吗？"

"对呀，下班没？我请你吃饭呗。"

王龙想了想，说："我请你吧。"

约定好了地址，王龙看了看身边的美倩，说道："我有点儿事要办，你先回家吧。"

"我不，我要跟你一块儿。"美倩紧张地抓住了王龙的手。

王龙叹了口气，说："那行。"

两人回到家，美倩把零食和玩具放回自己房间，怕王龙提前逃跑，在王龙还没找到电动车钥匙前，就出现在王龙的视线中。

王龙摇了摇头，拿出抽屉里的钥匙，拉着美倩走出门。

王龙带着美倩来到约定的饭店门前，正要进去，却见叶萱萱从里面走了出来。

叶萱萱看到王龙身边的美倩，微微一愣，随后走到王龙身边，对王龙说："这儿没位子了，我们去别的地方吧。"

王龙奇怪地问："以前这家饭店也没这么火啊，怎么会突然没位置呢？"

"嗯……没事儿，我们换一个地方。你们在前面走，我一会儿跟上。"叶萱萱回头看了看饭店里面，表情更加焦急了。

王龙正要转身，突然瞥见一个身影，他的身体顿时凝固下来，双眼呆呆地看向饭店的门口。

陶嫣！

一瞬间，王龙心底的思念被全部勾了起来。原本以为陶嫣带给他的伤痛已经消失了，直到这一刻，他才知道有些痛，只是暂时隐藏起来。

今天的陶嫣穿着一件白色的连衣裙，看起来娇小可人。她的手里捧着一束蓝色妖姬，和当初王龙准备送给她、却被叶萱萱抢走的那束一模一样。

王龙的表情凝固了，那束蓝色妖姬最终没有送到陶嫣的手里。而如今的陶嫣，手里却拿着别人送的蓝色妖姬。这仿佛是对王龙的一种嘲讽。

陶嫣也看到了王龙，脸上闪过了一抹复杂的表情。她向王龙走来，主动打了招呼："这么巧啊，在这里碰到了你。"

王龙身体僵硬，没有回答。

陶嫣又问了一句："你们也来吃饭吗？"

"我们……"仿佛有什么东西哽在王龙的喉咙处，以至于连最简单地打招呼，他都做不到。

僵持了片刻，王龙一言不发，转身就走。

"哥，你去哪儿啊？"美倩连忙追上。

叶萱萱张了张嘴，看了看陶嫣，咬牙向王龙追了过去。

心是凉的，嘴是苦的，腿是僵的，这就是王龙此时的状态。

第六节　同行挖墙角

王龙和叶萱萱重新找了一家饭店，三人坐下后，气氛有些尴尬。

叶萱萱小心地说："那个，对不起啊，我不知道他们在那里……"

叶萱萱是真的不知道陶嫣会出现在那里，不然她也不会焦急地让王龙离开。尽管此时王龙已经恢复了正常，但她知道，王龙心中并不平静。

"所以，陶嫣是为了我特意换了个地方住吗？"王龙自嘲地说。

"你别多想，她只是因为房子到期，所以才换的，跟你并没有关系……"叶萱萱越说声音越低，显然连她自己都不相信这个借口。

王龙弯了弯嘴角，眼底却不见丝毫笑意，说道："这事就不要再提了。"

这时，服务员端上来两个菜。美倩拿起筷子准备开吃。

王龙拍了一下美倩，说："没大没小，别人都吃了吗？早上没吃饭啊！"

"要你管！"美倩甩开王龙的手，狠狠地瞪了他一眼。

"这是你妹妹吗？"叶萱萱见王龙和美倩打闹，不禁笑了起来。

美倩转过头用羡慕的眼神看向叶萱萱，说："姐姐，你好漂亮啊。"

叶萱萱摸了摸美倩的脑袋，笑道："嘴还挺甜的。"

有美倩在，他们吃饭时也不至于太尴尬。渐渐地，王龙也开始有说有笑起来。

这时，服务员端着汤走了过来。美倩正好要去上洗手间，起身时撞到了服务员，导致汤全洒到王龙的衣服上。

"先生，对不起……"服务员连忙紧张地道歉。

王龙站起来，用纸擦了擦衣服，然后说："没关系，洗洗就好了。"

服务员有些不好意思地说："要不这样吧，我帮你把衣服洗洗吧。"

王龙笑了一下，说："真不用了，现在是冬天，你帮我洗，一时半会也干不了。那我回家岂不是要被冻死。"

服务员的脸顿时红了，尴尬地站在原地，不知道该说什么好。

王龙打趣道："我的衣服不要紧，关键是我的菜怎么办？你是打算赔我们一盘，还是退钱啊？"

这话一说，服务员低下了头。

王龙想了一下，觉得还是不要为难人家了。于是说道："跟你开玩笑的，不用你赔。"

好不容易将服务员打发走，三人刚坐下准备好好吃饭。服务员再次走了过来，将一张纸递给王龙，小声地说："先生，刚才的事真是不好意思。这是我的电话号码，以后你要再来我们这儿吃饭，可以提前给我打电话点餐，我帮你留位，可以节约时间。"

王龙想了一下，觉得这样也不错，于是将手机号码存了起来。

一旁的叶萱萱看到这一幕，气鼓鼓地瞪着王龙，心想：这人怎么这样，对我视而不见，反而去要一个陌生人的手机号？

吃完饭后，三人离开了饭店。美倩一边撇着嘴，一边对王龙竖起了大拇指，模仿着大人的样子说："你真行！"

王龙疑惑地皱了皱眉，问："怎么了？"

美倩摇头晃脑地说："用一道菜换来一个美女的手机号，你可真会占便宜。"

王龙没想到美倩这么小居然想得如此深，不禁觉得自己之前小看她了。

突然，叶萱萱伸出手，对王龙说："王龙，你的手机借我用一下，我的手机没电了。"

王龙没想太多，把手机递给了叶萱萱。

叶萱萱微微一笑，淡定地把王龙刚刚存的手机号删除了。

看到叶萱萱的举动，美倩在一旁偷笑。

王龙很快反应过来，连忙去抢，说道："谁让你删我存的手机号的？"

"若爱，请深爱；若不爱，别伤害。小姑娘明显刚步入社会，你就这么戏弄人家，我这是阻止你伤害小姑娘的心。"叶萱萱大义凛然地说。

王龙把手机抢到手中，说："我什么都没干，怎么就伤害人家了。"

叶萱萱删除了服务员的手机号，心中暗自欣喜，哪里管王龙说什么。

王龙拉着美倩走在前面，准备回家。

美倩悄悄回过头，冲叶萱萱调皮地吐了吐舌头，然后用力在王龙身上拍了两巴掌，随后指着叶萱萱，说："哥，你怎么能把姐姐一个人留在这儿，怎么也得把她送回家吧。"

王龙转过身，目光在叶萱萱的短裙上划过，他皱了一下眉，又看了眼电动车，说："男女授受不亲！再说她离家这么近，一会儿就能走到家了。"

美倩撇了撇嘴，说："哼，我坐中间，姐姐坐最后面，你们又挨不到对方，哪来的授受不亲？你好没有绅士风度！"

美倩的几句话说得叶萱萱心花怒放，不禁对美倩的好感度大增。想了一下，她装作无所谓的样子，说道："我无所谓啊，坐个车而已。"

见两人都这么说，王龙只能默认了。心想，反正距离叶萱萱那儿也不远，十分钟就到了。

由于叶萱萱穿着短裙，所以她只能侧身坐在电动车上。

美倩见到，赶紧提醒道："姐姐，你干吗不和我一样骑着呀？那样坐着很累的，万一拐弯的时候把你甩掉了怎么办？"

"呵呵，姐姐不太方便。"叶萱萱的脸不自觉地红了。

美倩捂嘴偷笑，拍了拍王龙的腰，说："你像我一样，搂着哥的腰，他要是把你甩出去，我们就把他也拉下去。"

"这……"叶萱萱犹豫了一下，然后伸出双臂，越过美倩瘦弱的身体，轻轻环住了王龙的腰。

当叶萱萱的手碰到王龙的腰时，她明显地感觉到，王龙的身体僵硬了一下。她笑了笑，心里觉得有点儿甜。

叶萱萱坐在电动车上，心想：虽然今天意外碰到了陶嫣，但这未尝不是一件好事，起码让王龙对陶嫣彻底死心了。

此时，夜色已深，微风吹过三人的脸庞，叶萱萱心里涌起一股幸福感。

很快，叶萱萱到家了。下了车后，她目送王龙和美倩消失在街头拐角，这才挂着淡笑，向自己家走去。

第二天，王龙到公司的时候，吴耀意外地到得比他还早。

早会结束后，外卖员都离开了，吴耀回到自己的电脑前，他对王龙招了招手，说："这是我新买的游戏，要不要一起玩玩儿？"

王龙心头一紧，随后不动声色地说："今天怕是不行，一会儿我还要出去见一个客户。"

"好吧，孙洁呢？她今天会来这儿吗？"吴耀脸上露出可惜的表情。

"应该会，一会儿我问问她。如果没有其他的事情，我就先离开了，这儿就先麻烦你看着。"

"没问题，你尽管去办事，我会把一切都处理好的。"

自从吴耀来到这儿之后，孙洁就隔三岔五地出现在此。有时候是工作原因，有时候只是随便看看。她对吴耀表现出了极大的兴趣，就算吴耀玩游戏，她也在一旁兴趣盎然地盯着。

吴耀一个人玩，没有人欣赏，总归缺少点儿认同感，有孙洁在，也能增加他的成就感。

这段时间，王龙的危机感越来越重，不敢在吴耀的面前开小差，生怕一不留神自己就从站点主管的位置上掉下来。

王龙来到约定地点后，见到了对方的负责人。那是一个看起来和他差不多大的男人。不过，王龙坐下后，再一打量，发现男人咧起嘴笑的时候，眼角有明显的鱼尾纹，他默默地推翻了和自己年龄差不多大的猜想。

"王龙？不用介绍你自己了，在来之前，我对你已经有所了解。"男人向王龙伸出手，客气地说，"先介绍一下自己，我叫周海洋，尖峰外卖的区域负责人，很高兴认识你。"

"尖峰外卖？"王龙听到对方的身份，脸色一变，正想离开，不过他犹豫了一下，还是坐了下来。

尖峰外卖和王龙所在的饭团外卖是竞争对手。最近，由于饭团外卖开拓市场，导致尖峰外卖的市场份额变小，这件事情王龙偶尔听黄广说过。

当时黄广还嘲讽尖峰外卖运营不利，迟早被饭团外卖超越。

王龙不明白，既然两家公司是竞争对手，为什么此时尖峰外卖的人，却找到自己呢？难道是之前黄广提过的并购？但看周海洋的表现，显然不太现实。

"王龙，其实我很惊讶，你年纪轻轻，就坐上了站点主管的位置，这个位子虽然很多人都能坐，但若想在短时间内升上来，几乎是不可能的事。"周海洋看向王龙的目光里充满了赞赏。

"你找我来，不会只是为了夸我吧？"王龙不动声色地说。

周海洋脸上浮现出一抹意味深长的神色，说道："商场上没有永远的朋友，只有永远的生意。我们出来工作是为了什么？还不是为了能挣到钱，过上好的生活？"周海洋的身体往后倚了倚，调整了一个令自己舒适的姿势，然后继续对王龙说，"其实你应该已经注意到了吧，你从一个普通的外卖员升到站点主管，主要是因为运气好。接下来呢？你要怎么办？"

王龙皱了皱眉，没有反驳，算是默认了对方的说法。

"我约你来的意思很明显，一是想要和你交个朋友，二是聘请你到我的公司。现在我正组建自己的班底，只要你跟着我干，我保证有我一口饭吃，就有你一口汤喝。你若是答应我的条件，来到我们公司，便是区域负责人。你这么年轻，我不相信你没有这个野心。"周海洋终于说出了自己的目的。

然而，王龙心中却是充满疑惑，直接让自己升为区域负责人，说不心动，那是不可能的。但王龙也不是小孩子了，深知天上没有掉馅饼的事。

想了一下，王龙谨慎地问："我只是一个刚刚做站点主管不久的年轻人，你似乎没有理由来专门聘请我吧？"

周海洋脸上露出自信之色，说道："跳槽升职是职场人都知道的规则，你来我的公司上班，我自然要给你满意的职位。而且，我对你的能力也有一定的了解。"

说着，周海洋从包里拿出一份文件，推到了王龙面前，又说："我有个朋友曾经和你谈过生意，期间你提出了不少关于外卖行业物流配送的问题，并给出了你们饭团外卖的解决方案，如果不是他后来知道我在尖峰外卖工作，几乎就答应跟你们合作了。"

王龙翻开文件，心中有些不平静。一个月前，京城一家新开的连锁餐饮店在短时间内火了起来，因此需要找靠谱的外卖平台进行合作。王龙费了九牛二虎之力，用自己专业的物流管理知识，分析出自己公司的制度以及优点。

当时，对方回复说要考虑一下，王龙和黄广认为对方已经快要答应了，但后来还是遭到了拒绝。当时他们很不理解，现在王龙知道了对方为什么不与他们合作了。

"不只是你们一家公司在努力，其他公司也在竞争，市场就那么多，谁够拼，谁就能赢。现在，你对我的提议心动了吗？"

其实，看到王龙的表情，周海洋就已经知道王龙心动了，但他还是假意地问了一句。

王龙把文件推了回去，问："刚刚你说只要我答应你的条件，是什么条件？"

周海洋一愣，他没想到王龙居然这么快就冷静下来。他本打算先让王龙同意来公司后再谈条件，没想到王龙似乎并不是那么好说服。

周海洋笑了笑，掩饰一下自己的尴尬，说："其实很简单，你现在好歹也是饭团外卖的站点主管，手里应该有些客户资源吧？"

王龙一听这话，顿时明白了周海洋的意思。他的脸色顿时冷了下来，没有吱声。

周海洋见王龙不说话，劝道："王龙，我是真心邀请你到我们公司工作的。"

王龙心潮起伏。周海洋说得很简单，但到时候，怕是就没有这么简单了。

"我要考虑一下。"王龙没有拒绝，也没有答应。

周海洋脸色顿时变得难看起来，说："你还要考虑什么？我都已经给你开出了这么优厚的条件，你工作不就是为了赚钱升职吗？你别忘了，你身边还有一个背景能力都不输给你的竞争对手。"

王龙听到这话，脸色一变，周海洋对自己这么了解，看来早已经把自己调查得一清二楚。

然而，周海洋接下来的话，让王龙更加感到冷汗直流。

"王龙，我若是把我们这次见面的消息传播出去，你猜，你会得到什么后果？"

"你什么意思？"

"哈哈，淡定，开个玩笑而已。不过我希望你能尽快给我答复。你要清楚一点，现在你只是站点主管，每年累死累活，也就挣十万元出头。要是你跟着我，做了区域负责人，年薪直接涨到三十万元。好了，话我就只说到这里，你多多考虑。"

周海洋转身离开，留下了一脸难看的王龙。

周海洋说得没错，现在的王龙确实处境尴尬。他好不容易混到这一步，若是有一天真的重新回到外面奔波，过着四处送外卖的日子，他可能没办法接受那个结果。

可若依照周海洋的提议，无异于拿自己的前程冒险，自己又能否承担可能失败的后果？王龙心情十分沉重。

回到公司，吴耀问王龙合同谈得怎么样，王龙随便说了两句，糊弄了过去。

一整天的时间，王龙工作得一直心不在焉。

下班时，孙洁与楚雅来到办公室，王龙这才知道，原来两人与吴耀约好一块吃饭。

吴耀对王龙说："我们一起吧，让我一个人跟两个女孩吃饭，挺别扭的。"

王龙点点头道："好。"

吃饭时，王龙发现孙洁与楚雅脸色不是太好看。

孙洁脸上迟疑片刻，对吴耀问："听说市场部的吴经理今天辞职了。"

吴耀愣了愣，问："他怎么辞职了？"

楚雅狐疑地看向吴耀，像是试探一样，小心地说："我听说今年咱们公司似乎在裁员。吴哥，是不是这样呀？"

吴耀皱了皱眉，说："谁告诉你的？"随后，他又大咧咧地吃起饭来，"不过，这也是真的。经过这几年的发展，公司现在已经彻底成长起来，一些能力不足的人，自然要被淘汰。"

孙洁和楚雅闻言，面露担忧之色。

吴耀连忙安慰她们说："不过你们也不要太过担心，这次仅仅是针对领导层。而且是不是裁员，我还不能确定呢。再怎么变动，也和你们没有关系！"

"那我们就放心了。"楚雅拍着胸口，脸上露出后怕的表情。

"咦，王龙你怎么了？一句话也不说。"孙洁发现王龙不对劲儿，忍不住问了一句。

王龙连忙否认道："没什么，今天有点儿累。"

孙洁若有所思地看了王龙一眼，没有说话。

吴耀也看了王龙一眼，随后不动声色地收回目光。

此时，王龙的心中正翻江倒海。年初，王龙就听说有几个站点主管辞职的消息。当时他并没有在意，甚至心中还有些庆幸，以为那些人辞职了，公司人手短缺，自己就有机会升职了。现在经过孙洁提醒，他才恍然大悟。

虽然公司一直像是在稳步发展，并没有走下坡路，但王龙多次跟随黄广跑市场，知道公司已经到了瓶颈期。以现在的发展情况来看，没有进步，那就相当于退步。

王龙心想，吴耀的到来，是不是意味着公司下一个要开除的人就是自己？

王龙心头沉重无比。吃完饭后，吴耀张罗着要去唱歌。王龙找了个借口，没有和他们一起去KTV。

王龙离开后，孙洁看着他的背影，对身边的吴耀说："这么快就走了，一点儿也不合群。我看王龙最近工作好像不如去年认真了。"

吴耀笑了笑，没有说话。他虽然贪玩儿，但不是傻子，对于王龙最近的表现，也有所了解。

第七节　真相大白

快到小区的时候，王龙发现门前有个纤细苗条的身影。王龙不由得上下打量一下对方，问道："叶萱萱？"

"今天怎么回来得这么晚？"

"你一直在这儿等我？你怎么不去家里找我？"

"谁说我没去？你爸妈告诉我你还没回家，我就在附近随便转转。"叶萱萱有些委屈地说。

王龙低着头，心里有些感动，又问："你找我什么事？"

"跟我走，我带你去一个地方。"叶萱萱等王龙把电动车停好，突然拉住王龙的手，不由分说地向外跑去。

远处一个陌生人向这边走了过来，叶萱萱连忙拉着王龙，向更偏僻的地方跑去，嘴里紧张地说："别让人看到咱们。"

王龙跟在叶萱萱后面，奇怪地问："到底要去哪儿？"

"很快你就知道了。"

不一会儿，叶萱萱带着王龙到了附近的一个小公园。

天色已晚，公园里几乎没什么人。公园虽然不大，但有一个小树林。叶萱萱将王龙拉到树林中，王龙心里的不安越来越重。

叶萱萱站在王龙面前，不安地搓了搓手，深吸了一口气，仰起了脸，目光与王龙对视，凶巴巴地说："你到底什么时候才能让我做你的女朋友？都这么久了，就不能给点儿回应吗？"

王龙听到这话，身体微僵，不知道该说什么好。

叶萱萱见王龙不说话，心里更加着急起来，问："你倒是说话啊？你和陶嫣已经不可能了，难道你就这么拖下去吗？"

"这个……"王龙结巴了半天，最后无奈地说，"就算此时我答应你，你也只是一个感情的替代品，这你不明白吗？"

叶萱萱听到这话，愣了一下，随后眼眶里浸满了泪水。

王龙看到这样的叶萱萱，心里也很不好受，他愧疚地说："萱萱，给我点儿时间，好吗？"

叶萱萱咬着自己的下嘴唇，好半天，她才缓缓松开嘴，嘴唇上露出一道深深的牙印。只见她冷笑一声，说："王龙，你是不是还想着陶嫣？你是不是觉得只要你升了职，就能配得上陶嫣了？我告诉你，就算你能升职，那也不知是猴年马月的事，到时陶嫣早就结婚了。你醒醒吧，你们没有任何可能了！"

听到这话，王龙顿时一愣。是啊，叶萱萱说得不错，自己要等到猴年马月才能升职？而且公司又在裁员，他随时面临失业的可能，拿什么去争取陶嫣？

想到自己竟然真的失去了陶嫣，王龙心中又是一疼。

或许真的应该接受叶萱萱。

这样的想法刚刚在王龙的脑海中浮现，他心里就不自觉地有些难过。

见王龙不为所动，叶萱萱苦笑一声，说："我等你这么久，就换来你会考虑一下？你是想气死我是不是？"

说完，叶萱萱转身离开，没有丝毫犹豫。

王龙本想叫住叶萱萱，但想了想还是算了。

叶萱萱走了几步，又转过身，对王龙扬了扬拳头，说道："只给你两天时间，你必须给我一个答案，否则我……我就要另想办法。"

回去的路上，叶萱萱心跳得非常快。她竟然对一个男人做到这一步，想想就难为情。

王龙从公园回到家，按响门铃。很快门开了，美倩的脸出现在眼前。

美倩一脸神秘地对王龙说："你猜今天谁来了。"

王龙没有理美倩，走进屋里，看到父母正坐在沙发上，像是在特意等着自己。

母亲见到王龙，顿时兴奋地问："小龙，今天有个女孩儿来这儿找你，谁啊？你女朋友吗？"

父亲也转过了头，看着王龙，一脸期待的表情。

王龙摇了摇头，说："不是，一个普通朋友而已。"

"普通朋友？我怎么感觉人家很紧张你呢？这姑娘哪里人啊？我看着不错，挺漂亮的，要不叫人家来家里吃顿饭。"

王龙被问得有点儿不耐烦了，说："妈，你不要乱打听，她只是我的一个同事，来找我问点儿工作上的事而已。"

母亲不敢再问下去，生怕惹王龙生气。而王龙见母亲小心翼翼的样子，心中有些愧疚，但又不好意思说对不起。

客厅安静了下来，王龙觉得心里有些郁闷，于是，说了句"早点儿休息吧"，就回到了房间。

王龙躺在床上，心里烦闷得不知该跟谁诉说。这时，父亲推开门，走了进来。

父亲坐在一旁的椅子上，顿了一下，说："如今你也做上了领导，比我有出息了，以后你是打算在京城长期工作下去吗？"

王龙愣了愣，知道父亲是要与自己谈正经事了，沉默片刻，算是默认。

"你有出息了，也能对自己的人生负责了，我跟你妈管不了你太多，不过你的终身大事，也是该考虑一下了。"

王龙明白父母年龄大了，别人家像王龙这么大的孩子，早就结婚了，甚至连孩子都有了。如今王龙还是一个人，老两口心中肯定着急。

"这事不用急，该来的早晚会来。只是缘分没到而已。"王龙闷声闷气地说。

"前段时间你张大妈给你妈打电话，说想给你介绍个对象。"

"给我介绍对象？"王龙当时就愣住了。

"是啊，那姑娘叫晓兰，你应该认识她吧？"

王龙张了张嘴巴，这个晓兰他当然知道，人长得特别漂亮。以前上高中的时候，王龙还加过晓兰的 QQ 号，不过，现在也有几年不联系了。前两年王龙回家，偶尔在街上看见她，颜值依旧很高。

　　父亲见王龙没有反驳，于是，接着介绍道："她比你小了两岁，今年刚毕业……"

　　终于反应过来，哭笑不得地说："不是，我现在还不知道什么时候回家，张大妈怎么给我介绍？"

　　"你先别急，听我说完。这个晓兰据说也不想在家里待着，她家人听说你在京城工作，想着让她也一起过来，你们两个一边工作，一边相处一段时间。如果可以的话，年底把婚事办了。"说完，他又补充道，"不过她有个弟弟，也快毕业了，估计你们结婚后也得帮衬一下。"

　　王龙听完父亲的话算是明白过来了，肯定是父母在老家吹嘘自己，这才有了张大妈给自己介绍对象的事。

　　王龙有些无语，无奈地说："爸，我的事你们就别管了，你们这是在给我添麻烦。"

　　王龙本以为父亲听到自己这话会生气，他已经做好了迎接暴风雨的准备。结果父亲只是淡淡地说："你已经长大了，我们也给不了你太大的帮助，自己的事情要上点儿心。"说完，他站起身，离开了王龙的房间。

　　王龙看着父亲的背影，一瞬间，觉得父亲老了很多，心里有些泛酸。

　　接下来的两天，王龙担心周海洋联系自己，但奇怪的是，周海洋再也没有出现，这让他松了口气。

　　趁着周日的时间，王龙带着父母和美倩去附近的景区玩儿了一天。可以看出，父母虽然身体不如年轻人强壮，但玩儿的时候还是挺有兴致的，王龙给他们拍了许多照片。而王龙的心情也因此好了许多。

四人回去时，王龙长长地呼了口气。他这一天不仅陪着父母，还要哄着美倩，王龙觉得身心俱疲。

刚回到家，手机就响了。想到前两天叶萱萱说的话，王龙有些纠结地拿出手机，发现不是叶萱萱打来的，而是一个陌生号码。

"喂，哪位？"

"是我。"

听到这个声音，王龙顿时心里一凉，竟然是周海洋打来的电话。二人聊了两句，最后约在咖啡馆见面。

王龙刚坐下，周海洋就急切地问："你考虑得怎么样了？时间不等人，时效过去了，也许你就没有这个机会了，别忘了饭团外卖可不止你一个站点主管。"

王龙想了一下，平静地说："你要我到你的公司上班，也不是不可以。但要提供客户资源，抱歉，我无能为力。"

"你确定你想好了？"周海洋的脸顿时沉了下来，"你不会是认真的吧？"

看到王龙依旧淡定的模样，周海洋意识到，王龙似乎并不是在开玩笑，一颗心顿时沉到了谷底。

半晌，周海洋平复了情绪，说道："我是非常有诚意的，我希望你再认真考虑一下。"说完，周海洋就离开了。

过了良久，王龙站起来，平静地离开咖啡馆。

此时，王龙心中想的并不是与周海洋的谈判，而是叶萱萱。已经过去两天了，他也该给叶萱萱一个答案了。

王龙乘坐公交车前往叶萱萱的住处，因为无聊，他打开微信。突然，他又看到了那个熟悉的名字，心中微微一颤，鬼使神差地发了一句："在吗？"

等到王龙意识到自己做了什么时，不禁暗骂自己一句"笨蛋"。随后，他退出微信界面，准备把手机装进口袋。

突然，手机震动一下，王龙手上一僵，只见陶嫣发来了一句话："什么事？"

王龙想了一下，回道："没什么大事，只是想告诉你，以后你不用再刻意躲着我了。"

发出这段话，王龙的心中仿佛放下了一个重担，整个人都轻松了许多。

陶嫣显然意识到王龙的意思，看起来比王龙还要轻松："你真的想通啦？我以为你还在钻牛角尖呢。"

"我一个大男人，有什么可钻的。不过还真是令人感慨，我们相识的时间也快有一年了，恐怕我们再也回不到当初刚刚认识时的状态了。"

"是呀，你做了大领导，萱萱也找到了自己的感情，我们都有自己的路要走，终究还是慢慢地变成彼此生命中的过客。"

看到陶嫣的消息，王龙心中有些唏嘘。陶嫣说得不错，哪来的一辈子的朋友，远亲还不如近邻呢。关系再好的两人，一旦分开，感情也会慢慢淡去。

王龙有一搭没一搭地与陶嫣聊着。下了车，他朝叶萱萱家走去，到了门口，发现门没有关。

王龙皱了皱眉，露出搞怪的笑容，他轻手轻脚地向屋内走去，很快就见客厅的沙发上躺着一个纤瘦的身影。

此时，已经是晚上八点了，叶萱萱似乎刚洗了澡，身上穿着白色的睡衣，整个人躺在沙发上，显得异常娇小。她一脸兴奋地盯着面前的手机屏幕，她的身侧是装满垃圾的垃圾袋，似乎是准备外出把垃圾丢了，但临时发生了什么事，没有出去。

叶萱萱丝毫没有察觉王龙已经走到她身后，正兴奋地扬起拳头，比了个胜利的手势。

王龙在叶萱萱的身后做出张牙舞爪的动作，正准备大喊一声，吓唬一下叶萱萱。突然，他的动作定格在半空，双眼一眨不眨地看向叶萱萱的手机屏幕。

叶萱萱的手机屏幕上是微信对话框，但奇怪的是，为什么上面的聊天内容那么眼熟。王龙手心突然冒出一层冷汗。

叶萱萱因为长时间没有等到王龙的回答，忍不住发了两个问号出去。这时，王龙口袋里的手机响了起来。

瞬间，叶萱萱转过头，她"呀"的一声，仿佛是见了鬼一样，整个身体从沙发上弹跳了起来，挪到了沙发的另一头。

与此同时，王龙与叶萱萱终于面对面对视起来。

过了一会儿，两人谁都没有先说话。

王龙脑袋里不停地闪过之前和陶嫣的聊天内容，终于想到了一种令自己心寒的可能。原来，和自己聊天的人，从来都不是陶嫣。

想明白所有事后，王龙几乎不知道该做何反应。他脸上浮现出一抹嘲讽的微笑，命运还真是会开玩笑！

"王龙，你听我解释，不是你想的那样，你别生我的气好吗？"叶萱萱全身直冒凉气，当下扑向王龙，一把拉住王龙的胳膊，防止王龙离开。

"原来我这么多的感情，都浪费在了你身上，怪不得陶嫣一直对我不冷不热。若换成是我，我可能还不如陶嫣。"

王龙总算明白了陶嫣为什么在微信里和现实中判若两人，可是现在似乎一切都已经晚了。

"呜呜……"叶萱萱似乎受到了惊吓，忍不住哭了起来，"我……

我只是太喜欢你了，我控制不住我自己。你这样有点儿吓人，知道吗？可不可以不要生我的气，我……"

王龙使劲儿甩开叶萱萱的手，气冲冲地说："别碰我！"

叶萱萱身体顿时一震，脸变得惨白无比。她深吸了口气，把眼泪逼了回去，说："是，就是我假冒陶嫣的，那现在你要怎么做？反正陶嫣已经跟别人好上了，你们已经没有任何挽回的余地了。说吧，你想把我怎么样？今天我要是皱一下眉头，我就不姓叶。"

王龙嘲讽地说："你还真有演戏的天赋。"

"喂，你到底要怎样？你不是已经放下了吗？现在还跟我生什么气！"叶萱萱的话虽然听起来理直气壮，但还是看出她的色厉内荏。

王龙冷笑一声，转身就走。

眼看着王龙离去的背影，叶萱萱在后面大喊一声："喂！"

王龙停下脚步，叶萱萱故作无所谓地说："你什么时候才能消气？你明白我对你有多好，生过气就算了，不要把多余的情绪浪费在无用的事上。"

"砰！"王龙狠狠地关上了门。

王龙离开叶萱萱家，脑子里想着的都是叶萱萱刚才说的话。叶萱萱说得没错，不管自己有多悔恨，生活还是在继续，陶嫣已经有男朋友了，一切都太晚了。

王龙知道自己不会再像上次那样，被打击得一蹶不振。那样的经历有一次就够了。至于叶萱萱，如果没有发生这件事，他几乎就要接受叶萱萱了，可是，在得知真相后，他没办法当作什么事都没有发生过。

叶萱萱的电话和短信，铺天盖地地发过来，王龙连一条都不愿意回复。

过了几天，叶萱萱看见自己发的消息没有得到回复，便堵在王龙家小区门口。不过由于电动车速度太快，叶萱萱没能拦下他。

经过这次"围堵"后，王龙知道自己必须给叶萱萱一个答案。其实，关于这个答案，两个人心中都十分清楚，只不过叶萱萱不死心而已。

一天早上，手机突然响了起来，王龙看了一眼手机，脸色顿时一变。

周海洋！

犹豫了一下，王龙不动声色地接通了周海洋的电话。随后与他约了个地点，赶了过去。

刚挂了电话，手机很快再次响起，竟是吴耀打来的。

吴耀带着质问的语气问王龙："你去哪儿了？怎么不来开早会？"

王龙心中一沉，说道："我临时有点儿急事要办，今天可能要晚点儿过去。"

吴耀沉默片刻，说："你知道最近公司正在裁员吧？希望你不要做得太过分。"

王龙眼皮一跳，难道跟周海洋见面的事，已经被人知道了？

吴耀这个电话打得莫名其妙，由不得王龙不往坏的方面想。吴耀这是在威胁自己，还是在警告自己？王龙心中的危机感突然加重了许多。

再次见到周海洋，他还是一如既往的自信与淡定。王龙看到一个服务员在端茶的时候，偷偷地打量着他的脸。这位成熟男性的帅气形象，对女人的杀伤力太大了，王龙自叹不如。

这次，王龙没有让周海洋先开口，而是在周海洋说话之前，打断了他的话。

"这次来，我是想告诉你，你的提议我很心动。不过，不好意思，我不能做出伤害公司的事。虽然我目前在公司的现状有些尴尬，但毕竟是公司给了我机会，让我学到了本事，我不能忘恩负义。"

周海洋原本一脸得意，听到王龙在拒绝，脸色不由得僵硬起来。

周海洋说道："你想清楚了，我给你的，可是一份优渥的生活和远大的前途。如果你拒绝了我，很可能会重新做回到外卖员！"

王龙微微一笑，说："你给我的是前途不假，可是有一点你却错了，如今的我，已经有了管理经验，就算再怎么差，也不至于重新回到外卖员的身份，我完全可以去别家公司应聘。你之所以三番五次来找我，是因为我有能力胜任区域负责人的职位。既然我有了安身立命的技能，又何惧竞争？公司可以有变动，但我不能昧着良心去做对公司不利的事。"

"希望你不会后悔！"

周海洋说完，刚准备起身离开。没想到王龙先他一步，离开了座位。

前两次一直是周海洋把王龙晾在原地，这一次，他怎么也要占据一次主动。

看着王龙背影的周海洋，脸色铁青不已，随即在手机上翻开一段视频，然后露出阴冷的神情。

走出咖啡厅，王龙再次接到了叶萱萱的电话。这次，王龙没再回避，他的目光充满坚定。

我从来都不是一个被动的人！王龙心中暗暗想着。

第五章 ▶ 为你，千千万万遍

第一节　一切归于平静

"不就是骗你几次吗？至于生这么大的气吗？"叶萱萱站在王龙公司门口，一边踢着马路台阶一边嘀咕道。

原来叶萱萱在王龙家小区门口堵不到人，只好来到王龙的公司，结果却连人影都没见到。

"呀！你给我滚出来！"突然，叶萱萱大喊一声，向前方的公交车站牌跑了过去。结果一不小心，她撞到一个人身上。

"你谁啊，没长眼啊，不知道本小姐正在走路吗？你……"说了一半，叶萱萱突然停了下来，双目呆滞，脸色也微微涨红，嘴巴里喘着粗气。

王龙没有吱声，低头看着叶萱萱。

叶萱萱激动地说："你终于想通了。我就知道，你肯定会想起我的好，会来找我的。"

王龙脸上的笑容更浓了，他点着头，好像同意了叶萱萱的话。

"真好！等我整理好心情你再亲口对我说，等我一分钟！"叶萱萱深呼了几口气，脸上的潮红渐渐消退，她屏住呼吸，"咳！说吧，我听着呢。"

"你猜得没错，我已经想好了。很抱歉，萱萱，我觉得我们两个不合适，谢谢你为我付出了那么多感情。"短短的几句话，却是用玩笑的口气说出来，显然王龙的心态已经变了。

正要上前扑去的叶萱萱身体一僵，脸上的表情瞬间变得复杂无比。

怎么会这样！

叶萱萱神色呆滞，在这一瞬间，她仿佛像泄了气的皮球似的，失去了所有气势。

"你没有和我开玩笑吗？"叶萱萱不敢相信自己听到的是真的，呆呆地问王龙。

"嗯，这种事情，我怎么会和你开玩笑呢？对不起，我想了很久，可能我们真的不太合适。"

"为什么？我不相信，你凭什么拒绝我，你有什么资格拒绝我。你就不能答应我一次吗？"叶萱萱向前一步，伸手拉住王龙。

王龙向左挪了一步，躲开了叶萱萱的手。

"对不起，我真的不能接受你，你不要再这样了。去工作吧。"

王龙其实想了很多，他知道叶萱萱对自己的付出，说不感动是假的，但他实在接受不了叶萱萱的行为。叶萱萱把他害得这么惨，他恨叶萱萱，他并非善男信女，被坑了一次，还无动于衷。

"你……"

叶萱萱纠结了半天，却不知道该说什么。王龙站在她的面前，距离她那么近，她却感觉二人离得那么远，遥不可及。

见叶萱萱不说话了，王龙越过她，朝公司走去，留下她独自一人站在原地发呆。

叶萱萱向四周望去，车太多了，人也不少，可他们都是与她没有任何关系的陌生人，一瞬间她感到满满的孤独。

叶萱萱失魂落魄地回到家中，她原本以为自己就要心愿达成了，可最终还是一场空。

叶萱萱躺在床上，听到手机的铃声响起，瞥了一眼，是校领导打来的，估计是让她去上班。

叶萱萱翻了一下身，将自己的脑袋埋在被子里。我该怎么做？叶萱萱在心中不停地问自己。

两天后，王龙的房内摆放着两个行李箱，王龙的父母在房间里收拾衣物。

王龙指着苏强和张玲留下的旧衣服对父母说："你们把这些衣服也拿回去吧，放在这儿也是要扔了。"

王龙母亲点点头道："好。"

美倩拿着玩具，兴奋地又蹦又跳，献宝一样的跟在王龙母亲身边，说："姨，先把我的东西装里面！"

王龙父亲停下了手上的工作，靠在沙发上抽着烟盯着两人，目光着重放在美倩身上，不知在想些什么。

其实，王龙原本计划让父母再住一段时间，只不过美倩在外面待得太久，又没有玩伴，最近几天经常哭闹，显然是想家了。让她一个人回家，又不太现实，只好让父母跟着一块回去。

王龙板着脸，说："老实点儿，不要那么调皮，不然一会儿让你一个人回家。"

"我不。"美倩声音顿时小了许多。

"那就安静点儿，你瞧瞧哪个女孩跟你一样？"

"哼！"美倩向王龙翻了个白眼。

这次回去，王龙担心父母坐火车路上遭罪，于是给他们买了飞机票。

王龙带着父母和美倩在外面吃了饭，最后把他们送到了机场。

即将分开，美倩心中突然有些不舍，忍不住询问王龙道："哥，你什么时候回家呀？"

"年中吧。"王龙回答道。

"那我到家以后，你如果有时间，别忘了给我打电话。"美倩拉着王龙的手，依依不舍地说。

"放心吧，你在家要好好学习，不要调皮捣蛋，知道吗？不然以后我再也不给你买玩具了。"王龙摸了摸美倩的脑袋。

这时，安检的广播响起，王龙开始催促他们进去。

美倩的不安更加明显了，在离开的那一刻，她告诉王龙说："哥，有一件事我还没告诉你呢，你的电脑被我弄坏了。"

美倩说完，偷偷地看着王龙，生怕王龙发火。她的声音不大，没敢让王龙的父母听到。

王龙笑了一下，说："我早就知道了，你以为我是那么容易糊弄的吗？只是懒得跟你一般见识而已，快走吧！"

美倩一步三回头地跟着王龙父母离去，走远了几步，她似乎想到了什么，又回头向王龙大喊："上次我拍的照片，你不准删了！等我回家以后，你要把照片发给我，可不要忘了！"

王龙一边示意自己不会忘，一边摆手让他们赶紧走。

父母的背影渐渐消失在安检口，王龙心中涌起一股感伤，随即被他强行压了下去，他知道这种分离只是暂时的，他一定会通过自己的努力把父母接来京城的。

三人上了飞机。待飞机起飞后，美倩好奇地四处张望。

王龙母亲笑着对美倩说："以后你可要好好学习，不然长大后只能像你哥那样，碌碌无为。"

美情低头摆弄着手指，脑中浮现出王龙带她玩的画面。一起生活了很多天，她觉得哥哥异常神秘，每天好像都有很多事要忙。于是，她打开了自己的书包，取出一本卡通日记，拿着铅笔在纸上写下：我的哥哥。

几个小时后，王龙给父母打了电话，得知他们平安地下了飞机并坐上了回家的客车，心中松了口气。

王龙不敢再耽误时间，即将开学了，他要尽快学习。不过没有一个能用的电脑，还是不太方便。所以下午他特意去附近的电脑城买了一个新的笔记本电脑。

最近，在工作的过程中，王龙感觉吴耀对自己的态度不如以前那么热情，总是板着一张脸，除了工作的事情外，极少与自己说话。孙洁与楚雅来的时候，也总用奇怪的眼神看自己。

难道周海洋把他们见面的事情透露了出去？王龙心中微沉，不过对这件事他早有预料，因此倒能够坦然面对。

下午工作时，吴耀与孙洁一同离开，随行的楚雅，犹豫了片刻，并没有跟他们一块走。

两人走远后，楚雅四下看了看，确认没有其他人，关上了办公室的门，忐忑地看向王龙。

"咦，你把门关上干吗？"王龙笑着问楚雅。

楚雅翻了个白眼，说："你不要误会，我是想告诉你一些事。"

"这儿又没有别人，就算和我说话，也没必要把门给关上吧。你该不会……"王龙做出一副夸张的表情，故意逗楚雅。

"讨厌，都到这个时候了，你还有心情开玩笑？你傻不傻。"楚雅脸一红，又瞪了王龙一眼。

"你指什么？"王龙把身体斜靠在椅子上，换了个舒服的姿势。

"最近人事有些调动，你知道吗？"楚雅酝酿了一下情绪，没有跟王龙过多计较。

"你跟我说这些干吗？你不是只负责招聘吗？"王龙好奇地问。

楚雅的脸逐渐变冷，看向王龙的目光渐渐变成了失望。

"你就不能严肃点儿吗？"

"孙洁和吴耀都已经离开了，你留在这里，不太好吧？"

"你……"楚雅跺了跺脚，"我在跟你说正经事，你倒好，没个正形。既然你不领情，那我也没必要再帮你了，你好自为之！"

话都已经说到这个分儿上了，只要不是傻子，都能明白楚雅的意思，可王龙还是装傻，那么她也没有必要自作多情了。

楚雅失望地转身离去，门被她重新打开，当她的一只脚踏过门框时，两只手不禁握成了拳头。最终，她还是停了下来，重新回到王龙面前，冷漠地说："最近公司裁员的事，你知道吧？你不要以为，你的身边有吴耀，就可以置身事外，你自己做过的事，以为可以瞒天过海吗？我只能告诉你，现在公司要处理你，你自己看着办吧！"

楚雅再次转身离去，走到半路，似乎想到了什么，又回过头提醒道："有时候身边的贵人，也可能是你的绊脚石。我帮不了你什么，只能告诉你这些事。"

楚雅以为自己说完这些话，王龙会有震惊或者感激的表情，可是，当她转过头，见王龙依旧平静地坐在椅子上，脸上没有任何惊讶之色。

王龙微微一笑，平静地提醒楚雅说："你不该对我说这些的。"

"好心当成驴肝肺，你就等着走人吧！"楚雅冷哼一声，再也不做停留，气冲冲地离开了。

为什么自己都这么和王龙说了，他还是一副没事人的模样？反倒过来劝我？真是可笑。

楚雅一边想，一边气愤地喘着粗气。过了片刻，她的身体突然僵硬起来，心想："难道，他早就知道了？"

是啊，王龙又不傻，自己和孙洁再怎么经常和吴耀见面，也不如王龙和吴耀待在一块儿的时间多。有什么事情，他完全可以提前知道。只不过，这次公司要处理王龙，吴耀又怎么会傻到去帮助王龙呢？毕竟吴耀的爸爸是公司的董事长。

楚雅想明白后，不禁自嘲地笑了笑，原来自己才是那个最傻的人。或许，王龙早就找到了合适的出路，才会这么淡然。

楚雅心中默默道了声祝福，一脸落寞地离开。

第二节　鸿门宴

楚雅刚刚离去，王龙就接到了黄广的电话，通知去公司的分部开一个会。

王龙心中一沉，心想：该来的终于来了。

王龙骑着电动车走在路上，碰到了楚雅，他一脚支撑着地，对楚雅摆了摆手，说："上来，我送你回去。"

楚雅犹豫片刻，来到电动车前，因为个儿矮，楚雅踮起了脚。

王龙笑着说："需要我把你抱上来吗？"

"要你管！做好司机就行了。"楚雅没好气地说。

"你搂着我的腰。"王龙把脑袋上的头盔摘下来递给楚雅，"坐稳了。"

"对了，你要去哪儿？"

"黄广通知我开会，现在我得去分部一趟。"

开会？楚雅了然地点点头，和她猜测得差不多，孙洁和吴耀估计也是一起参加这个会议了。

楚雅神色复杂地说："我跟你一块吧。"

"我们开会，你去干什么啊？回去工作吧。"

"你要是还把我当成朋友的话，就带着我一块儿！"

"那行，你可别后悔。"

方向一转，十多分钟后，两人赶到了公司分部。办公室里已经陆续到了七八个人，其中就有孙洁和吴耀。当王龙和楚雅出现后，不少人的目光聚集在他们身上，一时间场面有些尴尬。

王龙看到这情景，不禁心中感叹，看来这次真的是不太妙了。

不过，王龙转念一想，自己又没有做亏心事，有什么好担心的，就算被公司开除了，他也在这里学到了经验，以后再找工作，会容易许多。因此，他并不怨任何人，相反，他为自己的经历感到幸运。

"王龙，坐这里。"

楚雅主动拉了王龙一把，挑了个最偏僻的角落，自己先一步坐了下来，并且无视孙洁悄悄给她使出的眼色。

待楚雅坐定，王龙微微一笑，他并没有坐在她的身旁，而是在楚雅焦急的目光下，挑了个显眼的位置，堂堂正正地坐了下来，并且坦然地面对黄广的目光。

不多时，门外又走来了一人，王龙满脸意外，竟然是黄飞！

半年没见，王龙发现黄飞比以前胖了许多。他上身穿着一件灰色的旧西装，因为他微微发福的身材而紧绷在身体上。

王龙心中感叹，果然心宽体胖。

王龙之前得知，黄飞被调去做了市场部经理，开拓省外的市场，因此很少有机会回到京城。就算回来，他们也见不上一面。

其实，王龙一直想请黄飞吃顿饭，并不是因为王龙与他的关系多好，只是当初王龙升职时，是他给了王龙机会，他也算是王龙的伯乐。

黄飞扫视一圈，目光落在王龙的身上。王龙向他点头示意。

这时，"嗒嗒"的脚步声传来，只见办公室的门口一条白皙的长腿迈了进来，紧接着一个修长的身躯、一个身穿职业套装的瘦高女人映入王龙的眼帘。

瘦高女人有着一头大波浪卷发，嘴上涂着鲜艳的口红，修身外套穿在身上，使纤瘦的蛮腰完美展现出来。尽管她脸上有些细小皱纹，代表她的年龄已经不小，但她的装扮，依旧让她显得优雅动人，带着一种知性的美。她扶了扶脸上的眼镜，目光锐利地看向王龙。

众人逐渐落座，大会议桌前坐满了人。

黄广咳嗽了一下，会议室内"嗡嗡"的议论声顿时停了下来，整个室内一片肃静。

黄广从座位上站起身，脸色逐渐变得冷漠严肃，他的声音洪亮有力，说道："这段时间，你们工作都很努力，业绩完成得很好，我对你们的成绩，还算满意。"

众人的情绪稍稍放松，然而黄广的语气陡然一变，又说："可是，这不代表你们都已经完美无缺了。从去年后半年开始到现在，我们公司的一些人逐渐被其他公司挖走。经过调查发现，这些人大部分是被猎头公司给予高薪诱惑，进而离开公司，去了其他公司。"

说到这里，黄广的语调再次升高，说道："人嘛，往高处走是正常的，虽然公司希望能继续留下你们，但也不至于因为你们的离开而去责怪什么，这是立场问题。可是有人就不一样了，他们被高薪诱惑时，摇摆不停，竟拿着猎头公司开出的条件，来与我谈判。"

众人脸色齐齐一变，暗想谁会做出这种事？

看到众人的脸色，黄广继续说："这也是近段时间有人陆续离职的原因。不过有些人，却超出了我的预料，王龙！"黄广大喝一声，十多道目光顿时集中在王龙身上。

王龙不得不站了起来。

"你们应该对他比较熟悉吧？他今年只有二十四岁，一身老成的打扮，我看了都要以为他三十多岁了呢！这样的打扮，确实容易得到大家的信任，不得不说，他也没辜负别人的信任，去年只用了半年，便成了站点主管。"

听完黄广的话，在座的人把目光都集中在王龙身上，脸上露出惊讶的表情。

此时的王龙有些蒙了，难道这次开会，不是要开除自己吗？怎么反倒夸起自己来了？

不过，还没等王龙高兴起来，黄广的脸上就露出嘲讽的表情："我原本以为王龙是我一手提拔上来的，会对公司有深厚的感情。只是没想到，再老实本分的人，在金钱面前，也会动摇，做出吃里爬外的事！"

众人一听黄广这话，开始窃窃私语起来。

王龙直视黄广，问道："请问我怎么吃里爬外了？"

"怎么吃里爬外，难道你心里没数吗？"黄广一脸嘲讽。

若是以前，王龙虽然生气，也不敢跟领导正面起冲突。不过，如今他知道自己就算伏低做小，也不会有好结果。

"我还真不知道，请您明示。"

黄广点了点头，说："你私下见了什么人，做了什么事，你自己不清楚吗？需要我把证据拿出来吗？"

一听这话，王龙就知道是周海洋动的手脚，说："没错，我是见了一个人，但我什么也没做，更没答应他任何事！"

"你反应倒够快，吃里爬外还理直气壮。黄广，还跟他废话什么，直接说惩罚结果吧。"一旁的瘦高女人愤怒地说。

王龙疑惑地问："你是？"

"我是公司人事部主管，你们在座所有人的升职，都需要我来签字。"瘦高女人一脸傲慢地说。

王龙沉默不语。

过了一会儿，黄广冷漠地说："王龙，念在你是我一手提拔的分儿上，我给你留点儿面子，你自己去交个辞职单，不要耽误我给其他人开会。"

王龙一愣，把原本准备好的措辞咽回肚子里。既然公司已经准备不给他任何机会，他也没必要再为自己辩解了，不然就算留下，以后的日子也不会太好过。

王龙转身，准备离开。

"这就走了？黄广，这就是你的处理结果？"瘦高女人明显不满意黄广的处理结果。

"梅经理，这……"

黄广的话还没说完，瘦高女人便打断了他的话，说道："我记得之前跟你说的，可不是就这么处理吧？王龙现在的行为，可是要负法律责任的，你想就这么算了，法务部可不会就这么算了。拿了公司的钱，学了公司的管理经验，就这么潇洒地离去，你让我们公司的脸面往哪儿放？"

王龙停住了脚步，转身看着瘦高女人。

瘦高女人走到王龙面前，高傲地说："这样，王龙，坐牢和赔偿公司损失，你选一个吧。"

王龙疑惑地说："赔偿损失？什么损失？"

瘦高女人露出鄙夷的笑容，说道："你还真会装傻啊！之前快餐连锁店的生意难道不是你私下把消息泄露给周海洋，导致公司损失了五十万元。难道你不该为此承担责任吗？"

王龙身体一震，想起了第一次和周海洋见面时他拿出的文件，顿时心里一凉。他知道自己就算浑身都是嘴，也说不清楚了。可是五十万啊，他怎么可能拿得出来！

王龙努力工作大半年，为公司付出这么多，瘦高女人的一句话，不仅让他的辛苦白费，还要搭上这么多钱。况且，他本来就没有做出对公司不利的事情，他凭什么要赔偿？

"黄哥，没必要对王龙做出这么重的处罚吧，这样不太好吧……"

突然，一个弱弱的声音响了起来，在这安静的会议室里，显得十分刺耳。

王龙看向说话的人，为自己说话的人竟是楚雅，王龙心中感动无比。

孙洁不断向楚雅使眼色，见瘦高女人露出不悦的神色，孙洁连忙说："楚雅，不要乱说，这里没你的事。"

"她是谁？谁让她坐在这里的？她有这个资格吗？"瘦高女人皱着眉头问黄广，语气中充满了质疑。

"我是……"

瘦高女人不耐烦地摆了摆手，说道："我不管你是谁，帮助公司的叛徒说话，说明你们是一丘之貉。你现在出去，领一张辞职单吧。"

楚雅的脸顿时变得惨白无比。

黄广脸色一变，开口介绍道："梅经理，她是招聘专员，我们公司的许多优秀人才，都是通过她招聘来的。"

"招聘专员又如何？没了她，咱们公司还招不来人了？相反，她这样一个帮助叛徒说话的人，说不定哪天她就成了叛徒，到时候给公司带来巨大的损失，你来负责吗？"

一旁的孙洁心里十分着急，心里愤恨地想着：都怪王龙，知道要被开了，还把楚雅拉下水。

孙洁和楚雅相处了这么久，两人每天都在一起，有很深的感情，看到楚雅受牵连，她把所有的错都怪到了王龙的头上。她焦急地对楚雅使着眼色，希望楚雅能说些软话，先把面前这一关渡过再说。

然而，楚雅微微一笑，说道："你有什么资格开除我？你以为你在公司里的职位高，就可以为所欲为了吗？"转头她对孙洁愤怒地说："有什么好怕的！她还能一手遮天不成？我们来工作虽然是为了赚钱，可我们也是有尊严的。王龙兢兢业业的工作，给公司创造了多少利润，而他们，竟然没有任何证据，就让王龙赔偿这么多损失，这不是明显地欺负人吗？"

接着，楚雅环视了一下周围的人，接着说："你看看你们，遇到不公平的事，没一个人愿意站出来。可你们有没有想过，公司今天能这么对王龙，明天就能这么对你们，到那时，你们也打算默默承受吗？"

周围的人被楚雅说得脸上发烫，但依旧没人站出来说话。楚雅转过身，对瘦高女人说："不就是辞职吗？这种公司，我还不想待呢！不过你想扣我工资，我只能告诉你，你没这个权力！"

"你……"瘦高女人气得身体发抖，她对黄广尖声说："让她滚！让她给我滚！我看她一个人能翻起什么浪花！"

第三节　漂亮的反击

"够了！"

这时，王龙终于看不下去了。既然公司已经把他当成了敌人，那么他也没必要再低三下四了。

　　"你竟然敢吼我！"

　　王龙一脸淡然地说："你不要动那么大气，气病了得不偿失。既然你想让我赔钱，起码你们要拿出证据来，否则，我有权告你们诽谤。"

　　"好，你要证据，我就给你证据。黄广！"瘦高女人似乎这才想起来，神色重归平淡。

　　黄广得到瘦高女人的命令，起初有些犹豫，不过很快，他似乎做出了决定。只见他的手伸向口袋，掏出了一个黑色的优盘，将优盘插入桌上的笔记本电脑。

　　不一会儿，会议室的演示屏幕上出现了一个视频文件，随着被黄广点开，一副画面出现在众人眼前。

　　王龙看到画面中的情景，心中一沉。他没想到周海洋居然做得这么狠。

　　视频内容晃得厉害，似乎是随意拍下来的，晃了两下，王龙从镜头面前一闪而过。

　　这时，画面闪烁了一下，里面传出了周海洋的声音："其实很简单，你现在好歹也是饭团外卖的站点主管，手里应该有些客户资源吧？"

　　过了一会儿，视频里传来王龙的声音："我要考虑一下。"

　　这是周海洋第一次和王龙见面时的画面，视频虽有剪辑，但还算真实，王龙也没什么好反驳的。可从这点，公司也不足以向他索赔损失，因为这完全构不成职务犯罪。然而下一刻，画面一闪，又是王龙与周海洋见面的情景，只不过这一次，内容却不像是王龙所想象的那样，视频从头到尾只有周海洋的一句话："王龙，谢谢你，合作愉快。"

视频到这里结束了，王龙的脸一片铁青。

会议室内的所有人一片哗然。尤其是楚雅，她曾经喜欢过王龙，现在也把王龙当成一个很好的朋友，她觉得人追求自己的利益都是正常的。但她怎么也没想到，王龙为了自己的前途，竟然枉顾公司的利益。况且，公司待王龙并不差，试想哪个年轻人，能在短短的半年内，从一个普通的外卖员升到站点主管？不求让他知恩图报，他怎么能做出这种恩将仇报的事！

瘦高女人冷哼一声道："公司从来不会冤枉人！王龙，既然你口口声声说自己没有做过对公司不利的事，那好，我现在就让法务部拟好起诉文件，你就等着收法院的传单吧，到时候恐怕就不是赔偿损失这么简单了。"

王龙哑口无言，他虽然满肚子委屈，却不知道该说什么为自己开脱。

这时，黄广叹了口气，说："王龙，我问你，前段时间，网上流传咱们公司的外卖员私下吃客户食物的视频，是不是你流传出去的？王龙，你要是配合媒体承认错误，给公司挽回形象，公司也不是不可以对你从轻处罚。"

瘦高女人傲慢地抱着双臂，站在王龙面前，以一种高高在上的语气对王龙说："王龙，你们这些年轻人就是不知好歹，总以为年长的人缺乏激情，没有拼搏的狠劲儿，认为自己无所不能，心比天高。你们却不知道，我们这些人，经历的更多，自然懂得木秀于林的道理。你的那些小聪明，在绝对的实力面前，就如同跳梁小丑。"随后，她又对黄广说："你无需对他提出这样的条件，现在就可以让他走了。待他定罪那天，所有的事情就会大白于天下。公司从来不会亏待自己的员工，但若是吃里爬外，那就不要怪公司不留情面了！"

说完，瘦高女人顿了顿，环视了一下周围的人，最后把目光定在楚雅身上。

"你还有什么话要说吗？还是说你和他是一伙儿的？"

楚雅的脸上顿时有些尴尬，想要说什么，但又说不出口，毕竟在证据面前，语言太过乏力。

突然，一旁坐着的吴耀开口说："事情也不要急着下定论。王龙，你想说什么，可以一次说清嘛。其实我对你，还是比较信任的。"

瘦高女人"刷"地把头转过头，目光锐利地注视吴耀，问："你是谁？"

黄广刚想要开口介绍，吴耀却开口道："你不要管我是谁，王龙是当事人，他理应为自己辩解。"

在场的其他人纷纷附和吴耀。瘦高女人不知道吴耀的身份，可黄广跟其他人打过招呼，因此吴耀开口了，相比起瘦高女人，他们必然要站在吴耀这边。

瘦高女人眼中闪过一丝不悦，她正说得畅快，吴耀突然打断她的话，她心里自然不高兴。

其实，王龙心中也很意外，没想到最终为自己说话的人竟然是吴耀。以目前这种情况，不管谁站在自己这边，都会被怀疑。而吴耀是最不应该这么做的人。

但是，此时众人已经将目光集中在王龙的身上，他也不能继续无动于衷下去。

只见王龙虽然面色沉痛，但掷地有声地说："其实我很痛心，一个公司想要整顿可以，想要开除有问题的员工更没错，但你们连最基本的求证都没有，就让一个带着情绪的女人，拿着一份经过剪辑的视频，连鉴别一下真假的程序都不走，就要起诉我。我在公司待了快一年了，自认为做到了尽职尽责，却遭到这样的对待！没关系，你们想起诉就起诉吧，看看到时候是你们闹笑话，还是我进监狱。"

说完，王龙转身就要走。

王龙的话令会议室里的人心里一惊，尤其是黄广，他仿佛想到了什么，连忙再次打开视频文件，细细观察起来。而楚雅，也是眼神一亮。

"站住！"瘦高女人喊住了王龙，"你说这视频是假的？我看你这是在做最后的挣扎吧？你能拿出证据吗？"

黄广也狐疑地看向王龙，虽然他刚才又仔细地看了一下视频，但他真的没有看出剪辑的痕迹。

"我为什么要拿证据给你看？你有能耐，就去起诉啊！"王龙头都没回，不屑地说。

吴耀站起身，说："王龙，如果你真的能拿出证据，我会帮你。"

王龙没理他，继续向外走。

突然，楚雅喊了一声："王龙。"

王龙身体一顿，对于真心想要帮他的楚雅，他不能无视。

"如果你真的能证明自己的话，就拿出证据来吧，毕竟这不是一件小事。如果消息一旦传出去，即便最后证明你没做错，对你的形象也不好。"

王龙停下了脚步，想了一下，觉得楚雅的话很有道理。他转过身，慢慢走到黄广身边，说："黄哥，我拿给你看，原本我是想要私下给你看的。"

一边说着，王龙一边从口袋里掏出一个优盘，递给了黄广。

黄广把优盘插进电脑上，王龙点开里面一个视频。

画面上没有出现王龙，但可以清晰地看到周海洋的脸。

视频里传出王龙的声音："这次来，我是想告诉你，你的提议我很心动。不过，不好意思，我不能做出伤害公司的事。虽然我目前在公司的现状有些尴尬，但毕竟是公司给了我机会，让我学到了本事，我不能忘恩负义。"

这是王龙最后一次见周海洋时自己录下的视频，简短的几句对话，却与之前的视频结果截然相反。

视频播放结束后，王龙淡定地拔下优盘，对黄广说："黄哥，我不知道你手上的视频是从哪儿来的，但我可以肯定，你那个视频肯定被人动过手脚，不信你可以找个懂录音的人检查一下。还有，如果你不放心，我还可以把我手上的视频拷给你一份，你也检查一下，看看我有没有动过手脚。"

王龙脸上露出自信的笑容。他从来都不是一个被动的人，自从第一次跟周海洋见面后，他就多了个心眼。原本只是以防万一，没想到还真的用上了。

"就算这个视频没有剪辑痕迹，谁知道你是不是找人摆拍的？来人，把他给我赶出去！"瘦高女人突然变得歇斯底里，看向王龙的目光充满了怨毒。

"不用你喊人了，我自己走。"王龙摇了摇头，准备离开。

"等等。"吴耀突然再次阻止王龙，"留下吧。"

事情已经闹到这个地步，就算公司愿意留王龙，他也不愿意留下。

王龙像是没有听见吴耀的话，大步朝前走去。

楚雅见王龙离开，她微微咬牙，也跟在王龙身后。

"等等，你何不听听我的条件，再决定要不要离开？"吴耀似乎挺紧张的，对王龙的离去，产生了极大的反应。

王龙转念一想，刚才吴耀还帮自己说了话，不看僧面看佛面，就算自己不准备在这儿工作下去，也要给吴耀一个面子。

"你闭嘴，这里有你说话的分儿吗？"瘦高女人喝了一句。

吴耀脸上露出愤怒之色厉声喝道："黄广，你告诉她，我有没有说话的分儿。"

黄广苦笑一声，对瘦高女人说："梅经理，吴耀还真的有这个资格，这里敢不让他说话的人，恐怕一个也找不到。"

"什么意思？"瘦高女人仿佛意识到了什么，脸色顿时一白。

瘦高女人能成为人事部经理，肯定不傻，很快就猜到了吴耀的身份，毕竟公司董事长的儿子空降到公司，许多人都有所耳闻。只不过有些人，并没有见过吴耀而已。

现在瘦高女人反应了过来，她知道自己刚刚得罪了吴耀。因此，她的脸上露出了比哭还难看的笑容。

"王龙，别人能够挖你过去做区域负责人，说明你的确有这个能力，而你在巨大的利益诱惑下，依然保持本心，说明你的为人非常靠谱。我向你承诺，如果你愿意继续留在公司，不久你就会升为区域负责人。"说完，吴耀转身看向瘦高女人，说道："至于梅经理，你的行事作风，已经给公司带来了严重的负面影响，我会向公司建议，把你辞退。"

吴耀的话说完，整个会议室都安静了下来。王龙和瘦高女人的脸色都变了，不过王龙是变成惊喜，而瘦高女人则是惊恐。

虽说吴耀只是口头上说说，但王龙相信，吴耀是个说话算数的人，况且，他还当着这么多人的面说出这番话。

安静过后，会议室一片哗然，所有人都羡慕地看向王龙，当然，其中也有一些嫉妒的目光。

楚雅在听到这个消息后，从内心深处由衷地替王龙高兴。

王龙深吸口气，区域负责人，这是他奋斗的目标，所以当吴耀说出这句话后，他的心脏"突突"跳个不停。

王龙虽然和吴耀工作了一段时间，但毕竟彼此的生活环境不同，他从来不敢将吴耀当作哥们一样相处。但没想到，最后吴耀竟会站在他这边，这让他心里有些感动。停顿了片刻，他对着吴耀问："那楚雅呢？"

　　吴耀想了一下，说："楚雅怎么样还得看她自己的工作情况，如果工作得好，自然有机会升职。"

　　王龙原本担心楚雅因为自己受到牵连，但听到吴耀的保证后，顿时放心了。他点点头，说："好，我答应你！"

　　"你们先回去工作吧，接下来的事情，我来处理。"

　　瘦高女人身体颤抖，她知道，接下来她就要承担今天这场风波的后果了。

　　楚雅轻手轻脚地跟在王龙的身后，脸色因为激动而变得通红，两只手握在一起，不安地相互揉搓着。她低着脑袋，额前的几根发丝垂在了脸前，心中还在为刚刚突如其来的惊喜而兴奋。

　　与楚雅相比，王龙要平静多了，仿佛这一切都是理所当然的一样。

　　"我本以为吴耀只是一个不学无术的富家子弟，没想到他和我们普通人一样，也会学习进步，关键时刻也能扛起大旗。"走在楚雅前面的王龙，感慨地说。

　　楚雅疑惑地问："为什么这么说？"

　　"我只是想说，吴耀的素质要比我们大部分人高多了。他是受到过良好教育的人，我们在努力进步的时候，吴耀也同样不甘落后。因此，日后我们要更加努力地提升自己的能力。"

　　楚雅似懂非懂，这些都不在她的考虑范围内，她心中想的要比王龙简单多了。

　　两人离开后，孙洁从办公室走了出来。楚雅看到她，连忙兴冲冲地摆手道："孙洁，这里，一会儿我们一块儿回去。"

孙洁看起来脸色不太好，楚雅向她打招呼，她并没有回应。

当孙洁到了两人身边时，王龙笑着问："怎么样？会议室的人都散了吗？"

孙洁抬头看了一眼王龙，冷冷地说："你以为自作聪明，在关键时刻反转结局，让吴耀对你刮目相看，就能顺利升上区域负责人了吗？就算这次你顺利渡过难关，下一次也绝不会如此走运！你终究不会有好果子吃的！"

"孙洁……"楚雅张了张嘴，不知道孙洁为什么会说出这番话。

孙洁撇了撇嘴，摇摇头，没有说话，转身走了。

"她……"楚雅的神色有些迷茫，看着孙洁的身影渐行渐远，她第一次感觉两人的关系或许并不像表面上那么好。

楚雅想要追上去向孙洁询问一下，却又不知道该说些什么，于是只能站在原地，求助似的看向王龙。

王龙叹了口气，拍了拍楚雅的肩膀，说："我们只是理念不同，你不要放在心上，只要我们做事儿对得起自己的良心，就没什么好担心的。走吧，还有工作要忙呢。"

虽然这次的事给王龙带来了困扰，但好在事情有了圆满的结果。下午，王龙一个人待在办公室里，没有吴耀在一旁盯着，他的身心格外轻松。

第四节　领导气质

饭团外卖公司的总部距离王龙所在的站点比较远。

黄广开着车载着吴耀，足足开了两个小时才赶到公司的写字楼。

吴耀来到一间办公室门前，黄广小声地对他说："我在外面等着？"

吴耀没有回应，直接推门走了进去。

里面大办公桌前坐着一个有些秃顶的中年男人，他是饭团外卖公司的董事长，也是吴耀的父亲吴海源。只见他穿着西装，手中拿着手机，正翻看着短视频，嘴角挂起淡淡的微笑。对于吴耀的突然闯入，他似乎被吓到了，身体扭动了一下，直到他发现来人是吴耀，才语气微沉地说："下次进来之前，记得敲门。"

吴耀盯着吴海源头顶稀疏的黑发，不满地说："你头发又少了，以后我该不会也像你这样吧。"

"咳咳……"吴海源尴尬地咳嗽两声，"不一定，你像你妈，你妈可不秃顶。"

吴耀见旁边有一把椅子，不客气地坐了下来，翻了翻白眼，说："我要把一个人提为区域负责人。"

吴海源皱起了眉头，问："区域负责人？这可是公司的核心领导层，你要提拔谁？"

"王龙。"

"是他？不行。"吴海源想也没想就拒绝了。

吴耀张了张嘴巴，随后说道："我说行就行！今天我已经在好多人面前夸下了海口。还有，那个人事部的经理实在太狂妄了，我要辞了她。"

"那个王龙才工作一年，他没有能力胜任这个职位。至于你要辞掉人事部经理，是要有合理的理由的，不能因为你的不高兴，就把公司重要的管理人员辞退。"

"我不管，我已经答应人家了。你要不帮我，我的脸往哪儿放？"吴耀的话虽然有些威胁的意味，但心里却十分紧张。

吴海源放下手机，一本正经地看着吴耀，说："我知道你跟王龙在一起工作，产生友情我理解。不过一个公司的职位，想要升上去，是要有相应的能力的。我不能因为你的意气用事，而置公司的利益于不顾。"

　　吴耀怒视着吴海源道："我不管，反正是你让我管理公司的，但现在我决定的事情你都不同意，要不我还是离开公司好了，反正我也不愿意待在这里！"

　　吴海源无奈地叹了口气，脸色逐渐严肃起来。他对吴耀说："你先把今天发生的事情告诉我。"

　　吴耀把王龙的事情和吴海源简单地讲了一遍。

　　听完吴耀的话，吴海源皱了皱眉，随后摇着头说："小耀，你今天的行为让我很失望，你知道为什么吗？"

　　吴耀一愣，问："为什么？难道我做错了？"

　　吴海源摇了摇头，看起来有些无奈地说："我失望，并不是因为你做的决定错了，而是你的做法错了。我让你去公司历练，是为了什么？是为了让你有能力独当一面，可你在出了事情之后，没有从公司的角度出发，只顾着所谓的义气和正义感。当然，我不是说有义气和正义感不好，而是当你的身后有一大群人的时候，你的正义感应该遵循绝大多数人的益处。比如今天这件事，王龙确实受到了不公平的待遇，但你升了他的职，这对其他的人来说就是不公平的，毕竟他才来公司不到一年。我相信，如果王龙有你这个身份，他绝对可以做到既留下有能力的员工，又不影响其他员工的利益，这就是你们之间的差距。如果你不是我的儿子，你甚至不如那些外卖员。"

　　听到吴海源的话，吴耀脸上有些发热。父亲说得没错，这件事明明有更好的解决办法，他却选择了一种不太好的解决方式。

　　看到吴耀不高兴的表情，吴海源不忍心地说："小耀，你要知道，就算我是公司的创始人，但等公司做大了以后，那就不是我一个人说了算的。所以我希望你能尽快成长起来，只要你能成长，哪怕你做出错误的决定，我现在也有能力帮你解决。不过，既然你今天都把话说出去了，我也给你一些建议。前段时间，你告诉我，那个王龙在考大学是吧？专科学历做区域负责人，有些勉强了，就等他本科学位证下来后，再升职吧。"

吴耀听到父亲这么说，心中有些感动，他终于知道了父亲的良苦用心。

吴海源接着说："至于梅经理，如果你觉得她不适合待在公司，辞退她也不是不可以，但要讲究方式方法。你这样当着这么多人的面辞退一个公司高层，这会使公司里的人对你的能力产生质疑。"

吴耀点点头，诚恳地说："爸，我知道了，以后我不会这么冲动了。"

吴耀离开办公室后，感到干劲十足。由于太过兴奋，离开时都忘记了等在门口的黄广。下了楼后，他只好给黄广打了个电话，告知对方自己已经提前回公司分部。

黄广在吴耀离开后，没有马上回到自己办公的地方，而是进入了吴海源的办公室。他小心地对吴海源说："吴董，吴少要把梅经理开了，这会不会不太妥？"

吴海源想了一下，说："小梅虽然是李董的朋友，不过公司终究还是我的，如果不趁现在让吴耀尽快成长起来，等到公司上市以后，恐怕就不好做了。如果没别的事，你就离开吧。"

"我知道了。"黄广说完，离开了办公室。

吴耀找到王龙，和他说了公司决定等到他本科学位证下来后再给他升职。

对于这个结果，王龙虽然心里有些失望，但想到这么大的公司，怎么也不可能让一个专科毕业、工作不满一年的人成为区域负责人。所以，他表示自己愿意接受公司的安排。

事实上，就算不升职，王龙也不敢有什么怨言。他知道就算吴耀是董事长的儿子，也不能他一个人说了算，公司有相应的制度，不可能因为一个人改变。

这件事过后，吴耀离开了王龙所在的站点，进入了公司市场部，他与王龙见面的机会少了。

王龙虽然没有升职，但吴耀承诺让他接触区域负责人的工作，以便为日后成为区域负责人做准备。

一个月后，黄广找到王龙，说："从今天开始，你就开始跟着我学习区域负责人的工作内容吧。"

于是，王龙的生活更加忙碌了，除了要管理自己站点的工作，还要对京城北区的十几个站点进行管理，忙碌了一整天，晚上回家还要学习。现在学校开学了，所以就连周末他也没有时间休息。

对于眼下这样忙碌的生活，王龙毫无怨言，他知道这一切都是值得的。就算到时候他不能升为区域负责人，他也学习到了这方面的经验，去其他公司应聘的时候，就是一个宝贵的经验。

因此，王龙心中对公司抱有深深的感激之情。

忙碌会让人忘记很多事，比如陶嫣。自从上次餐馆门口与王龙见过一面后，他们再也没有见过。想来也正常，京城这么大，想要躲一个人，太容易了。

三个月后，楚雅的工作出现了变动，她从原本的招聘专员，调到了公司的财务部。

这天，王龙和楚雅难得吃了一顿饭，王龙疑惑地问她："你怎么调到财务部了？"

楚雅笑了笑，说："吴耀让我做财务部经理的助理，我觉得比招聘专员有发展前途，就同意了他的提议。虽然我以前没做过财务方面的工作，但只要我肯学，应该也不会太难。"

王龙点点头，说："也是，没有谁天生就什么都会，做一段时间后，自然就会明白。你从助理开始学，还是有机会的。"

王龙知道楚雅家虽然不在京城，但距离京城不算远，估计不出意外的话，她会长期留在京城。

"不能在外面四处跑了，突然转岗感觉不是很习惯。"楚雅看了王龙一眼，脸上有些遗憾。

王龙安慰楚雅说："从一个岗位调到另一个岗位，谁都会有一段适应期，这就像失恋过后的空窗期，过一段时间就会恢复的。"

"你懂得倒挺多。"楚雅白了王龙一眼。

随着楚雅的调动，紧随而来的是人事经理离职的消息。

起先，按照王龙的猜想，人事经理得罪了吴耀，应该很快就会被开除。可这件事情推迟了三个月，王龙心想：看来梅经理也不是个简单的人。

不过随即王龙释然了，心中对吴耀隐隐带着钦佩。身为公司董事长的儿子，自然有的是办法把一个人事经理辞退。只不过在辞退她的同时，要把公司的损失和影响降到最小，这需要一段时间的运作。从某种意义上来说，吴耀做得很出色，已经初步有了领导者的气场。

转眼到了七月，王龙想到自己已经有一年半没有回老家了，上次回去还是学校放寒假的时候。所以，他向公司请了一个星期的假，然后买了张回老家的机票。

王龙回到家，父母很高兴。父亲还特意休了两天工。

王龙在家待了两天，原本以为应该和几个表兄弟们聚一下，不过他们不是在忙工作，就是在忙自己的小家，除了过年给长辈拜年，还真的没有见面的机会。所以，这次回老家比他想象得要冷清一些。

第三天，美倩来到王龙家。王龙惊奇地发现，几个月不见，美倩变得文静了不少。

王龙拍了拍美倩的脑袋，开玩笑道："假小子和以前不一样了，变化倒挺大。"

王龙的母亲在一旁没好气地说："前段时间她太调皮，把一辆车给划了，被车主找到了家里，她爸妈把她狠揍了一顿，能不老实吗？"

"哼。"美倩扬了扬头，随后抱住王龙的胳膊，问："今天你去哪儿玩呀，带上我呗，后天我就要上学了。"

王龙无奈地摇摇头，知道美倩这么说肯定是想要好玩好吃的了。王龙带着她去了县里。

老家的交通和京城不能比，王龙在京城待久了，回到家还真有点儿不适应。下午，两人从县里回到家，美倩一边玩着自己的新玩具，一边向王龙的父母抱怨公交车太少。

父亲听了，对王龙提议道："要不买辆车？出行也方便一些。"

王龙想了想，摇摇头："买车也没用，我在外面坐公交、地铁，比开车方便多了。你要是有驾照的话，倒是可以买，平时你在家开，我回家来也能开。"

父亲听了，摇摇头，说："我还是算了吧，听说驾照难考，还是等等再说吧。"

长时间在外上学工作，王龙与家里的邻居、朋友，关系逐渐变远。同龄人长时间不联系，有时候就算见面认出来，也大多比较话少。

王龙很快发现，老家的生活节奏虽然慢了一些，但每个人都在为自己的生计忙碌，根本就找不到一个真正意义上的闲人，他母亲也偶尔去父亲的工地帮帮忙，赚点儿外快。

王龙感觉自己在外时间久了，与家里人已格格不入。就像他对楚雅所说的话，一个人换了环境，总是需要一段时间适应。他想要适应老家的生活，可是时间不允许，七天的时间很快就到了，王龙只好回到京城。

临走前，王龙叮嘱父亲一定要考一个驾照，再买一辆车，以后家里生活也能方便一些。

回到京城后，王龙重新回到忙碌的工作中。在繁忙的工作中，王龙偶尔会想起陶嫣，心里会升起一丝涟漪。

第五节　没有爱情的婚礼

此时的陶嫣正在新搬的家里准备午餐。

手机突然响了起来，陶嫣瞥了眼手机，发现是母亲打来的电话。

"妈，吃饭了吗？"

手机对面迟迟没有传来母亲的声音，陶嫣心里有些慌。

"妈，你怎么了？说话呀！你的腿疼是不是又发作了？"

过了一会儿，对面才传来为难的声音："今天我腿疼得厉害，就让你姨带我去医院检查了一下，医生说得做手术。"

"做手术？那医生有没有说什么时候安排手术？"

"医生说，最好两个月之内吧。"

"需要多少钱？"

"五万。"母亲长长地叹了口气。想了一下，她继续说，"嫣儿，要不你回来吧，在家里找个工作。如果我做了手术，腿脚肯定不灵便，一直让你姨伺候我，也不是个办法……妈要不是实在没有办法，也不想难为你，可是……"

"我……你别担心，钱我给你，我会回家的。"

陶嫣安慰了母亲几句，心里十分难过。母亲病了，她需要回家照顾母亲。她是家里的独生女，从小到大，母亲一直很宠她。如今母亲老了，她却不能待奉在身边，没有尽到应有的孝道，这让她心里很愧疚。她有自己的梦想，想做一名老师。若是回家乡了，她的梦想也就破灭了。母亲不理解她，但是尊重她，因此从来没有为难过她。

咚咚咚……

敲门的声音响了起来，陶嫣慢吞吞地开了门，一个高大的身影出现在她的面前。看到对方，她并没有感到奇怪，转身回到客厅。

"陶嫣，你不开心吗？"周海洋关切地问道。

"没什么，家里的事情而已。"

"如果你遇到什么难处的话，就告诉我，我会尽自己最大的能力帮你。"

陶嫣笑了笑，并没有把周海洋的话当回事。突然，她神色一僵，似乎想到了什么，脸上露出了犹豫的神色。

周海洋走到了陶嫣的身边，轻轻握住她的手，说："告诉我吧。"

陶嫣犹豫了很久，看得出她是经过内心的挣扎，最后她说："我想跟你借五万元！"

"五万元？能告诉我为什么吗？"

陶嫣解释说："我妈妈的腿有关节炎，现在越来越严重，医生说需要做手术。"

"呃，阿姨做手术是大事，五万元够吗？"

"不是，做手术的钱我有，我只是想把我妈接来京城。但我现在住的房子太小了，所以我想重新租个房子。但手术费交完后，我手头的钱可能不够租房子的，所以……"

"何不请个保姆在家里照顾阿姨呢？"

"我信不过保姆。而且，我妈年纪大了，我想多在她跟前尽尽孝。"

陶嫣没有再说借钱的事，刚刚她只是冲动之下说出口的。周海洋不借，是理；借了，是情，她不会为这种事，去记恨对方，毕竟他们还不是夫妻。

周海洋来回走了几步，似乎在思考着什么。陶嫣重新回到厨房，把切好的水果拿到客厅。

陶嫣做饭时，不知为何，心中突然闪过了王龙的脸，紧随而来的是微微的难过。

饭菜很快做好了，陶嫣把菜端到客厅，然后把腰上的围裙挂在墙上。她见周海洋还在思考着什么，微微一笑，说："你不用担心，刚刚我只是和你开个玩笑，我怎么能用你的钱呢，吃饭吧。"

"不，你误会我了，我不是在担心钱的问题。"周海洋抬起头，直视陶嫣。

"什么？"

"陶嫣，我们已经相处这么久了，我们两个结婚好吗？我现在手头的钱也够一套房子的首付了，我们买个房，把你母亲接过来，我们一起住。可以吗？"周海洋伸出手，将陶嫣搂进怀里。

"你是在向我求婚吗？"陶嫣身体一僵。

周海洋用力地点点头，说："没错，我们都不小了，认识的时间也不短了，我觉得，或许我们该有新的进展了。"

"什么！你要结婚了？"叶萱萱听到陶嫣要结婚的消息，顿时惊叫出声。

陶嬷双目无神地躺在叶萱萱家的沙发上，说："我已经答应了他，一边是我的梦想，一边是我的母亲，这对我来说，是最好的选择。"

叶萱萱被这个消息惊得半晌没有反应过来，她深吸了几口气，最终只能说："只要你开心就好，我提前恭喜你了。"

"萱萱，你说，我是不是很没用啊。"

想到如今母亲生病了，自己却无力照顾，还要依靠别人来达成心愿，这让陶嬷心里很不好受。

陶嬷在心里默默地安慰自己，答应周海洋的求婚对于自己来说是最好的选择。周海洋对自己好，最关键的是两人一旦结了婚，母亲就能接来京城，到时候一家人生活在一起，多好！

可是即便如此，陶嬷对于自己的婚事，却怎么都高兴不起来。

叶萱萱明白陶嬷的想法，安慰道："你怎么能这么说呢？你结婚了，和我表哥就是一家人了，那么我表哥帮你，也就理所当然了。再说了，一个男人，保护自己的女人，不是本分吗？两个人在一起，还需要分什么彼此？所以，不要觉得自己没用，你已经很优秀了。"

突然，陶嬷似乎想到了什么，问道："你和王龙怎么样了？之前他不是一直在追你吗？"

"呃，我……我觉得我们不太合适，所以，我们现在已经很少联系了。"叶萱萱的脸色顿时变得难看起来。

"哦，那你要快点儿了，是该考虑自己终身大事的时候了。"

陶嬷的情绪有些低落，起身向外走去。

叶萱萱问道："你要去哪儿？"

陶嬷没有回答，叶萱萱也没有追。

陶嬷和周海洋最近一直在讨论婚礼的事。周海洋说他们随时可以结婚，一切听从陶嫣的安排。陶嫣家中只有一个母亲，所以希望一切从简。

陶嫣把结婚的时间定在两个月后，由于时间比较紧急，陶嫣只通知了家里关系比较好的几个亲戚，他们来京城参加婚礼的机票由周海洋报销。

至于彩礼，陶嫣表示不需要。不过周海洋表示一定要有彩礼，这是对陶嫣一家的尊重。

结婚的日子越来越近了，陶嫣与周海洋见面的次数，反而少了起来。她心中总有一种惶恐，对自己的未来充满了不自信。这种情况下，陶嫣多次想起王龙，每次想起，心里都会隐隐地泛痛。

叶萱萱眼睁睁地看着陶嫣即将步入婚姻殿堂，却发现，陶嫣似乎并没有想象中的开心。

叶萱萱不明白，陶嫣到底在纠结什么？周海洋比王龙好得多，为什么陶嫣还是不满意？

此时的叶萱萱与王龙半年没有联系了，心里对于王龙的感情变淡了不少。所以，她完全不明白，明明看起来陶嫣对王龙并不上心，到现在却还念念不忘？

随着婚期的临近，陶嫣的几个亲戚已经从老家赶了过来，看着一切都被安排得条理有序，陶嫣的心里更加发慌起来。

陶嫣的表现被叶萱萱看在眼里，但她也不知道该怎么办。

叶萱萱自嘲地一笑，拿出手机，翻到王龙的微信，发了一句："在吗？能聊聊吗？"

过了好久，没有得到回应，叶萱萱觉得有些索然无味。

这时，手机突然响了起来，是周海洋打来的。接通电话后，周海洋的声音有些着急，问："萱萱，陶嫣在你那里吗？"

"陶嫣？她不是应该跟你在一起吗？"

"我给她打电话她没接，我有些担心。"周海洋的声音充满磁性，连叶萱萱听着都有些心动。

叶萱萱先是心中一沉，很快想到了什么，说："你别担心，我大概知道她在哪里，交给我吧。"

叶萱萱安慰了一下周海洋，挂断电话后，下了楼，叫了辆出租车。

叶萱萱来到陶嫣之前住的小区，她来到孙叔家敲了敲门。果然，开门的不是孙叔，而是陶嫣。

"吓我一跳，这么晚了，你跑孙叔这儿干吗？"

叶萱萱四下观察，孙叔的卧室门半开着，只见孙叔躺在床上，两只眼睛半眯着，也不知道有没有睡着。这么长时间没看到孙叔，他似乎变得比以前更糊涂了。

陶嫣看到叶萱萱，一对大眼睛很快红了起来。她无助地看向叶萱萱，眼角默默地流出了两滴眼泪。

"怎么了？你哭什么啊？别吓我！"

叶萱萱连忙抱住陶嫣，手掌轻轻地拍着陶嫣的后背。

"我……对不起，我觉得我还没有做好准备，总感觉和他结婚，让我惶恐不安。我……我不喜欢他……"

叶萱萱和陶嫣认识这么多年来，这是她第一次见陶嫣哭得如此伤心。

"你别这样，你这样我会心里难过的，真的。"

"直到现在我才明白，我根本就不喜欢周海洋，和他相处，每一秒我都觉得自己好累。他是个好男人，可我对他，就是没有那种感情。我……我甚至有种感觉，如果当初我选择王龙，被他狠狠伤害一次，我的人生也不至于这样……"

叶萱萱听到陶嫣的话，心里有些不是滋味。感情很奇怪，一年前，她在友情和爱情之间选择了爱情。但现在看到陶嫣难过成这样，她又觉得自己和陶嫣这么多年的友情，岂是王龙比得上的。

　　"其实……其实王龙不会伤害你。"

　　"我知道王龙不是个好男人，他肯定会伤害我，可……对不起，我控制不住自己的想法……"

　　陶嫣并没有察觉叶萱萱话里的意思，她只觉得自己到现在还惦记着王龙，很没有骨气。而且当初王龙是喜欢叶萱萱的，她竟然喜欢上闺密的男朋友，实在是太过分了。

　　叶萱萱咬了咬牙，两只手按住陶嫣的肩膀，冷静地说："王龙不坏，坏的人是我。"

　　"你在说什么啊？我从来没有怪你，毕竟王龙喜欢的是你，你不要这么说自己。"

　　"王龙喜欢的人一直是你，他从来没有喜欢过我。那天夜里，你看到王龙对我表白，其实是我们俩在排练。而我是故意让你看到那一幕的。"

　　说完这番话，叶萱萱压在胸口的石头终于被搬开了。

　　陶嫣先是身体一震，随后觉得一股寒气从体内升起，诧异地说："什么，你……"

　　"没错，我是故意拆散你们的。可惜王龙心里惦记的只有你，从来没把我放在眼里。"

　　陶嫣的脸色变得呆滞，想到自己误会王龙了，心里有些不知所措。

　　叶萱萱心想，既然已经说出口了，索性把全部的事告诉陶嫣："你之所以觉得他冷落你，其实是我冒充你，用微信阻止他去追你，一切都是因为我。对了，我听说王龙还是单身，而且最近升上公司的区域负责人了。"

陶嫣露出苦笑的表情，她简直不相信自己听到的话，眼泪从眼眶流了出来。

陶嫣摁住自己的心口，苦笑道："呵呵，我也真是可笑，为了一点儿自尊心……"

随即，陶嫣感觉自己身体一轻……叶萱萱赶紧上前一步，将她扶了起来。

陶嫣下意识地推开叶萱萱，怨恨地说："你什么意思啊！我都快结婚了，你和我说这些，你想毁了我的生活吗？你滚！"

现在，陶嫣把一切都想明白了，周海洋是叶萱萱安排的，就是为了让她和王龙再无任何可能。一想到这些，她有一种自己的人生被别人操控的恐惧。

陶嫣跑进旁边的一个房间，"砰"的一声把门关上。

叶萱萱站在客厅，缓了一会儿，来到了门前，说："对不起，我不期待你能够原谅我，但看着你这样，我也好难受。如果可以的话，我会去和表哥说，劝他取消婚约。"

"你滚！我都快结婚了，你还想继续毁了我的生活吗？求你别再出现在我面前了，好吗？"陶嫣尖叫着，语气中带着悲愤与厌恶。

陶嫣躺在床上，想着母亲病重，婚礼在即，亲戚都来了，周海洋在自己身上付出那么多，自己还有什么借口逃避婚礼？况且，自己之前那样对待王龙，现在还有什么脸再去与王龙相处呢？

第六节 一败涂地亦勇往直前

此时的王龙，刚刚结束一学年的课程。考完试后，王龙走出校门，看见楚雅在门口等他。

王龙的脸上带着掩饰不住的笑容。等他走到楚雅面前，楚雅掩嘴一笑，说道："不用我问，肯定考得不错吧？"

王龙哈哈一笑，回道："不枉我连日来的熬夜补课，一切顺利，今天我请客。"

"看把你美的，有本事你对手下几十号人说这话？别只对我一个人说呀。"

"走吧，别废话。"

考完试便意味着放假了，王龙想到自己终于有机会好好休息一下了，心里忍不住得高兴。

没想到，两天后王龙收到了一个更让他兴奋的消息。公司南区的负责人离职了，黄广被调到南区担任区域负责人，王龙则接替了黄广的职位。

得知了这个消息，王龙激动极了。他没想到自己还没有拿到本科学位证就已经成为区域负责人了。

王龙就职当天，邀请手下的员工一起出去聚餐。饭桌上，王龙想到自己毕业这两年经历的事，心里有些感慨，不知不觉间，喝了很多酒。

夜色中，楚雅看着王龙醉醺醺地上了一辆出租车，她愣了半晌，也叫了个出租车，转身离去。

次日，王龙把自己升职的事打电话告诉了父母，让他们高兴了一番。

生命不息，奋斗不止。此时王龙势头正猛，怎么能如此轻易地止步不前！经过这一年的学习，王龙已经深刻意识到，学历不仅是工作的敲门砖，学历也代表着自己的知识和能力。因此，他感觉自己爱上了学习，就像当初爱上送外卖这份工作一样。也许他喜欢上的其实是完成一个又一个的挑战吧。

不过高兴过后，王龙心中却是微微伤感，原本他要奋斗的目标，是为了配得上自己喜欢的人。而现在他有了那个资格，但喜欢的人却早已和他断了联系。

转眼，到了陶嫣结婚的日子。

叶萱萱在想了很久以后，终于做了一个决定。她没有去婚礼现场，转而来到王龙工作的地方，心想：最后再做一件好事吧。

叶萱萱走进办公楼，逛了一圈，没有看见王龙。这时，一个男人走上前，问道："小姐，请问你找谁？"

"王龙呢？"叶萱萱心中有种不祥的预感。

"你找他啊……"男人脸上露出了暧昧的神色，"他今天请假了。"

话音刚落，叶萱萱转身就走。男人看着叶萱萱的背影，心里有些失望。

离开办公楼的叶萱萱，再次叫了一辆出租车往王龙的住处赶了过去。路上，她不停地给王龙打电话，王龙不但不接她的电话，最后还把她拉黑了。

叶萱萱到了王龙的住处，发现房门没关，走进去一看，原本的三室一厅，被收拾得空空荡荡。

叶萱萱脸色一白，嘴里嘀咕道："晚了……"

这时，楼下突然传来一阵脚步声。叶萱萱向楼梯看去，一个熟悉的身影在楼梯口出现。她顿时惊喜无比，问道："你去哪儿了？"

王龙打量了叶萱萱两眼，一脸莫名其妙地说："我工作地点换了，今天正准备搬家呢。你找我有事儿？"

看到叶萱萱在这里，王龙心里有些不耐烦，想着要不是忘记了带钥匙，就不必与她见面了。

"进屋说！"叶萱萱走进房内，看着王龙站在门口一动不动。

王龙看着屋内的叶萱萱，说："有什么话就这么说吧。"

叶萱萱走过来把王龙硬拉进屋子恳求地说："在这儿说不方便，你如果不进来，你会后悔的！"

半个小时后，王龙满脸震惊地说："什么，你让我去抢亲！"

"王龙，我为之前的事和你说对不起，但我还是希望你能再争取一次，这或许是我对自己良心的救赎吧。陶嫣一直都喜欢你，如果不是因为她母亲，她也不会这么仓促地结婚。这是你最后的机会，要不要这么做，你自己决定吧。"

王龙想了一下，毅然决然地说："好，我们这就走！"

叶萱萱和王龙到达举办婚礼的教堂时，听见里面传出牧师庄重的声音。

"周海洋先生，你是否愿意娶陶嫣女士为妻，与她缔结婚约？无论疾病还是健康，都爱她、照顾她、尊重她、接纳她，永远对她忠贞不渝，直至生命尽头？"

周海洋充满爱意地看了陶嫣一眼，随后眼中露出坚定的目光，说："我愿意！"

众人不由自主地鼓起了掌。随后，牧师又问陶嫣："陶嫣小姐，你是否愿意嫁给周海洋先生，与他缔结婚约？无论疾病还是健康，都爱他、照顾他、尊重他、接纳他，永远对他忠贞不渝，直至生命尽头？"

陶嫣面露迟疑，周海洋紧张地注视着陶嫣，只见陶嫣咬了咬牙，轻轻点头。

"我不愿意！"

突然，外面一道中气十足的声音传了过来，教堂内顿时一阵哗然，大家纷纷转头向外看去。

王龙和叶萱萱从外面焦急地跑了进来，只见王龙的头发散乱，嘴里也喘着粗气，明显是跑过来的。

"王龙？"陶嫣万分惊讶地向王龙看去，脸上是复杂的表情。

这时，有人反应了过来，连忙去拦住王龙。

叶萱萱横在王龙前方，指着右侧的通道对王龙说："你从那里绕过去，我帮你拦着他们！"

王龙点点头，随即侧身飞快向陶嫣跑了过去。叶萱萱紧紧护在王龙身后。

没几步，王龙来到陶嫣身边，看到了周海洋，顿时神色一愣，没想到陶嫣的结婚对象竟然是他！

"小子，你来干什么？"周海洋语气不善地说。

王龙没有回答周海洋的话，而是看向陶嫣，问道："陶嫣，如果我说我喜欢你，你愿意和我走吗？"

陶嫣的眼神有些躲闪。其实，她刚才第一眼看到王龙时，心里是有些惊喜的。但此时她却面露迟疑，胆怯地看向台下的亲友们。

"跟我走！"王龙再次说，"想必你已经知道了我们之前的误会。既然如此，那就不要让误会变成遗憾。你的压力，我替你扛！你的母亲，我也能帮你管！我们给彼此一个机会，好不好？"

陶嫣的眼眸中闪过一道光，但随即黯然下来，说："王龙，已经晚了，我们回不去了。"

"陶嫣，你知道周海洋是个什么样的人吗？他之前陷害我，让我差点儿失去工作。这样的人，你确定要嫁吗？"

之前，王龙还可能因为陶嫣的未婚夫是个好人而选择放弃，但当他看到周海洋时，他就知道自己怎么样也不能看着陶嫣嫁给这样一个人。

这时，陶嫣鼓起勇气说："我妈妈要做手术……"

"我来安排！"王龙急切地说。

陶嫣刚想要继续说话，王龙打断她的话，说："陶嫣，你好好想一下，你真的爱周海洋吗？"

王龙的这句话说到了陶嫣的心坎上，她比任何人都清楚自己心里真实的感受。

"好，我跟你走。"陶嫣终于点头答应。

王龙不再犹豫，拉着陶嫣就往外跑。

周海洋愣在原地，台下的人看着王龙拉着陶嫣走下台，纷纷上前试图拦住他们。

起初陶嫣有些抗拒，身体硬是被王龙拉着走。等到人追上来的时候，陶嫣突然一笑，似乎想开了，兴冲冲地跟在王龙身边，一只手提着婚纱的裙摆，疯狂地跑了起来。

二人跑到教堂外面，坐上了王龙提前准备的车。

对陶嫣来说，逃婚是逃出心中的恐惧。她此时有种劫后余生的感觉。

起初两人的脸上布满兴奋。但随着心情逐渐平复下来，两人对视一眼，不知为何，脸上竟有些尴尬与慌乱。这一刻，他们担心起今后怎么面对亲戚朋友，担忧与对方如何相处。

王龙在想，他终于和陶嫣在一起了，可是接下来要怎么做呢？角色转变得太快，一时间王龙还适应不了。可当王龙转头看向陶嫣时，他尴尬的神色慢慢消失，脸上一片坚毅。

两天后，陶嫣的亲戚在王龙的安排下，全都回了老家。然后王龙和陶嫣带着她的母亲，去京城的医院做了手术。

当然，对于逃婚这场闹剧，陶嫣母亲还是有些接受不了，出于对女儿名声的考量，她催促陶嫣和王龙赶紧结婚，以免夜长梦多。

王龙和陶嫣商量了一下，决定先去把结婚证领了，至于婚礼先不着急，要不然这么短的时间结两次婚，反倒更让人看笑话了。

二人从民政局走出来时，王龙看着陶嫣，心里有些不敢相信这一切都是真的。想到和陶嫣已经是名正言顺的夫妻了，可二人都没有接过吻，顿时觉得有些好笑。

"嘿嘿……"王龙看着手里的结婚证傻笑。

陶嫣羞涩地瞪王龙一眼，说："愣在那儿干吗呢？"

三年后。

任江是一个小县城，但由于是古镇，因此这里的旅游业发展得很好，尤其是这两年，政府提出一系列的扶持政策，导致任江的经济发展十分迅速。

繁华的街道上，两男三女慢悠悠地晃着，他们是两对夫妻，其中一对头发已经花白，脸上也满是皱纹；另外一对是年轻夫妇。还有一个十五六岁的小姑娘蹦蹦跳跳地跟在四人身边。这正是王龙一家四口和他的表妹美倩。

这时，王龙和父母聊到要买房的事。王龙的母亲听到这话，无奈地说："小龙，我们在京城已经有房子了，为什么还要在县里给我们买房，太浪费了。"

王龙呵呵一笑，说："爸，妈，如今我已经在集团入了股份，每年都有分红，你们不用担心钱的问题。况且我们有时候回老家，住在农村也不方便，美倩马上又升高中了，租房麻烦，买了房先让她住着。"

母亲知道自己劝不动王龙，只好叹了口气，没有再说话。她看了一眼陶嫣，然后走到陶嫣身边，装作不经意地问："嫣儿，你们结婚也有几年了，该要孩子了吧？"

陶嫣脸上微红，微微点头道："我刚升上年级教学组长，等工作顺手了就考虑，最晚明年吧。"

最近因为孩子的问题，陶嫣已经十分烦心了。不止婆婆在催，她母亲也是急不可耐。想到这里，她瞪了王龙一眼，不悦地说："身体都胖成这样了，也不知道减肥。"

王龙伸出胳膊揽住了陶嫣的肩膀，笑着说："那不是老婆的厨艺好，把我养胖的吗？"

陶嫣脸一红，翻了个白眼。结婚几年，她的教学能力上来了，资历也上来了，唯独厨艺还是一般。王龙这么说，也不知道是夸她还是在损她。

美倩在一旁笑道："嫂子，你这么漂亮，干脆把他甩了算了，他根本就配不上你。"

陶嫣微微一笑，心想如果自己和王龙离婚了，母亲肯定饶不了自己。

要说也是奇怪，本来因为王龙抢婚的事，陶嫣母亲刚开始特别看不上王龙。但也不知道王龙做了什么，陶嫣母亲突然转变了态度。现在，陶嫣母亲对王龙就跟对待亲儿子似的，比对陶嫣都要好。

美倩跑到王龙的身后，一拳打在王龙后背上，说："哥，今年你准备给我买什么礼物呀。"

"只要你的成绩好，随便提！"王龙大气地说。

美倩听到这话，高兴极了。随后她咳嗽了两声，装腔作势地说："王龙，'授人以鱼，不如授人以渔。'不如你教教我，要怎么努力才能像你这么优秀呗？"

"哪里哪里，哥只是运气好而已。"王龙看出美倩是在故意逗自己，所以和她打起了太极。

"切！"美倩嘟起嘴巴，摇了摇头。

陶嫣和王龙情路艰辛，他们已经原谅了叶萱萱所做的一切，可是叶萱萱在他们结婚以后，便很少与他们见面，这是王龙与陶嫣的一个遗憾。

至于叶萱萱的表哥周海洋，想到他，王龙微微一笑，如今周海洋已经离开了外卖行业，转而在一个二线城市做起了餐饮连锁店。王龙也是在一个月前，跟着吴耀外出洽谈合作时，才意外发现了这件事。

王龙心中暗想，现在他已经实现了自己当初的目标，有了自己的家，也在考虑生孩子的问题，同时也该给自己再定一个目标了。

王龙转头看了眼陶嫣，脸上不自觉地露出微笑。

（全文完）